G
GOLDMANN

»... Abends, wenn ich abgespannt bin, greife ich instinktiv nach einem ‚Wallace', bin im Nu in der Handlung, vergesse den ganzen Jammer des Alltags, bin froh und mutig. ADENAUER IN RHÖNDORF«

Alle Edgar Wallace Kriminalromane:

1 Die Abenteuerin.
2 A. S. der Unsichtbare.
3 Die Bande des Schreckens.
4 Der Banknotenfälscher.
5 Bei den drei Eichen.
6 Die blaue Hand.
7 Der Brigant.
8 Der Derbysieger.
9 Der Diamantenfluß.
10 Der Dieb in der Nacht.
11 Der Doppelgänger.
12 Die drei Gerechten.
13 Die drei von Cordova.
14 Der Engel des Schreckens.
15 Feuer im Schloß.
16 Der Frosch mit der Maske.
17 Gangster in London.
18 Das Gasthaus an der Themse.
19 Die gebogene Kerze.
20 Geheimagent Nr. Sechs.
21 Das Geheimnis der gelben Narzissen.
22 Das Geheimnis der Stecknadel.
23 Das geheimnisvolle Haus.
24 Die gelbe Schlange.
25 Ein gerissener Kerl.
26 Das Gesetz der Vier.
27 Das Gesicht im Dunkel.
28 Der goldene Hades.
29 Die Gräfin von Ascot.
30 Großfuß.
31 Der grüne Bogenschütze.
32 Der grüne Brand.
33 Gucumatz.
34 Hands up!
35 Der Hexer.
36 Im Banne des Unheimlichen.
37 In den Tod geschickt.
38 Das indische Tuch.
39 John Flack.
40 Der Joker.
41 Das Juwel aus Paris.
42 Kerry kauft London.
43 Der leuchtende Schlüssel.
44 Lotterie des Todes.
45 Louba der Spieler.
46 Der Mann, der alles wußte.
47 Der Mann, der seinen Namen änderte.
48 Der Mann im Hintergrund.
49 Der Mann von Marokko.
50 Die Melodie des Todes.
51 Die Millionengeschichte.
52 Mr. Reeder weiß Bescheid.
53 Nach Norden, Strolch!
54 Neues vom Hexer.
55 Penelope von der »Polyantha«.
56 Der Preller.
57 Der Rächer.
58 Der Redner.
59 Richter Maxells Verbrechen.
60 Der rote Kreis.
61 Der Safe mit dem Rätselschloß.
62 Die Schuld des Anderen.
63 Der schwarze Abt.
64 Der sechste Sinn des Mr. Reeder.
65 Die seltsame Gräfin.
66 Der sentimentale Mr. Simpson.
67 Das silberne Dreieck.
68 Das Steckenpferd des alten Derrick.
69 Der Teufel von Tidal Basin.
70 Töchter der Nacht.
71 Die toten Augen von London.
72 Die Tür mit den 7 Schlössern.
73 Turfschwindel.
74 Überfallkommando.
75 Der Unheimliche.
76 Die unheimlichen Briefe.
77 Der unheimliche Mönch.
78 Das Verrätertor.
79 Der viereckige Smaragd.
80 Die vier Gerechten.
81 Zimmer 13.
82 Der Zinker.

EDGAR WALLACE

Penelope von der ›Polyantha‹

PENELOPE OF THE ›POLYANTHA‹

Kriminalroman

GOLDMANN VERLAG

Aus dem Englischen übertragen von
Ravi Ravendro

Der Goldmann Verlag
ist ein Unternehmen der Verlagsgruppe Bertelsmann

Jubiläumsausgabe

Made in Germany · 1/90 · 16. Auflage

Gesamtherstellung: Elsnerdruck, Berlin
Krimi 221
Ge · Herstellung: Klaus Voigt
ISBN 3-442-00211-7

1

Der kanadische Expreß stand abfahrtbereit in der Halle des Bahnhofs von Edmonton. Ein freundlicher älterer Herr sah zu einem der geöffneten Fenster hinauf.

»Penelope, ich habe einen sehr guten Freund in London. Wenn Sie jemals Hilfe brauchen sollten, so wenden Sie sich an ihn. Er wird Ihnen in jeder Lage beistehen. Das heißt, ich hoffe, daß er noch in London ist, obwohl ich monatelang keine Nachricht von ihm bekommen habe.«

Penelope Pitt trocknete ihre Augen mit einem zerdrückten Tüchlein, das vor kurzer Zeit noch ein schönes Damentaschentuch gewesen war. Sie versuchte zu lächeln.

»Ach, ich bin ja so kindisch, jetzt zu heulen«, sagte sie. »Dabei hasse ich Edmonton doch und bin glücklich, daß ich von hier fortkomme. Außer Ihnen ist niemand hier, den ich auch nur im mindesten gern hätte. Außerdem werde ich ja doch niemals nach London kommen. Wahrscheinlich nehme ich irgendwo hier in Kanada eine Stellung an.«

»Sie haben doch eine Karte nach Toronto«, sagte der praktische alte Herr. »Es gibt mehrere kleine Städte dort in der Nähe, wo Sie Ihr Gück versuchen können. Kootney ist zum Beispiel ein Platz, an dem Sie Aussichten hätten – hier schnell, nehmen Sie diesen Brief!«

Das Abfahrtssignal war gegeben worden.

»Er heißt Orford, James X. Orford. Wir gingen zusammen in die Schule. Und, Penelope, Sie schreiben mir doch, sobald Sie etwas gefunden haben?«

Sie warf dem weißhaarigen Herrn noch eine Kußhand zu, als der Zug den Bahnhof verließ. Das Rattern und Poltern der Räder übertönte ihr Schluchzen.

Das große Abenteuer hatte nun begonnen.

Als sie sich etwas gefaßt hatte und nun auf ihrem Platz saß, dachte sie zum x-ten Male, wie schwächlich es doch sei, sich so aufzuführen. Die Dame ihr gegenüber beobachtete sie mit ruhigen, unaufdringlichen Blicken. Penelope hatte sie vorhin schon im Seitengang gesehen und bewundert. Selbst der alte Richter

Heron, der sie zur Bahn begleitet hatte, hatte seine Abschiedsworte unterbrochen, um das intelligente Gesicht und die aristokratische Haltung dieser schlanken Frau zu betrachten.

»Fahren Sie weit?« fragte sie nun. Die Stimme der Fremden war weich und klangvoll. Sie sprach etwas langgezogen, und Penelope vermutete, eine Engländerin vor sich zu haben.

»Ich fahre nach Toronto. Meine Pläne sind noch nicht – ja, ich fahre nach Toronto.«

»Sie hassen Edmonton auch? Ich kann diesen Ort nicht ausstehen. Es ist dort alles so wenig kultiviert. In allen Häusern riecht es nach frischem Holz – und erst die Hotels! Sie sind furchtbar teuer, ohne den geringsten Komfort zu bieten.«

Penelope haßte Edmonton keineswegs, obwohl sie das manchmal behauptete. Im Grunde liebte sie die Stadt sogar. Sie war in England geboren, aber Edmonton war ihre eigentliche Heimat, und es gab in diesem Augenblick keinen Weg, kein Haus und keinen Stein dort, an dem sie nicht gehangen hätte. Jetzt, da sie der rollende, dröhnende Expreß immer weiter fortbrachte, war ihr alles doppelt lieb und teuer. Sie haßte nicht einmal mehr den Kaufmann, dessen Sekretärin sie gewesen war, obwohl dieser nicht mehr allzu junge Herr sich bis über die Ohren in sie verliebt hatte. Seine Leidenschaft für sie war so weit gegangen, daß er seine Stellung, sein Haus und seine Familie aufgeben wollte, wenn sie nur mit ihm fliehen würde. Und dabei hatte er eine Tochter, die ebenso alt war wie sie. Aber seine Frau hatte beim Staubwischen im Schreibtisch ihres Mannes das Konzept seines Abschiedsbriefes gefunden. Ihr Chef hatte tatsächlich geglaubt, daß sie seinen Antrag annehmen würde, und in dem Schreiben rührenden Abschied von seiner Frau und seiner Familie genommen. Er führte genau auf, was er schon alles für ihren Unterhalt getan habe und was er noch tun wolle.

Penelopes Geleichmut war schon genügend erschüttert gewesen durch die Entdeckung, welchen Eindruck ihre grauen Augen auf ihren wenig anziehenden kahlköpfigen Chef gemacht hatten, aber sie mußte nun auch noch den Zornesausbruch seiner Frau über sich ergehen lassen. Nach der Auseinandersetzung war sie ganz verwirrt und schauderte vor all den Vorwürfen und Beleidigungen, mit denen die erbitterte Frau nicht gespart hatte.

»Ich muß Ihnen gestehen, daß ich Edmonton eigentlich nicht hasse«, erklärte sie der Fremden. »Die Stadt ist mir lieb, nur – nun, ich bin froh, daß ich fortkomme.«

»Wollen Sie eine Reise nach England machen?«

»Das war eine meiner phantastischen Ideen«, erwiderte Penelope, und ihre Lippen zuckten. »Ich könnte ebensogut eine Reise zu den Plejaden planen.«

Die Dame runzelte die Stirn.

»Wohin?«

»Ich meine zu dem Sternbild«, erklärte das Mädchen.

Ihre Reisegefährtin nickte. Sie war wirklich hübsch. Ihre großen, braunen Augen waren von einer so dunklen Farbe, daß sie fast schwarz erschienen. Sie mochte achtundzwanzig Jahre alt sein, vielleicht war sie auch jünger. Ihre klassisch schönen Züge faszinierten Penelope, und nur etwas störte sie. Es war der gerade Mund mit den feinen und etwas zu dünnen Lippen. Das war aber auch der einzige Fehler, den sie entdecken konnte. Penelope selbst war auch schön, aber in einer ganz anderen Art. Sie hatte ein offenes, freies Wesen, war lebhaft und lebendig, ein Kind der Prärie, von der Sonne gebräunt. Ihre Haltung war aufrecht und frei, ihre Haut sammetweich und makellos.

Die andere Dame mußte man dagegen zierlich und hübsch nennen; man hätte sie mit kostbarem, zartem Porzellan vergleichen können. Sie hatte etwas von der Geschmeidigkeit feiner, eleganter Kätzchen.

Penelope schlief in dieser Nacht in dem Bett über ihr. Sie hätte zu gern gewußt, wer diese fremde Dame war. Sie mußte ihre Gedanken auf andere Dinge richten, sonst hätte sie weinen müssen, weil sie sich so elend und verlassen fühlte. Das dauernde, gleichmäßige Stoßen der Wagen, das die anderen Passagiere in den Schlaf wiegte, hatte gerade die entgegengesetzte Wirkung auf sie. Sie war vollkommen wach. Immer wieder erinnerte sie sich an ihr trauriges Erlebnis; dann wieder dachte sie an die Frau, die unter ihr lag. Aus den Nachbarabteilen drang das Schnarchen der Schläfer. Der Lokomotivführer kam ihr in den Sinn, der auf der Plattform der Maschine stehen mußte.

Allmählich fiel sie in einen leichten Halbschlaf, aber plötzlich erwachte sie wieder. Sie schaute hinunter und sah in das blasse Gesicht ihrer Reisegefährtin, die vor sich hinstarrte.

»Ist etwas passiert – sind Sie krank?« fragte Penelope und richtete sich im Bett auf.

Die Dame antwortete nicht. Sie stand zwischen den Vorhängen und hielt sich mit den Händen an dem Bett fest.

Als Penelope hinuntersteigen wollte, hörte sie ein Flüstern.

»Wenn er nur nicht stirbt! Hast du auch daran gedacht, Arthur? Wenn er nur nicht stirbt, oder wenn Whiplow nicht schweigt!«

Die Fremde schlief und war doch wach. Penelope war sofort an ihrer Seite. Sie gab sich alle Mühe, sie wieder zu Bett zu bringen, und es gelang ihr schließlich auch. Ein paar Minuten später schlief die Fremde wieder ruhig.

Als Penelope ihr das Kissen zurechtschob, fiel eine flache Lederhandtasche auf den Boden und öffnete sich. Das Mädchen sah die kleine Fotografie eines hübschen jungen Mannes und vermutete, daß es Arthur war.

»Ich habe im Schlaf gesprochen? Wie sonderbar! Was habe ich denn gesagt?«

Penelope hatte es ihr während des Frühstücks im Speisewagen erzählt.

»Nicht viel. Ich erschrak so sehr, als ich Sie sah, daß ich kaum verstand, was Sie sagten. Sie sprachen mit einem Arthur und erwähnten jemand, der sterben sollte, ich glaube Whiplow war der Name.«

Die Dame sah sie ernst an.

»Den Namen kenne ich ja gar nicht. Und ich habe auch früher nie einen Anfall von Schlafwandel gehabt. Wahrscheinlich war ich ein wenig übermüdet. Arthur? Das kann ich Ihnen erklären. Er ist mein Mann. Ich bin Mrs. Arthur Dorban – Cynthia Dorban. Ich dachte, ich hätte es Ihnen gestern abend schon mitgeteilt? Wie merkwürdig!«

Mrs. Dorban machte keinen Versuch, noch näher auf dieses Thema einzugehen.

Sie erzählte Penelope, daß sie nach einem zweitägigen Aufenthalt in Toronto nach Quebec weiterfahren wollte. Auch Penelope schenkte ihr nun Vertrauen, soweit eine natürliche Vorsicht ihr das gestattete. Unter keinen Umständen hätte sie ihr Abenteuer mit dem Kaufmann erwähnt.

Mrs. Dorban hörte ihr nachdenklich zu.

»Haben Sie noch keine neue Stellung? Auch keine Freunde im Osten Kanadas? Was sagten Sie eigentlich dem älteren Herrn? Wollen Sie wirklich nach England gehen?«

Penelope schüttelte lachend den Kopf.

»Das war ein verrückter Plan – einer meiner unerfüllbaren Träume. Ich möchte es natürlich gern; ich bin nämlich in London geboren und habe schon immer Sehnsucht nach Europa gehabt, aber ich werde wohl niemals dazu kommen, eine solche Reise zu machen.«

Eine lange Pause trat ein. Der Zug fuhr durch unübersehbare Weizenfelder, die wie ein Meer wogender Wellen anzusehen waren. So weit das Auge reichte, wiegte sich das goldgelbe Getreide im Wind.

»Haben Sie in Edmonton englische Zeitungen gelesen?«

Penelope verneinte.

»Es tut mir leid, daß ich mich um die Zustände in England gar nicht gekümmert habe. Ich weiß wohl, wer zur Zeit Premierminister ist und was für Auseinandersetzungen die Gemüter erregen, aber sonst –«

Mrs. Dorban erzählte nun von ihrem Heim in Devonshire, von dem prachtvollen Garten am Kliff, den herrlichen Kiefern und dem wilden, goldgelben Ginster, die auf dem Abhang wuchsen, der sich bis zu den Dünen von Borcombe hinzog. Einmal erwähnte sie zufällig auch einen Namen, den Penelope kannte.

»Lord Rivertor? O ja, er hatte eine Farm in der Nähe der unsrigen. Das heißt, es war die Farm, die mein Vater hatte, bevor wir nach Edmonton kamen. Ich habe dort den größten Teil meines Lebens zugebracht. Aber ich habe Lord Rivertor niemals gesehen. Er starb doch im vorigen Jahr?«

»Ich glaube.«

Mrs. Dorban schien sich nicht weiter für den verstorbenen Earl zu interessieren. Sie wechselte das Thema plötzlich und sprach über den Wert von Ländereien und Farmen im Westen. Penelope wußte hierüber sehr genau Bescheid, denn ihr früherer Chef hatte erfolgreich mit Grundstücken spekuliert, und sie hatte seine ganze Korrespondenz hierüber geführt.

Zwei Tage später, als der Zug noch eine Stunde von Toronto entfernt war, machte Cynthia Dorban einen unerwarteten Vorschlag.

Penelope hörte erstaunt zu und wollte ihren Ohren nicht trauen.

»Aber – oh, das wäre ja wundervoll! Glauben Sie, daß Mr. Dorban seine Zustimmung geben wird?«

»Er hat schon zugestimmt«, antwortete Cynthia lächelnd. »Ich habe ihm von Winnipeg aus telegrafiert und die Antwort bereits in Fort William erhalten. Er ist ganz damit einverstanden, denn er kann englische Sekretärinnen nicht recht leiden. Also, Sie haben jetzt eine Stellung, Penelope. Sie haben doch nichts dagegen, wenn ich Sie mit Ihrem Vornamen anrede? Sie können mich auch Cynthia nennen, das ist mir lieber. Sehr abwechslungsreich wird es bei uns ja nicht sein, denn im Augenblick sind wir auf dem Lande begraben –«

»Ich bin noch ganz außer mir vor Freude. Natürlich nehme ich Ihr Angebot an – das ist die Erfüllung meines Traumes!«

Der Kanadische Expreß verlangsamte seine Geschwindigkeit, als er in Toronto einfuhr. Penelope wurde sich allmählich darüber klar, daß sie sich in achtundvierzig Stunden schon nach England einschiffen würde.

2

Penelope war zum Bahnhof gegangen, um für den nächsten Tag Plätze im Zug nach Quebec zu belegen. Es war ein ganz gewöhnlicher Zug, aber einige Stunden nach seiner Ankunft in Quebec fuhr das Schiff ab. So kam es, daß der Zug für Penelope eine besondere Bedeutung gewann. In ihren Augen war es ein Sonderzug, der allein für sie bestellt war und auf dem vom Schornstein der Lokomotive bis zu den Schlußlichtern des letzten Wagens mit großen Buchstaben geschrieben stand: ›Penelope Pitts Sonderzug nach Europa.‹

Der New-York-Expreß war eben eingelaufen, als sie in die Bahnhofshalle trat und zu den Fahrkartenschaltern gehen wollte. Mit geheimer Ehrfurcht betrachtete sie die bevorzugten Menschen, die aus der rätselhaften Märchenstadt kamen und gleichgültig dem Ausgang des Bahnhofs zuschritten, als ob es nichts Besonderes wäre, in dieser Weltstadt gelebt zu haben und von dort hierherreisen zu können.

Als der Strom der Leute abebbte und nur noch einzelne Nachzügler zu sehen waren, wandte sie sich mit einem Seufzer den Schaltern zu, um die Fahrkarten zu lösen. Danach ging sie langsam wieder dem Ausgang zu. Plötzlich lächelte sie ein Herr an, und bevor sie sich darüber klar wurde, was sie tat, hatte sie ihn zurück angelächelt. Er war groß und sah gut aus. Als er zum Gruß den Hut lüftete, entdeckte sie, daß er ein wenig kahlköpfig war. Offenbar war auch er eben mit dem Expreß aus New York gekommen, denn ein Lederkoffer und ein leichter Mantel lagen zu seinen Füßen, und er sah etwas bestaubt aus, als ob er eine lange Reise hinter sich hätte.

Sie hatte tatsächlich geglaubt, ihn zu kennen, vielleicht war er ihr in Edmonton einmal begegnet. Ihr früherer Chef hatte viele Geschäftsfreunde, und es war nicht ausgeschlossen, daß er zu ihnen gehörte.

»Guten Tag – haben wir uns nicht schon irgendwo gesehen? Sie sind doch aus Detroit? Nein? Dann vielleicht Saint Paul? Dort habe ich viele Leute kennengelernt.«

»Wir irren uns wohl beide«, sagte sie und wollte weitergehen. Aber der Fremde hatte sich schnell umgesehen, ob nicht irgendwo ein unangenehmer Beamter in der Nähe war, und als er sich vergewissert hatte, daß das nicht der Fall war, hielt er sie an.

»Gehen Sie doch nicht fort, mein schönes Fräulein. Sie glauben gar nicht, wie ich mich freue, eine echte Kanadierin zu treffen. Ich bin nämlich Engländer. Können Sie mir nicht sagen, wo man hier eine gute Tasse Tee bekommt?«

»Ich bin in Toronto gar nicht bekannt«, erwiderte sie. »Einer der Pförtner wird Ihnen sicher Auskunft geben können.«

»Warum haben Sie denn so große Eile?« fragte er vorwurfsvoll. »Sie haben doch zuerst mit mir gesprochen und mich angelächelt.«

Sie ging schnell an ihm vorbei, aber er nahm Koffer und Mantel auf, folgte ihr und holte sie ein, bevor sie noch das Bahnhofsgelände verlassen hatte.

»Aber warum laufen Sie denn so? Sie sind doch nicht etwa beleidigt, Fräulein? Ich würde wirklich gern Ihre Bekanntschaft machen – mein Name ist übrigens Whiplow.«

Sie blieb stehen und starrte ihn an.

Whiplow? Das war doch der Name, den Mrs. Dorban im Schlaf erwähnt hatte. Sollte das ein Zufall sein? Der Name war doch recht selten.

»Johnny Whiplow. Wie heißen Sie denn?«

»Darüber fragen Sie am besten Mrs. Dorban«, entgegnete sie.

Ihre Worte machten einen ungeheuren Eindruck auf ihn. Er verfärbte sich und sah jetzt aschgrau aus. Seine Augen traten aus den Höhlen hervor.

»Mrs. – Mrs. Dorban?« fragte er erschrocken. »Ja, kennen Sie die Dame denn? Sie ist doch nicht etwa hier?«

Penelope benutzte seine Verwirrung, um fortzukommen. Als Mr. Whiplow auf die Straße trat, war sie verschwunden.

Mrs. Dorban gegenüber erwähnte sie nichts von ihrem Erlebnis. Penelope sah sie in den vierundzwanzig Stunden, die sie in Toronto verbrachten, auch nicht länger als eine Viertelstunde. Erst als sie im Zug nach Quebec saßen, sprach sie darüber.

»Sind Sie auch sicher, daß er Whiplow hieß? Wie sah er denn

aus? Ja, das muß er gewesen sein, dieser Schuft! Er konnte sich niemals beherrschen, wenn er ein hübsches Gesicht sah. Er gehört zu den Männern, die auf den Straßen flanieren, wenn die Ladenmädchen nach Hause gehen. Aber wie kommt er nur ausgerechnet nach Toronto?« Mrs. Dorban biß sich auf die Lippen und blickte düster auf die Felder hinaus, an denen der Zug vorbeieilte. »Ich glaubte, er sei in Südamerika – was macht er nur in Kanada?« Ihre Züge wurden hart, und sie kniff die Augenlider zusammen. »Hat er Ihnen noch irgend etwas gesagt, nachdem er erfuhr, daß Sie mich kannten? War es überhaupt nötig, daß Sie meinen Namen nannten? Aber es wird schon ganz gut gewesen sein. Ich bin sogar froh darüber, sonst hätte ich keine Gewißheit, daß er es wirklich war.« Dann sprach sie in ihrer sprunghaften Art von gleichgültigen Dingen.

Als sie an Bord des Schiffes kamen, glaubte Penelope Whiplow zu sehen. Er stand oben auf dem Bootsdeck bei einer Gruppe von Passagieren und lehnte sich an die Reling. Als sie aber noch einmal genauer hinschaute, war er verschwunden, und sie sah ihn auch während der ganzen weiteren Reise nicht.

Penelope fühlte ein wenig Heimweh, als sich das Schiff vom Land entfernte, aber sie hatte es bald überwunden. Das Leben an Bord war neu und reizvoll für sie und brachte ihr dauernd Überraschungen. Das Schiff selbst schien ihr so romantisch, und die Zukunft lag so vielversprechend vor ihr, daß ihr schon nach zwei Tagen Kanada und ihr bisheriges Leben nur noch wie ein Traum vorkamen.

Cynthia sprach sehr wenig über ihren Mann; sie tat es nur, wenn sie direkt gefragt wurde. Es fiel Penelope auch nicht weiter auf, daß Mrs. Dorban bis nach Kanada gereist war, um eine Sekretärin zu engagieren, während doch in England Tausende fähiger Mädchen Stellung suchten. Sie sah ihr Engagement als eine liebenswürdige Großzügigkeit von seiten Cynthias an und war ihr deshalb besonders dankbar.

Als sie eines Tages Cynthias Kabine aufräumte – Cynthia war trotz ihrer präzisen und geschäftlichen Art in ihren persönlichen Dingen recht unordentlich und nachlässig –, fand sie ein

Blatt Papier. Es war mit Bleistift beschrieben und schien der Entwurf zu einem Telegramm zu sein:

›Dorban, Stone House, Borcombe, England. Habe die richtige Sekretärin gefunden. Bestehe darauf, daß Willis entlassen wird. Wahrscheinlich wurde sie von Stamford Mills geschickt. Dieses Mädchen weiß nichts von dem Fall und hat keine Freunde in England.‹

Penelope war einen Augenblick verwirrt. Sie hatte nicht den geringsten Zweifel, daß dieses Telegramm sich auf sie selbst bezog. Aber wer war Mr. Stamford Mills? Und welchen ›Fall‹ meinte Mrs. Dorban? Sie war etwas unangenehm berührt. Es waren mehrere Sätze ausgestrichen, und sie versuchte auch dies zu lesen. Einer lautete zweifellos: ›Sie macht den Eindruck, als ob sie nicht klatscht.‹

Penelope faltete das Papier wieder zusammen und verwahrte es. Zum erstenmal seit Beginn dieses Abenteuers fühlte sie sich unsicher. Und doch würde sich die ganze Sache sicher sehr einfach aufklären.

Bei der nächsten Gelegenheit brachte sie das Gespräch auf Mr. Dorban.

»Mein Mann haßt Städte«, sagte Cynthia müde und lehnte sich in ihren Stuhl zurück. Sie saßen beide auf dem Promenadendeck. »Wir sind ruhige Leute. Arthur ist eine Art Forscher und geht selten irgendwohin. Ich hoffe, daß Sie Einsamkeit vertragen können?«

Penelope lachte. »Ich freue mich darauf, viel allein zu sein. Das hatte ich mir gerade gewünscht.«

»Dann wird es Ihnen sicher sehr gut gefallen«, erwiderte Cynthia merkwürdig verbissen. »Es kommt kein Besuch, wir laden auch niemanden ein und geben keine Bälle oder Gesellschaften. Und wenn Sie nicht gern angeln –« Sie zögerte. »Aber vielleicht wird es Ihnen später mehr zusagen, als Sie sich jetzt denken können. Nennen Sie mich bitte mit Vornamen, ich habe es nicht gern, als Mrs. Dorban angesprochen zu werden. Wovon redeten wir eigentlich? Ach ja, später werden Sie wahrscheinlich eine recht angenehme Zeit bei uns verleben – aber nein, ich wollte Ihnen noch etwas ganz Besonderes sagen. Wir vertrauen Ihnen in jeder Weise, und Sie müssen über alle Angelegenheiten meines Mannes tiefstes Stillschweigen bewahren. Nicht, daß er irgendeine besondere Beschäftigung hätte – verstehen Sie mich?«

Penelope wußte zwar nicht recht, was sie meinte, aber sie nickte.

»Es sind viele Nachforschungen anzustellen, hauptsächlich über Landgüter. Mein Mann hat nämlich eine große Erbschaft in Aussicht. Wir hoffen, eines Tages ein großes Vermögen zu erben.« Cynthia sah sich um und sprach leiser. »Ich möchte Sie noch vor einem Menschen warnen. Mein Mann hat einen erbitterten Feind, der immer wieder versucht hat, ihn zu ruinieren. Ich weiß nicht, warum er das tut«, erklärte Mrs. Dorban mit einer Ruhe, die Penelope unter diesen Umständen merkwürdig vorkam. »Aber ich vermute, daß eine Frau im Spiel ist. Ich gebe mir keine Mühe dahinterzukommen, aber einen anderen Grund kann ich mir eigentlich nicht denken. Stamford Mills – so heißt der Mann – schickt stets Detektive aus, die sich in unsere Angelegenheiten mischen wollen. Ich habe keine Ahnung, wer er eigentlich ist. Ein weltgewandter Mensch, der in London nur von seiner Tüchtigkeit lebt. Manche behaupten auch, er sei ein Schwindler, aber ich möchte ihn nicht ohne Grund verleumden. Ich weiß nur, daß er unser Feind ist, und aus diesem Grunde ist es wichtig, daß Sie vor ihm gewarnt werden.«

»Aber was will er denn entdecken – ich meine, wenn er Leute schickt, um Sie auszuspionieren?« fragte Penelope besorgt.

»Das mag der Himmel wissen. Geben Sie mir bitte mein Buch, Penelope. Ich wünschte, dieses niederträchtige Schiff würde nicht so rollen.«

Die Bewegung des Schiffes belästigte Penelope in keiner Weise. Es schien beinahe, als wäre sie auf dem Ozean geboren, so wenig konnte ihr die Seekrankheit anhaben. Sie saß gern an Deck und betrachtete die endlose grüne See. Es war ihr angenehm, das Zittern und Stoßen der Schiffsturbinen zu fühlen. Sie liebte es auch, sich die frische Brise ins Gesicht wehen zu lassen.

Die Passagiere interessierten sie nicht besonders; nur mit dem

Decksteward hatte sie sich bis zu einem gewissen Grade angefreundet. Er sah gutmütig aus und kümmerte sich gleich vom ersten Tage an besonders um sie. In den frühen Stunden des Nachmittags, wenn die Passagiere in ihren Kabinen ruhten und das Promenadendeck verlassen dalag, stand er neben ihrem Stuhl und erzählte ihr von seinen vielen merkwürdigen Erinnerungen und Erlebnissen auf See. Er berichtete von Schiffen und Reisenden, die er getroffen hatte. Mit besonderem Stolz teilte er ihr mit, daß er einmal Steward im Rauchsalon eines großen Passagierschiffs gewesen war, das zwischen New York und Southampton fuhr. Und am liebsten sprach er über einen interessanten Passagier, den er während dieser Zeit kennengelernt hatte.

Beddle – so hieß der liebenswürdige Decksteward – war schon vielen schlechten Menschen begegnet. Stundenlang konnte er von den Banden erzählen, die das ganze Jahr den Ozean in beiden Richtungen überquerten und nur von der Geschicklichkeit lebten, mit der sie die Karten beherrschten.

»Ich kenne sie alle, Lew Marks, Billy Sanders, Long Charlie, Denver John – mein Gott, ich könnte Ihnen eine Liste all dieser Schwindler geben, die länger ist als Ihr Arm, mein Fräulein!«

»Und die waren alle Falschspieler?«

Er nickte. »Aber der Schlimmste von allen war doch El Slico – eine Amerikanerin hat ihm diesen Beinamen gegeben, und den hat er behalten. Er war so gewandt und anpassungsfähig. Ich habe ihn niemals zweimal in demselben Anzug gesehen. Allein seine Kleidung muß ihn ein Vermögen gekostet haben. Er hatte stets die besten Kabinen an Bord belegt, während die Mitglieder der anderen Banden gewöhnlich zu vier Mann in einer Kabine reisen. Er ist noch ziemlich jung; wenigstens war er es damals, als ich ihn vor ein paar Jahren traf. Man erzählte sich, daß er den besten Gesellschaftskreisen angehöre – aber er ist ein Schurke, sage ich Ihnen. Er würde Ihnen die Goldkronen aus dem Munde reißen, wenn sonst nichts zu nehmen wäre! Er war der Führer einer Bande, die sich nur mit ganz vornehmen Leuten abgab. Einen Verstand hatte dieser Mann! Er war niemals von zufälligen Bekanntschaften an Bord abhängig. Einmal brachte er einen Millionär aus Colorado um hundertfünfzigtausend Dollar. El Slico wußte, daß der Mann nach Europa fahren wollte, und fuhr deshalb zwei Wochen vorher nach Colorado. Er verstand es, sich Eingang in seinen Klub zu verschaffen, und lernte ihn dort kennen. Der Millionär lud ihn in seine Wohnung ein. El Slico gab sich als reicher junger Engländer aus, der keine andere Aufgabe im Leben habe, als von den Zinsen seines großen Vermögens zu leben. Als sie sich später an Bord des Schiffes wiedertrafen, war es natürlich, daß sie sehr freundschaftlich miteinander verkehrten – und das hat Mr. Gifford hundertfünfzigtausend Dollar gekostet. Und selbst da wußte er noch nicht, daß El Slico der Anführer der Bande war, die ihm das Geld abgenommen hatte.«

Tag für Tag hörte Penelope Geschichten über diesen geheimnisvollen El Slico, denn es war das Lieblingsthema Mr. Beddles.

Vom Standpunkt der Gewohnheitsreisenden aus war die Überfahrt gänzlich uninteressant. Das Schiff war an drei großen Eisbergen vorbeigekommen und unzähligen anderen Schiffen begegnet. Ein Tanzabend, ein Kostümball und ein Konzert hatten im Salon stattgefunden, und am Sonntag war ein Schiffsgottesdienst abgehalten worden. Für das Mädchen aus Edmonton waren all diese Vorgänge große Ereignisse.

Als sie noch einen Tag von Liverpool entfernt waren und die langhingestreckte graue Küste Irlands passiert hatten, entdeckte Penelope einen Zug in Mrs. Dorbans Charakter, den sie ihr nicht zugetraut hatte.

Cynthia hatte sich in Winnipeg einen kleinen Schoßhund gekauft, und sie hatte das kleine Tier mit dem seidigen Fell sehr gern. Tagsüber trug sie den Hund immer im Arm mit sich herum, und nachts schlief er zu ihren Füßen im Bett.

Penelope liebte Hunde auch, aber sie fühlte sich mehr zu den größeren Rassen hingezogen. Diese kleinen Tierchen, die nur als Spielzeug dienten, von ihren Frauchen verzärtelt, gekämmt und gebürstet wurden und ihnen fast so unentbehrlich wie eine Handtasche waren, sagten ihr nicht zu. Sie taten ihr nur leid.

Penelope stand auf dem Promenadendeck und sah mit begeisterten Blicken, wie die wenig romantische Küste von Lancashire in dem leichten Nebel auftauchte. Als Cynthia zu ihr trat, wandte Penelope sich zu ihr um und sah sofort, daß sie den Hund nicht bei sich hatte.

»Wo ist denn Fluff?« fragte Penelope.

»Das arme kleine Tier – es war doch ein so lieber, netter Kerl ...«

»Was ist denn mit ihm passiert?«

»Man hat mir gesagt, daß ich den Hund nicht mit an Land nehmen könne, es sei denn, daß er zuerst in Quarantäne käme. Und das gibt doch zu viele Unannehmlichkeiten. Hunde bekommen allerhand Krankheiten, wenn sie mit anderen Tieren zusammen eingesperrt werden. Ich habe Fluff deshalb einem Matrosen übergeben und ihm gesagt, daß er ihn ertränken soll. Er wollte mich zuerst überreden, ihn durch den Zoll schmuggeln zu lassen, aber ich wollte nicht extra dafür hundertfünfzig Dollar ausgeben. Er hat mir versprochen, daß er ihm einen schweren Gegenstand um den Hals bindet und ihn dann ins Wasser wirft.«

Penelope war sehr bestürzt. »Aber – ich dachte, Sie hatten das Tierchen so gern ...«

»O ja, ich hatte es ganz gern. Es war ein lieber, kleiner Kerl. Aber keine reine Rasse, wie mir die Leute in Winnipeg vorschwindelten. Captain Wilkins, der viel von Hunden versteht, sagte mir, daß das Tierchen bestimmt keinen reinen Stammbaum habe und daß ich bei dem Kauf betrogen worden sei. Und mit unechten Hunden gebe ich mich nicht ab. Geht Ihnen denn die Sache nahe?«

Penelope konnte nichts erwidern. Die merkwürdige Gefühllosigkeit dieser Frau beleidigte sie. Das Leben eines kleinen Schoßhundes war ja sicher nicht von großer Bedeutung, aber es schmerzte sie doch, daß sie diesen Charakterzug an einer Frau entdecken mußte, die sie sonst so verehrte und in jeder Weise bewunderte. Sie dachte an die dünnen, schmalen Lippen Cynthias und sah sie jetzt mit einem neuen Interesse an.

Ein paar bevorzugte Freunde der Passagiere kamen dem Schiff in einem kleinen Boot entgegen. Cynthia erwähnte nebenbei, daß ihr Mann vielleicht auch an Bord komme. Sie zeigte aber keinerlei besondere Freude darüber, daß sie ihn nach so langer Trennung wiedersehen würde, und trat nicht einmal zu der kleinen Gruppe interessierter Leute, die über die Reling schauten, als die Passagiere des kleinen Bootes herüberkamen.

Penelope hatte sowohl ihre eigenen als auch Cynthias Sachen gepackt und suchte nun noch einmal den Decksteward auf.

»Ich danke Ihnen, mein Fräulein«, sagte Mr. Beddle, als er den Fünfdollarschein aus ihrer Hand nahm. »Sie hätten mir das nicht zu geben brauchen, es war mir auch so ein großes Vergnügen. Besten Dank. Ich hoffe, daß ich Sie wieder einmal auf einer Reise bedienen kann. Sind Sie eigentlich auf einer Vergnügungsfahrt?«

»Ich hoffe, es wird ein Vergnügen für mich werden; ich bin nämlich nach England gekommen, um eine Stellung anzutreten.«

Der Mann schaute Penelope nachdenklich an. »Es ist kein schlechtes Land, und Sie mögen hier Ihr Glück machen. Heiliger Moses!« Er schaute an ihr vorbei und machte ein überraschtes Gesicht. »Schnell, mein Fräulein«, flüsterte er, »das ist er!«

»Er – wer?«

Penelope wandte den Blick in die Richtung, in die er zeigte, und sah einen eleganten, glattrasierten Herrn, der von Kopf bis Fuß tadellos gekleidet war. Es schien ihr, als ob er von der Bond Street in London plötzlich an Bord dieses Schiffes versetzt worden sei, ohne daß sein Anzug auch nur die geringste Falte davongetragen hätte.

Sein Gesicht war dunkel, und er trug einen kleinen Schnurrbart. Sein Kinn wirkte ein wenig lang. Im Augenblick lächelte er und zeigte seine weißen Zähne.

»El Slico«, sagte Beddle leise. Aber bevor Penelope ihn noch richtig betrachten konnte, eilte Cynthia schon auf sie zu.

»Meine liebe Penelope, ich möchte Sie vorstellen.« Cynthia faßte sie am Arm und ging mit ihr auf den vornehmen Herrn zu. »Dies ist mein Mann, Mr. Dorban!«

›El Slico‹ nahm den Zylinder ab und reichte ihr seine lange, schmale Hand.

Penelope ergriff sie mechanisch.

3

Der Decksteward mußte sich geirrt haben. Penelope sagte sich das tausendmal auf der Fahrt zwischen Liverpool und London. Es war doch zu absurd und lächerlich, daß dieser liebenswürdige, nette Herr der Boss einer gemeinen Verbrecherbande sein sollte, die unglückliche Opfer ausplünderte. Mr. Beddle hatte sich ganz bestimmt getäuscht. Mr. Dorbans Gesichtszüge waren nicht besonders charakteristisch, und man konnte ihn leicht verwechseln. Wozu sollte ein Falschspieler auch eine Sekretärin engagieren? Und warum sollte er zurückgezogen in einem Dorf in Devonshire leben? Sie wußte doch, daß Mr. Dorban eine große Erbschaft in Aussicht hatte. Außerdem hatte er so viel zu tun, daß er eine Sekretärin brauchte.

Mr. Dorban und seine Frau hatten sich ziemlich nachlässig und gleichgültig begrüßt. Keiner der beiden schien über das Wiedersehen besondere Freude zu fühlen.

Mr. Dorban hatte in der Bahn ein ganzes Abteil reservieren lassen, so daß sie allein blieben. Penelope wunderte sich, warum sie nicht in den Gang hinausgehen durfte. Sie hätte die beiden gern allein gelassen, damit sie sich nach so langer Trennung ungestört unterhalten konnten, aber sobald sie ihre Absicht andeutete, wurde sie von Cynthia zurückgehalten.

Mr. Dorban war ein interessanter Gesellschafter. Penelope schien es, als ob er die ganze Zeit von Abgang des Zuges bis nach London erzählte. Er sprach mit einer klangvollen, angenehmen Stimme und war sehr unterhaltend.

Er hatte braune Augen, und im allgemeinen liebte Penelope Männer mit braunen Augen nicht. Aber Mr. Arthur Dorban gefiel ihr trotzdem ganz gut. Sie fühlte sich eigentlich mehr zu ihm als zu Cynthia hingezogen. Kanada kannte er freilich nur oberflächlich.

»Ich bin einmal dort gewesen, als ich noch jung war«, sagte er. »Aber ich liebe Seereisen nicht. Ich will lieber freiwillig zehntausend Pfund zahlen als eine Reise über den Atlantischen Ozean machen.«

»Sind Sie früher häufig in Amerika gewesen?« fragte Penelope neugierig.

»Ich habe den Atlantik zweimal überquert«, entgegnete er vergnügt lächelnd. »Ich mußte das zweimal tun, weil ich sonst nicht nach England zurückgekommen wäre, Miss Pitt!«

Die Nacht verbrachten sie in einem kleinen Londoner Hotel. Mrs. Dorban nahm ein Auto und fuhr mit Penelope durch den Hyde Park. Das Mädchen war erstaunt und erfreut. Sie hatte sich London immer als einen Haufen niedriger, schmutziger Ziegelhäuser vorgestellt. Der Park machte einen großen Eindruck auf sie. Hinter dem dunklen Grün der Bäume tauchten die Türme und hohen Gebäude der Stadt auf. Sie war begeistert von dem Anblick der herrlichen Blumenbeete und des silberhellen Wassers.

Am nächsten Morgen fuhren sie mit dem Frühzug nach Torquay und erreichten spät am Mittag Borcombe.

Stone House, der Wohnsitz der Dorbans, lag nach der See zu in einer Talmulde der mit Grün bestandenen Dünen. Das Haus war ziemlich unregelmäßig gebaut. Oben von den roten Steinklippen aus konnte man es nicht sehen, und unten war es nach der Küste zu hinter einer Reihe von Ahornbäumen halb verborgen. Es war Ende des achtzehnten Jahrhunderts von einem Mann errichtet worden, der sich völlig von der Welt zurückgezogen und nur noch seinen Liebhabereien gelebt hatte.

Ein ziemlich steiler, enger Weg führte von den Klippen abwärts zu dem Gebäude. Seine schwere Zugänglichkeit war schon seit Generationen allen Handelsleuten ein Dorn im Auge.

Penelope erschien dieses Anwesen wie ein Paradies. Auf abschüssigem Gelände zog sich der Garten hin, in dem farbenprächtige Blumen wild wuchsen oder vom Gärtner gezogen wurden. Unten bildete eine Ziegelmauer die Grenze. Durch ein altes Tor kam man von hier aus auf einem Privatweg – es war eigentlich weniger ein Weg als eine Reihe von Steinstufen, die auf einer breiten Felsplatte endeten – zu dem Schuppen, in dem Mr. Dorbans starkes Motorboot untergebracht war. Die Natur hatte hier eine ideale Anlegestelle geschaffen, denn das Bootshaus, dessen Dach von zwei Felsen getragen wurde, lag an der innersten Stelle einer kleinen Bucht und wurde bei stürmischer

See durch zwei Felsenriffe geschützt, die ziemlich weit vorsprangen und einen natürlichen Hafen bildeten.

»Entzückend, nicht wahr?« fragte Cynthia gleichgültig. Sie schien sich kaum für solche Dinge zu begeistern oder auch nur zu interessieren, sie war vollkommen auf die praktische Seite des Lebens eingestellt. »Es ist ein langer Weg bis zum Dorf, aber wir haben ein Auto, damit wir nicht hinaufklettern müssen. Können sie eigentlich selbst fahren?«

Penelope nickte.

»Schön. Und jetzt sehen Sie sich Ihr Zimmer an.«

Cynthia führte sie eine breite Treppe empor, dann durch einen langen, dunklen Gang, an dessen Ende das Zimmer lag. Es war klein und einfach eingerichtet, aber es hatte zwei Fenster, durch die man auf die smaragdgrüne See und die dunkelroten Klippen blicken konnte.

Penelope atmete tief ein, als sie diese Schönheit sah.

»Gefällt es Ihnen?« fragte Cynthia und beobachtete sie genau.

»Es ist herrlich!«

Mrs. Dorban lachte kurz auf. »Für mich ist es die Hölle«, sagte sie.

Die Tage vergingen erstaunlich schnell. Penelope fand viel mehr Arbeit vor, als sie zuerst erwartet hatte. Ein Zimmer im Erdgeschoß war als Arbeitszimmer eingerichtet, und gewöhnlich ließ man sie dort allein.

Nach dem Frühstück, das sie in dem dunkelgetäfelten Speisezimmer einnahm, ging sie in das Arbeitszimmer und war dann bis zur Mittagszeit dauernd mit Pachtverträgen und anderen Dokumenten beschäftigt, die sich auf Güter in den verschiedenen Teilen des Landes bezogen.

Es waren keine Originale, sondern beglaubigte Abschriften, die offenbar von einem Londoner Rechtsanwalt beschafft worden waren. Penelope war damit betraut worden, den ungefähren Wert der Liegenschaften und Güter festzustellen. Um ihr diese Aufgabe zu erleichtern, standen unzählige Verkaufskataloge, Auktionsberichte und Statistiken über Landverkäufe zu ihrer Verfügung.

»Natürlich kann ich nicht von Ihnen verlangen, daß Sie den genauen Wert jeder Besitzung ausrechnen«, erklärte Mr. Dorban am ersten Morgen, als sie ihre Arbeit begann. »Es ist verteufelt schwer, ihn auch nur annähernd festzustellen. Aber die Preise sind in England ziemlich gleich, und der Wert eines Gutes in Norfolk entspricht ungefähr dem eines andern von derselben Größe.«

Zu ihrer weiteren Unterstützung erhielt sie noch den Anzeigenteil der *Times* und anderer Zeitungen, wenn da von Landverkäufen die Rede war. Aber die übrigen Seiten der Zeitungen bekam sie während ihres ganzen Aufenthaltes in Stone House nicht zu sehen.

Sie fand es ein wenig schwierig, Cynthias Angabe, daß ihr Mann Forscher sei, mit den Tatsachen in Einklang zu bringen. Im ganzen Haus entdeckte sie keine zwanzig Bücher. Cynthia war zwar bei einer Leihbibliothek abonniert, und stets wurden die neuesten Bücher geschickt. Aber weder Cynthia noch ihr Mann nahmen je Gelegenheit, hineinzuschauen. Schließlich nahm Penelope an, daß man nur ihr damit eine Unterhaltung verschaffen wollte, und mit dieser Vermutung hatte sie auch recht.

Mit den Dienstboten sprach Penelope niemals, denn sie verstand sie nicht. Alle Angestellten, mit Ausnahme des Gärtners, waren Franzosen, und Penelopes Kenntnisse in dieser Sprache waren gering.

Nachmittags und abends hatte sie frei und konnte tun, was sie wollte. Das stimmte allerdings nicht ganz, denn sie durfte niemals allein zum Dorf gehen. Cynthia oder Mr. Dorban begleiteten sie stets dorthin. Manchmal fuhr sie auch in seinem Wagen in der Gegend spazieren, und manchmal machten die drei eine Fahrt mit dem Motorboot, der ›Princess‹. Aber Penelope hatte das unangenehme Gefühl, stets bewacht zu werden, und dagegen lehnte sie sich auf.

Eines Tages trat eine neue, vielleicht unvermeidliche Verwicklung ein.

Cynthia war nach London gefahren, um einige Besorgungen zu machen. Penelope arbeitete in ihrem Raum, als Mr. Dorban hereinkam. Er war wie gewöhnlich tadellos gekleidet.

»Lassen Sie doch diese verrückten Dinge und kommen Sie mit zum Fischfang hinaus«, sagte er.

Penelope zögerte. Seine Haltung ihr gegenüber war stets einwandfrei und korrekt gewesen. Sie suchte sich zu entschuldigen, aber er ließ keinen Grund gelten.

»Unsinn! Die Arbeit kann bis morgen warten. Sie haben zwei Jahre Zeit, diese schrecklichen Papiere in Ordnung zu bringen.«

»Ich habe mich schon oft gewundert, warum Sie das alles nicht selbst machen«, meinte Penelope, als sie die Stufen zur Küste hinunterstiegen. »Die Arbeit ist doch nicht schwer, und Sie verstehen die Sache doch besser als ich.«

Er pfiff leise vor sich hin, wie es seine Gewohnheit war, und schwieg eine Weile. Erst als sie das Bootshaus erreicht hatten, sprach er wieder. »Ich hasse Zahlen und Büroarbeit jeglicher Art. Ich bin mehr für die freie Natur geschaffen, für die See.«

»Ich dachte, Sie könnten das Meer nicht leiden.«

»Ich liebe keine großen Schiffe und vor allem keine langen Reisen«, erwiderte er kurz und sprach dann über etwas anderes.

Das Boot fuhr in das ruhige Wasser der Bucht von Borcombe hinaus. Penelope saß am Steuer; Mr. Dorban, der einen weißen Staubmantel angezogen hatte, bediente den starken Motor.

Als sie drei Meilen von der Küste entfernt waren, stoppte er plötzlich die Maschine und setzte sich.

»Nun, was halten Sie von England?« fragte er.

»Wollen wir jetzt nicht fischen?«

Er schüttelte den Kopf. »Wir haben keine Angelschnüre dabei. Fischen langweilt mich auch. Kommen Sie zu mir.«

Der vordere Teil des Bootes war sehr bequem eingerichtet. Aber sie zögerte. Sie hatte das Gefühl, daß eine unangenehme Situation eintreten könnte, und es tat ihr jetzt leid, daß sie mitgefahren war.

Mr. Dorban hatte sich über den kleinen Tisch geneigt; in der schmalen Hand hielt er Spielkarten, die er mechanisch mischte. Seine melancholischen braunen Augen schauten auf die Küste zurück, und seine Mundwinkel zogen sich nach unten, als ob plötzlich ein großer Schmerz über ihn gekommen wäre. Der Wechsel in seiner Haltung war so auffallend, daß sie ihn verwundert anschaute. Pötzlich wandte er sich nach ihr um. »Was halten Sie eigentlich von Cynthia?« fragte er unerwartet.

»Das ist eine merkwürdige Frage.« Penelope zwang sich zu einem Lächeln.

»Sie ist nicht merkwürdig, sie ist ganz natürlich. Sehen Sie her, ich will Ihnen einen Trick zeigen. Mischen Sie die Karten.«

Er schob ihr das Päckchen hin, und sie nahm es auf. »Mischen Sie doch!« sagte er ungeduldig, und sie gehorchte.

»Cynthia ist eine kaltblütige Natur, das wird Ihnen auch schon aufgefallen sein. Sie hat ihren eigenen Willen, und es ist schwer, mit starrköpfigen Menschen zusammenzuleben.«

»Hier sind die Karten.«

Er nahm sie in seine schlanken Hände. Einen Augenblick blätterte er sie durch, und das Weiß und Gold der Ränder verschwamm undeutlich ineinander. Dann legte er sie mit einer eleganten Bewegung vor sie auf den Tisch: As, König, Dame, Bube, Zehn und so weiter – die ganze Reihe entlang. Farbe für Farbe war geordnet, jede Karte lag nach ihrem Wert an der richtigen Stelle.

Penelope schaute ihn verwirrt an, denn sie hatte die Karten gründlich gemischt, und er legte die Karten so auf, als ob sie sie genau der Reihe nach geordnet hätte.

El Slico! Die Worte des Decksstewards fielen ihr wieder ein.

»Nun?« Er lachte.

»Wie haben sie das gemacht?« fragte sie verwundert. Über ihrem Interesse vergaß sie ihren Argwohn.

»Mischen Sie noch einmal!«

Sie tat es wieder und sortierte die Karten absichtlich so, daß auch nicht zwei von einer Farbe zusammenblieben. Er nahm sie, und gleich darauf legte er sie wieder wohlgeordnet auf.

»Ein so großartiges Kartenkunststück habe ich noch niemals gesehen!« entfuhr es Penelope.

»Macht Ihnen das Spaß?« fragte er gleichgültig und ließ die

Karten wieder in seine Tasche gleiten. »Aber Sie haben mir noch gar nicht gesagt, was Sie von Cynthia halten.«

»Diese Frage habe ich, offen gesagt, nicht von Ihnen erwartet. Ich möchte nicht darauf antworten. Sie war sehr freundlich zu mir.«

»Da irren Sie. Cynthia ist niemandem freundlich gesinnt. Manchmal wünschte ich, daß sie tot wäre.« Er sagte das so ruhig, daß sie kaum ihren Ohren trauen wollte.

»Aber Mr. Dorban«, rief sie entsetzt.

Er mußte lachen.

»Sie denken, daß ich ein brutaler Mensch sei – aber das stimmt nicht. Ich weiß nur keinen anderen Weg, Cynthia loszuwerden ... Sie schauen mich ja so entgeistert an, als ob Sie glauben, ich wolle sie ermorden. Das ist durchaus nicht der Fall. Ich konstatiere nur eine unangenehme Tatsache. Es gibt für mich keine andere Möglichkeit, mich von ihr zu trennen. Ich habe die Sache mit ihr besprochen. Es wird Sie interessieren, das zu erfahren. Sie weiß ganz genau, daß ich sie nicht entfernen kann. Ich kann mich nicht von ihr scheiden lassen, und sie läßt sich auch nicht von mir scheiden. Ich kann nicht von ihr fortgehen – aus Gründen, über die ich jetzt nicht sprechen möchte. Ich kann sie nicht schlecht behandeln, weil es nicht in meinem Charakter liegt, Damen irgendwie zu beleidigen. Das widerstrebt meiner Natur. Nicht einmal für unheilbar geisteskrank kann ich sie erklären lassen, denn sie ist die vernünftigste Person, die ich kenne. Und doch sehne ich mich nach dem Verständnis und der Liebe, die ich bei Cynthia niemals gefunden habe. Wir sind nämlich nur im Sinne des Gesetzes miteinander verheiratet. Was Liebe und Zuneigung bedeutet, weiß Cynthia überhaupt nicht.«

Penelope hatte bestürzt zugehört.

»Natürlich weiß Cynthia das alles, und ich glaube, sie hat Sie nur deswegen engagiert, damit Sie mich trösten.«

»Wissen Sie auch, was Sie da sagen?« fragte Penelope streng.

»Ich weiß genau, was ich sage« entgegnete Mr. Dorban und zündete sich eine Zigarette an. »Ich habe Sie um Ihre Liebe gebeten.«

Penelope erhob sich und ging wieder nach hinten. Er folgte ihr.

»Wir wollen wieder nach Hause fahren. Da Sie nicht auf meine Bitte eingegangen sind, wollen wir auch nicht mehr darüber sprechen. Vergessen Sie, daß ich jemals davon gesprochen habe. Wenn Sie mir nicht mehr vertrauen und nach Kanada zurückkehren möchten, werde ich dafür sorgen, daß Sie morgen abfahren können, selbst wenn Cynthia nicht damit einverstanden sein sollte. Wenn Sie sich aber auf der anderen Seite auf mein Wort verlassen wollen, auf das Wort El Slicos –«

»El Slico!«

Er lachte leise vor sich hin.

»Natürlich wußten Sie, daß ich El Slico bin. Ich sah, wie Sie neben dem alten Beddle standen. Er kennt mich sehr gut und hat Ihnen sicher gesagt, wer ich bin. Ja, ich bin El Slico. Aber erwähnen Sie Cynthia gegenüber nicht, daß Sie das wissen. Sie würde tausend Ängste ausstehen, wenn sie erführe, daß ich erkannt worden bin.«

»Aber Mr. Dorban«, sagte das junge Mädchen entsetzt. »Sie können doch nicht erwarten, daß ich bei Ihnen bleibe!«

»Sie können bleiben oder gehen, wie Sie wünschen«, erwiderte Arthur Dorban und warf den Motor an. »Ich selbst kann Ihnen nur den guten Rat geben, zu bleiben. Sie werden zugeben, daß ich offen war und mir Ihnen gegenüber nichts zuschulden kommen ließ. Ich würde an Ihrer Stelle nicht nach Kanada zurückgehen. Sie können ruhig auch Cynthia alles erzählen – sie wird die Sache wahrscheinlich schon vermutet haben. Ich glaube allerdings nicht, daß sie Sie wegen Ihrer Zurückhaltung besonders achten wird oder daß sie eine besondere Tugend darin sieht, daß Sie mich abschlägig beschieden haben.«

Penelope antwortete nicht und blieb den ganzen Nachmittag in ihrem Zimmer. Sie war in einer merkwürdigen Lage. Wenn das in Kanada vorgefallen wäre, hätte sie gewußt, was zu tun war. Aber unter diesen Umständen, in einem fremden Lande, ohne Freunde, ganz allein, fiel es ihr sehr schwer, einen Ausweg zu finden.

Die Aufrichtigkeit dieses Mannes hatte natürlich einen gewissen Eindruck auf sie gemacht. Sie wußte ja noch nicht, daß El Slicos größte Stärke in seiner einnehmenden Offenherzigkeit lag. Sollte sie sein Angebot annehmen und abfahren, oder sollte sie noch einige Zeit auf ihrem Posten bleiben, bis sie das nötige Geld zusammengespart hatte, um sich eine Stelle in London suchen zu können? Ob es nun richtig oder falsch war, Penelope entschied sich dafür, zu bleiben.

Als sie schon am Einschlafen war, erinnerte sie sich plötzlich daran, daß irgendwo in London ein gewisser Mr. James X. Orford wohnte, an den sie sich ja wenden konnte, wenn sie in Gefahr kam.

4

Am nächsten Morgen stand sie sehr früh auf und ging in den Garten, um sich noch einmal alles genau zu überlegen.

Es war sechs Uhr. Der Nebel hatte sich verteilt, und man konnte weithin über die Bucht von Borcombe sehen. Das Wasser spiegelte in allen Farben die Strahlen der Sonne wider.

Sie saß auf einer rauhen Steinbank und atmete die milde und doch so kräftige Seeluft ein. Das herrliche Bild, das sich ihr bot, machte einen tiefen Eindruck auf sie. Das rote Gestein der Devonshire-Klippen erglühte, weiße Sanddünen und reiche grüne Felder, die unmittelbar an den Klippen begannen, dehnten sich vor ihr aus. Ihre Blicke verfolgten den langen Weg, der sich allmählich in der Landschaft verlor.

Sie war versunken in diese Schönheit und vergaß all ihre Schwierigkeiten und ihre Sorgen. Hinter den Fliederbüschen zog sich die weite Wildnis der Fichten und des Ginsters hin. Links erhob sich der Kirchturm von St. Maria. Die Spitze ragte gerade noch über die Häuser oben auf den Klippen. Sie schaute auf den steilen, gewundenen Pfad, der zu dem Hause führte. Von ihrem Sitzplatz aus konnte sie das Tor nicht sehen, aber sie hörte, daß die Klinke herabgedrückt wurde. Da die Luft so klar war, vernahm sie das Geräusch so deutlich, als wäre das Tor dicht neben ihr. Sie schaute auf und war neugierig, welcher Besuch wohl zu so früher Stunde kommen könnte.

Zuerst erkannte sie den Herrn in dem grauen Anzug und dem Strohhut nicht wieder. Offensichtlich hatte er sie nicht bemerkt, denn er näherte sich dem Haus mit einer gewissen Vorsicht, als ob er daran zweifelte, hier willkommen zu sein.

Er vermied die kiesbedeckten Wege und ging auf dem Rasen, der die Blumenbeete umsäumte. Schritt für Schritt kam er näher und schaute gespannt auf die oberen Fenster. Plötzlich sah er sie, stand einen Augenblick still und trat dann auf sie zu. »Guten Morgen, mein Fräulein«, sagte er mit leiser Stimme. Offenbar wünschte er nicht, daß andere Leute seine Worte hören sollten.

»Guten Morgen.«

Mr Whiplow schaute sich wieder nach dem Haus um und schnitt eine Grimasse.

»Ist Mrs. Dorban zu Hause? Sie haben ihr wahrscheinlich gesagt, daß Sie mich getroffen haben? An Bord des Schiffs haben Sie mich aber wohl nicht gesehen? Ich möchte fast darauf wetten!«

»Mrs. Dorban ist nach London gefahren. Möchten Sie sie gern sehen?« gab Penelope kühl zurück.

»Nun, ich kann auch mit Arthur verhandeln. Er ist ein verständiger junger Mann. Aber sie ...!« Er blickte Penelope an, und seine ausdruckslosen Augen suchten in ihren Zügen zu lesen. »Hat sie Ihnen nichts gesagt?« Er zeigte mit dem Daumen nach dem Hause. »Reden Sie mir nur nicht vor, daß sie Sie nicht nach mir ausgefragt habe. Sonderbarer Zufall! Zeigt aber nur, wie klein die Welt ist. – Aber gehen Sie doch nicht fort!«

»Ich will einen der Dienstboten hinaufschicken, daß er Mr. Dorban ruft«, begann sie eben, als Arthur Dorban plötzlich in der Haustür erschien.

Er war vollständig angekleidet und trug ein Gewehr unter dem Arm. Penelope machte sich keine Gedanken darüber, daß er bewaffnet war, denn viele Kaninchen trieben im Garten ihr Unwesen, und manchmal brachte er den ganzen Vormittag damit zu, sie zu jagen. Aber Mr. Whiplow schien anderer Meinung darüber zu sein – für ihn hatte die Waffe eine besondere Bedeutung. In seinem Gesicht zeigten sich Angst und Entsetzen, und er suchte schnell Deckung hinter Penelope. Aufgeregt sprach er über ihre Schulter.

»Machen Sie doch keine solchen Geschichten, Arthur! Legen Sie sofort das Gewehr weg!«

Mr. Dorban lachte, so daß man seine weißen Zähne sehen konnte. Mit einem Griff hatte er die Waffe geöffnet und zeigte sie ihm.

»Ist nicht geladen! Gehen Sie von der Dame fort, Sie beunruhigen sie!«

Er stellte die Flinte an die Mauer und ging auf ihn zu. Whiplows Augen folgten jeder seiner Bewegungen.

»Sie sind auf demselben Schiff wie meine Frau herübergekommen. Wo waren Sie?«

»Auf dem Land. Ich wollte eigentlich nicht kommen, Slic – Arthur, wollte ich sagen –, aber Amerika war mir über.«

»Sie hätten schreiben sollen. Wir hätten das beste Fremdenzimmer für Sie in Ordnung gebracht und die Dorfkapelle bestellt, Sie am Bahnhof zu empfangen.«

Hinter Slicos höflicher Ironie lag eine geheime Drohung.

»Sie kennen Miss Pitt ja schon – in Toronto wollten Sie Eindruck auf sie machen. Sie sind doch ein richtiger Mädchenjäger!«

Whiplow war verlegen und antwortete nicht.

»Sie werden uns entschuldigen?« wandte sich Arthur mit hochgezogenen Augenbrauen an Penelope.

Sie nickte langsam, denn sie fühlte, daß sie hier überflüssig war. Als die beiden ins Haus gegangen waren, setzte sie sich wieder auf ihre Bank und dachte über alles nach. »Wenn Whiplow nicht schweigt . . .« Sie erinnerte sich wieder an die Worte, die Mrs. Dorban damals im Schlaf gesprochen hatte. Worüber sollte er schweigen? Hatte Arthur Dorban irgendein Verbrechen zu verheimlichen? Das war doch unwahrscheinlich. Er war wohlbekannt in dem Dorf, und die Polizeibeamten, die auf ihren Patrouillen hier vorbeikamen, unterhielten sich oft lange mit ihm. Er machte nicht den geringsten Versuch, sich zu verbergen.

Sie ärgerte sich über ihre Verdächtigungen. Der Besuch Mr. Whiplows würde sich wahrscheinlich sehr einfach erklären lassen. Alle Menschen hatten irgend etwas zu verbergen – es mußten ja nicht notwendigerweise immer Verbrechen sein. Wie leicht kam man in unangenehme Situationen, die man nicht gern der Öffentlichkeit preisgeben wollte! Irgendwie war ihr klar, daß El Slicos schlechter Ruf nichts mit Mr. Whiplows Schweigen zu tun hatte. Es mußte sich um etwas anderes handeln.

Seufzend erhob sie sich. Draußen auf dem Meer sah sie die Umrisse eines dunklen Schiffes, das in weiter Ferne vorüberzufahren schien. Plötzlich hörte sie ein Geräusch und wandte sich um. Der Gärtner, der einzige Engländer unter den Angestellten, stand vor ihr.

»Morgen, mein Fräulein. Na, schauen Sie nach der ›Polyantha‹ aus?«

»Meinen Sie das Schiff dort? Kennen Sie es?«

»Ja, es lag gestern in der Tor-Bay, dort habe ich es gesehen. Es gehört einem Franzosen, heißt es. In der Nähe von Dartmoor hat es Vorräte an Bord genommen.«

»Ist es ein Passagierschiff?«

Der Gärtner grinste. »Es ist eine Jacht.«

»Was, eine Jacht? Dafür ist es aber sehr groß.«

Der Gärtner wollte nicht zugeben, daß ein fremdes Schiff größer und besser sein könne als ein englisches, und erzählte, daß es noch viel größere Jachten gebe.

Penelope entfernte sich von dem geschwätzigen Mann und überließ ihn seiner Tätigkeit.

Arthur war mit seinem Besuch in das Wohnzimmer gegangen. Sie konnte seine Stimme deutlich hören. Da sie nichts Besseres zu tun wußte, ging sie in das Arbeitszimmer. Später sah sie die beiden Männer an den Fenstern vorbeigehen. Arthur entdeckte sie sofort an ihrem Tisch und führte seinen Begleiter außer Sicht und Hörweite.

»Whiplow«, sagte er nun schon zum drittenmal, »Sie sind der erste Mensch, der mich hereingelegt hat.«

»Das haben Sie mir vorher auch schon erzählt«, brummte Whiplow. »Was meinen Sie eigentlich damit, daß ich Sie hintergangen haben soll, Arthur? Ich kann es in Amerika einfach nicht mehr aushalten. Es ist zu langweilig für einen Mann wie mich, der an ein lustiges Leben gewöhnt ist. Mein Gott, Sie haben keine Ahnung, wie entsetzlich langweilig die Menschen drüben sind. Wenn Sie in einer Pension beim Frühstück etwas über Butter sagen, dann sind gleich mindestens drei Leute am Tisch, die einem den ganzen Morgen einen Vortrag über Butter halten. Das geht mir auf die Nerven!«

»Das scheint mir aber keine genügende Entschuldigung dafür zu sein, daß Sie Ihr feierliches Versprechen einfach brechen«, fuhr ihn Mr. Dorban an, und in seinen brauen Augen blitzte es unheimlich auf. »Sie Lauscher, Sie verdammter, vergnügungssüchtiger Dieb! Sie sind nur zurückgekommen, weil Sie in Mexiko Ihr ganzes Geld verspielt haben! Und Sie sollten doch mindestens zwei Jahre damit auskommen. Jetzt wollen Sie erneut Geld aus mir herauspressen. Aber ich habe nichts übrig, Whip. Ich werde Ihnen genug geben, daß Sie bescheiden leben können; Sie werden wöchentlich eine bestimmte Summe erhalten. Wenn Sie irgendwie unangenehm werden wollen und mir mit Anzeige drohen, werde ich Ihnen den Mund schon stopfen. Haben Sie mich verstanden?«

Mr. Whiplow war unruhig. »Ich muß doch auch leben können, nicht wahr, Arthur?«

»Ich hoffe, daß Sie leben können«, erwiderte Arthur Dorban bedeutsam. Mr. Whiplow wurde bleich.

»Wir wollen die Sache in aller Ruhe besprechen«, fuhr Dorban fort. »Ich muß das Mädchen nach London schicken. Gehen Sie ins Dorf und geben Sie ein Telegramm an Cynthia auf.«

Um elf Uhr kam die Rückantwort von Mrs. Dorban: »Sendet Penelope mit Mittagszug zur Stadt. Werde sie am Bahnhof Paddington abholen.«

Penelope war glücklich, fortfahren zu können, und sie verfehlte Cynthia mit voller Absicht.

5

Mr. James Xenocrates Orford gab ohne weiteres zu, daß es heiß war. Bisher hatte er nur immer verächtlich gesagt: »Wie, das soll heiß sein? Da sollten Sie erst mal nach New York kommen – da muß man in allen Büros Ventilatoren laufen lassen, um überhaupt leben zu können zu dieser Zeit! Zu Hause sagen wir erst, es ist heiß, wenn das Quecksilber oben zur Röhre herauskommt und die Bäume hochklettert. In New York kann es heiß werden, ja. Das ist etwas ganz anderes, aber schließlich gewöhnt man sich auch daran. Aber hier heiß? In London ist es noch gar nicht wieder heiß gewesen seit dem großen Feuer – und es ist schon sechshundert Jahre her, daß die ganze Stadt abbrannte!«

Und doch durfte man ruhig glauben, daß ihm die Hitze sehr zusetzte. Er war über einen Meter achtzig groß, aber in einiger Entfernung sah er kleiner aus, was auf seinen ungeheuren Umfang zurückzuführen war. Sein Gesicht war groß und rot, und im Laufe der Jahre hatten sich viele Falten darin gebildet. Seine klugen, blauen Augen schauten aus diesen Fettpolstern vergnügt und lustig lächelnd hervor. Er hatte ein Doppelkinn. Trotz seiner fünfundfünfzig Jahre hatte sich noch kein Grau in seine dichten schwarzen Haare gemischt. Er war geschmackvoll und sorgfältig gekleidet, trug stets einen tadellos sitzenden Anzug und einen hohen steifen Kragen, dazu eine breite schwarze Krawatte, in der eine große, kostbare Perlennadel glänzte. Er trug niemals eine Weste oder Hosenträger, sondern nur einen schwarzen Ledergürtel mit einer hübschen goldenen Schnalle.

Mr. Orfords Büros lagen im vierten Stock eines Gebäudes, das an den Hyde Park grenzte, und von dort aus schaute er vergnügt auf die Welt hinunter, auf die knospenden Bäume, den grünen Rasen, die vielen Blüten der Rhododendren. Wenn er manchmal noch spät arbeitete, drangen die Töne der Kapelle zu ihm herüber, die im Park konzertierte, vor allem die tiefen Klänge des Bombardons. Dann zog er zuweilen seinen Stuhl ans offene Fenster, legte die Hände auf den Gürtel und schaute hinaus, bis die Schatten tiefer und länger wurden, die Laternen aufflammten und die Autos wie große Leuchtkäfer auf den Parkstraßen umherschwirrten.

Auf dem Schild am Hauseingang stand nur sein Name: James Orford. Die Art seiner Tätigkeit war nicht näher bezeichnet. Trotzdem beschäftigte er einen verhältnismäßig großen Stab von Angestellten, Sekretären, Stenotypistinnen und Agenten innerhalb und außerhalb seines teuren Büros.

Die Inhaber der anderen Geschäftsräume in dem Hause, deren Beruf aber genau bekannt war, nannten ihn nur den ›dicken Amerikaner‹. Sie hatten ihn gern, denn er war lustig und liebenswürdig. Niemand drang näher in seine Verhältnisse ein, und da er Amerikaner war, zeigte man sich etwas zurückhaltender als sonst.

Mr. Orford hatte sich in England das Teetrinken angewöhnt.

»Setzen Sie das Tablett nur dorthin«, sagte er und zeigte mit seinem dicken Finger auf einen kleinen Tisch in der Nähe des Fensters.

Eine seiner Stenotypistinnen hatte ihm Tee gebracht. Aber nicht Tee, wie man ihn in England trinkt, sondern jenes starke Getränk, das heiß auf große Eisstücke gegossen und in Gläsern serviert wird.

Keiner von seinen sieben Angestellten hatte übrigens die geringste Ahnung, womit sich Mr. Orford eigentlich beschäftigte. Man wußte nur, daß er sich gern als ›Organisator‹ bezeichnete. Aber ganz gewiß gehörte er nicht zu jenen Leuten, die einem den Gebrauch von Kartotheken, Patentschnellheftern und dergleichen Kram beibringen oder die sich engagieren lassen, um einen Betrieb zu ›rationalisieren‹, und die dann das ganze Büro rebellisch machen.

Zuerst dachten alle, sein Geschäft hinge irgendwie mit Schiffen zusammen. In einem großen Zimmer stand nämlich ein gewaltiger Tisch, auf dem eine Weltkarte ausgebreitet war. Hier wurden jeden Tag kleine Schiffsmodelle hin und hergeschoben. Ein Angestellter, der von Mr. Orford besonders geschult wurde, war für die Ordnung auf dem Tisch verantwortlich. Tausende kleiner Schiffe bevölkerten diese Miniaturwelt. Sie fuhren nach allen Himmelsrichtungen, nach Norden, Süden,

Osten, Westen. Jede Nachricht über die Position der Schiffe wurde zweimal am Tage in Mr. Orfords Büro bekanntgegeben, und mindestens einmal am Tage erschien James selbst in dem Raum und überschaute die Situation.

»Was hat denn die ›Nippon Muru‹ dort zu tun, Stanger, wie? Sie ist doch näher an Yokohama als an Shanghai. Und dieses Schiff der Cunard-Linie ist ja vollständig außer Kurs, der legt doch nicht an den Azoren an! Den haben Sie wieder einmal mit einem Schiff der Union-Castle-Linie verwechselt!«

Er schimpfte heftig, aber er schaute doch ganz liebenswürdig drein.

Ein junges Mädchen mußte alle Eisenbahnverbindungen in Europa kennen. Sie wurde auch täglich von ihm getestet.

»Jemand fährt nach Como, Basel, Genua, Belgrad, Wien. Er will auf der Ausreise einen Geschäftsfreund in Valorbe eine Stunde lang sprechen, einen anderen in Luzern. Hat er dazu Zeit, ohne seinen Anschluß zu versäumen, wie? Sie meinen, er hat Zeit dazu? Da irren Sie sich aber sehr. Der Aufenthalt in Luzern verdirbt ihm die ganze Reise. Sie müssen sich besser informieren, Miss Jay. Sie bilden sich natürlich ein, er könnte eine Stunde dadurch sparen, daß er die Bahnverbindung über den Gotthardtunnel benützt – das ist ganz verkehrt, sehen Sie nur im Kursbuch nach.«

In seinem Kartenzimmer hingen große Landkarten von Europa, auf denen alle Verkehrswege, Flughäfen, Tankstationen für Schiffe und Kohlendepots eingezeichnet waren. Er konnte aufs Pfund genau angeben, wieviel Gefrierfleisch ein Kapitän zu irgendeiner Zeit in Vigo, Triest, Dakar, Kapstadt oder Colombo kaufen konnte.

Er selbst kaufte jedoch weder Fleisch, noch verkaufte er Schiffe. Er handelte auch nicht mit Eisenbahnaktien. Anscheinend organisierte er nichts weiter als die Arbeiten in seinem Büro und sein eigenes, angenehmes Leben.

Während er tief in Gedanken vor seinem Schreibtisch saß, brachte ein Angestellter eine Karte herein. Es war keine Visitenkarte, sondern eines jener kleinen Formulare, die Mr. Orford im Wartezimmer für Leute auflegte, die ihn sprechen wollten.

Er setze seine schwarzumrandete Brille auf und sah wohlwollend auf den Namen.

»Miss Penelope Pitt«, las er. Unten, wo der Besucher eigentlich den Zweck seines Kommens angeben sollte, standen die Worte: ›Auf Empfehlung des Richters Heron in Edmonton.‹

»Führen Sie die Dame herein«, sagte er sofort.

Penelope trat ein. Sie war ein wenig nervös und unentschlossen, aber ihre Aufregung und ihre Unsicherheit verwandelten sich zu einem großen Erstaunen, als sie Mr. Orford sah.

»Nehmen Sie bitte Platz. Sie kommen aus Edmonton? Einen Brief? Lassen Sie mich einmal sehen.« Er nahm das Schreiben aus ihrer Hand, las es schnell durch, legte es dann sorgfältig beiseite und betrachtete sie liebenswürdig.

»Nun, was kann ich für Sie tun, Miss Pitt?«

Penelope fiel es schwer, ihre Geschichte zu erzählen. Sie erwähnte keinen Namen und sagte nicht einmal, wo sie augenblicklich wohnte.

»Ich fühle mich eigentlich wie eine Gefangene«, erklärte sie ihm. »Und ich habe augenblicklich den unangenehmen Eindruck, daß ich einem meiner Gefängniswärter entsprungen bin. Die Dame erwartete mich am Bahnhof, aber ich bin ihr glücklich entwischt.«

Mr. Orford faltete die Hände und zog die Augenbrauen hoch. »Ich weiß nicht, wie ich Ihnen helfen kann, Miss Pitt. Sie kommen auch gerade zu einer sehr ungünstigen Zeit, denn ich fahre Sonnabend nach New York. Und dieser Mr. John – ich weiß wohl, daß er nicht so heißt – benimmt sich gerade so wie ein Chef in New York. Die Menschen sind eigentlich überall dieselben.«

»Was raten Sie mir, Mr. Orford? Was soll ich tun?«

»Ich würde ihn einfach beim Wort nehmen, Miss Pitt, und mir meine Reise nach Kanada auszahlen lassen. Ich liebe diese offenherzigen Menschen nicht. Hat er denn irgendeine Stellung im öffentlichen Leben?«

Sie schüttelte den Kopf.

»Seine Frau wohnt bei ihm? Das macht die Sache leichter. Für einen alten Freund tue ich natürlich alles, und einer jungen

Dame aus Kanada helfe ich besonders gern. Sie glauben wohl kaum, daß ich auch aus diesem Lande stamme. Möglicherweise will dieser Mensch Sie nur bluffen, und wenn er Ihnen das Geld zur Rückreise nach Montreal oder Toronto nicht gibt, dann kommen Sie nur ruhig wieder hierher. Mein Sekretär wird Ihnen, ohne daß Sie sich weiter zu bemühen brauchen, eine Fahrkarte besorgen. Sie brauchen mir nicht zu danken, das ist nicht nötig.« Er machte eine abwehrende Geste. »Wenn ich nicht gerade von einer sehr wichtigen Sache in Anspruch genommen wäre, würde ich Ihnen mehr helfen können, aber augenblicklich kann ich mir selbst nicht helfen vor Arbeit. Ich fürchte, daß ich nicht einmal alles erledigen kann, bevor ich mit der ›Olympic‹ von Southampton abfahre.«

»Es ist sehr liebenswürdig von Ihnen, daß Sie etwas für mich tun wollen, Mr. Orford«, entgegnete Penelope froh. »Ich weiß nicht, wie ich Ihnen danken soll. Ich werde gern wiederkommen und Sie aufsuchen –«

»Sie meinen meinen Bürovorsteher«, murmelte Mr. Orford. »Wenn Sie mir den Namen Ihres Chefs und Ihre Adresse geben, bin ich eher in der Lage, etwas zu unternehmen. Aber ich sehe, Sie wollen das nicht tun. Vielleicht haben Sie recht. Manche Menschen brauchen ja keine Hilfe, um aus ihren Schwierigkeiten herauszukommen, und ich glaube, Sie gehören zu denen, die sich selbst helfen können.«

Er gab ihr liebenswürdig die Hand. Aber als sie gegangen war, dachte er nicht mehr an sie, denn er war tatsächlich dabei, einen großen Plan durchzuführen, der seine ganze Zeit und alle seine Gedanken in Anspruch nahm. Denn der geringste Irrtum in der Beurteilung der Lage, der kleinste Fehler in der Berechnung der Zeit bedeuteten Leben oder Tod für einen Menschen, an dessen Schicksal er außerordentlich interessiert war.

6

»Aber meine liebe Penelope, Sie haben mich furchtbar erschreckt! Wo waren Sie denn nur?« empfing Cynthia ihre Sekretärin, als sie in das Hotel kam. »Ich dachte schon, Sie seien verlorengegangen. Ich habe auch schon in Borcombe angerufen.«

»Ich ging durch einen der Tunnel hinaus«, sagte Penelope ruhig. »Ich bin doch wirklich kein so kleines Kind, daß ich mich in London verirren könnte. Ich kannte doch Ihr Hotel.«

»Aber was haben Sie denn in der ganzen Zeit gemacht? Der Zug ist doch schon vor einer Stunde angekommen!«

Penelope fiel das Lügen schwer. Um Cynthia zu beruhigen, erzählte sie eine Geschichte, die halb wahr und halb falsch war, und erwähnte auch, daß sie durch den Hyde Park gegangen sei.

»Hoffentlich ist Arthurs Unterredung zufriedenstellend verlaufen«, sagte Cynthia am Abend. Als sie merkte, daß sie laut gedacht hatte, setzte sie schnell hinzu: »Arthur hatte nämlich Besuch.«

Penelope wußte natürlich, warum man sie fortgeschickt hatte.

Als sie am nächsten Morgen nach Stone House zurückkehrten, war Mr. Dorban ernst und in Gedanken versunken. Auch zu ihr war er sehr kurz, als er einige Minuten allein mit ihr im Büro war. Er machte einen sehr zerstreuten Eindruck und schien gar nicht mehr an den Vorfall im Motorboot zu denken, der sich zwischen ihnen abgespielt hatte. Er erwähnte überhaupt nichts davon, und am allerwenigsten rührte er an die Frage ihrer Rückkehr nach Kanada. Freilich hatte sich Penelope schon endgültig dafür entschieden, diesen entscheidenden Schritt im Augenblick nicht zu tun. Seine Offenherzigkeit hatte sie doch in gewisser Weise beruhigt, so daß sie sich etwas sicherer fühlte.

Sie sah ihn in den nächsten Tagen nur selten. Arthur Dorban hatte lange Konferenzen mit seiner Frau, und man ließ Penelope viel allein. Es war auch außergewöhnlich, daß die beiden am nächsten Nachmittag allein in dem Motorboot aufs Meer hinausfuhren. Penelope war froh darüber.

Sie kletterte zu den Klippen hinauf und pflückte einen Strauß wilder Blumen. Es war ein herrlicher Nachmittag, die Hitze wurde durch eine Brise von der See her gelindert, der Himmel war wolkenlos klar und dunkelblau, und die Bucht dehnte sich grünflimmernd vor ihr aus. Sogar den Möwen, die sonst vom frühen Morgen bis zum späten Abend über Stone Hause kreisten und ihre unmelodischen Schreie ertönen ließen, war es heute zu heiß.

Penelope hatte die Höhe erreicht und sich im Schatten eines großen Ginsterbusches niedergelassen, als sie den Duft einer Zigarre wahrnahm. Irgend jemand mußte in ihrer Nähe sein und rauchen. Sie sah sich um, konnte aber niemanden entdekken. Das Ufer von Borcombe lag verlassen da. Wer mochte es nur sein? Die Leute in Borcombe rauchten im allgemeinen keine Zigarren. Arthur Dorban hatte nur türkische Zigaretten im Hause, und außerdem konnte sie das Motorboot von hier aus auf dem Meer sehen und ihn an seiner weißen Wolljacke deutlich erkennen.

Sie stand auf. In demselben Augenblick erhob sich auf der anderen Seite des Gebüsches ein junger Mann. Sein Gesicht war rot, die blonden Haare hatte er nach hinten gebürstet.

»Ich bitte um Verzeihung«, begann er. »Ich fürchte, der Rauch meiner Zigarre hat Sie belästigt?«

Sie fand ihn wenig anziehend, denn er war etwas korpulent, aber sein gutmütiges Lächeln besänftigte sie. Er hatte auch zweifellos eine gute Erziehung genossen.

»Ich war neugierig, woher der Rauch kam«, erwiderte sie lächelnd. »Aber bitte, lassen Sie sich durch mich nicht stören.«

»Sie sind die amerikanische Dame«, sagte er schnell. »Ich dachte mir gleich, daß Sie es seien, als Sie hier heraufkamen. Es ist merkwürdig, daß ich bis heute noch nicht wußte, daß Sie in dem Hause dort wohnen.«

»Sind Sie ein Freund Mr. Dorbans?«

Das Lächeln verschwand aus seinen Zügen.

»Nein«, sagte er langsam. »Ich bin gerade kein Freund von Mr. Dorban – aber ich kenne ihn sehr gut. Sie wohnen doch dort?«

»Ich bin Mr. Dorbans Sekretärin.«

Er sah sie erstaunt an.

»Seine Sekretärin? So, das erklärt alles. Seine Dienstboten sind alle aus Frankreich«, fügte er hinzu.

Sie war verstimmt, und er fühlte das auch sofort.

»Entschuldigen Sie bitte mein unverzeihliches Betragen, aber ich interessiere mich sehr für Dorban. Mr. Whiplow ist nicht mehr da?«

»Mr. Whiplow?« fragte sie erstaunt.

»Ach, Sie werden ihn nicht getroffen haben. Sie waren ja in London. Das hatte ich im Augenblick ganz vergessen.«

Er sprach so naiv und jungenhaft, daß sie lächeln mußte.

»Mr. Whiplow ist gestern wieder abgefahren«, sagte sie. »Er blieb nur einen Tag hier.«

»Haben Sie nicht ein Bild von ihm? Ich habe ihn um zehn Minuten verfehlt, sonst hätte ich selbst schnell eine Aufnahme von ihm gemacht. Es ist natürlich nicht recht, daß ich all diese Fragen an Sie stelle – aber haben Sie nicht doch irgendein Foto, vielleicht ein Gruppenbild im Garten oder so etwas Ähnliches?«

Sie schaute ihn verwundert an.

»Ich kann doch hier nicht mit Ihnen über Mr. Dorbans Besucher sprechen«, erwiderte sie reserviert.

»Nein, natürlich nicht.« Er entschuldigte sich vielmals. »Es tut mir leid, daß ich Sie so belästigt habe.«

Er wandte sich um, als ob er gehen wollte, blieb aber doch wieder stehen. Sie war gespannt, was er ihr noch mitzuteilen habe.

»Ich wohne im Hotel zur Krone in Torquay. Es ist wohl töricht von mir, Ihnen das vorzuschlagen, aber für den Fall ... Mein Name ist Stamford –«

»Mills«, ergänzte sie.

Er sah sie verwundert an.

»Ja, Stamford Mills – Sie haben also von mir gehört?«

Sie antwortete ihm nicht.

Das war also der Mann, der nach Cynthias Erzählung der Todfeind Arthurs war! Er sah allerdings nicht so aus, als ob man vor ihm Angst haben müsse.

»Ich stehe gerade nicht sehr gut mit den Dorbans«, gab er zu. »Vermutlich hat man Sie schon vor mir gewarnt.« Er blickte auf das Meer hinaus. »Entschuldigen Sie mich«, sagte er dann plötzlich und eilte auf die andere Seite des Gebüsches.

Sie wunderte sich, was das alles bedeuten sollte. Aber plötzlich erschien er wieder mit einem großen Fernglas und schaute eine Minute lang auf die See hinaus. Dann ließ er mit einem Seufzer das Glas sinken.

»Ich hatte sie schon mit dem bloßen Auge erkannt«, sagte er dann zufrieden und zeigte auf das Wasser.

Penelopes Augen folgten der Richtung seines Fingers, und sie sah am Horizont einen kleinen Flecken.

»Hiermit können Sie besser sehen.«

Er reichte ihr das Fernglas. Sie stellte es ein, es dauerte aber einige Zeit, bis sie das lange schwarze Schiff mit den hohen Aufbauten erkannte. Es schien stillzustehen.

»Die hübsche ›Polyantha‹«, murmelte Mr. Stamford Mills.

Dann schlug er sich auf den Mund, als ob er eine ungeheure Indiskretion begangen habe.

»Ich habe dieses Schiff schon gestern gesehen«, sagte sie ruhig, während sie ihm das Glas zurückgab, »es ist eine Jacht.«

Er dachte einige Zeit nach, bevor er antwortete.

»Ja, Sie haben recht, es ist eine Jacht. Sie gehört einem guten Freund von mir, dem Herzog von Augille. Ich habe schon verschiedene Reisen auf ihr gemacht – es ist ein schönes Schiff.«

Er setzte seinen Hut auf, wandte sich plötzlich um und ging über die Wiesen. Sie hatte fast den Eindruck, daß dieser Mann nicht ganz richtig im Kopf war.

Beim Tee sagte sie noch nichts von ihrer Begegnung, aber später quälte sie ihr Gewissen, und sie erzählte doch von ihrem Erlebnis.

»Stamford Mills?« fragte Mr. Dorban heftig. »Was macht denn der hier? Hat er Sie irgend etwas gefragt?«

»Ja, er wollte allerhand von mir wissen.«

»Du sagtest doch, Mills sei in London«, wandte sich Arthur streng an seine Frau.

»Ich habe auch bestimmt gehört, daß er dort sei.«

»Was macht er denn hier? Hat er von irgend jemandem gesprochen?«

»Er fragte mich, ob Mr. Whiplow noch hier sei.«

Arthur wechselte einen kurzen Blick mit Cynthia.

»Sie haben ihm natürlich gesagt, daß kein Whiplow hier war?«

»Er schien überzeugt zu sein, daß Sie gestern Besuch hatten«, entgegnete Penelope.

Mr. Dorban quälte sie noch mit vielen Fragen. Aber je eindringlicher er wurde, desto weniger war sie geneigt, ihm Genaueres über ihre Unterhaltung mit dem Fremden zu erzählen.

Die ›Polyantha‹ erwähnte sie überhaupt nicht, denn es erschien ihr vollkommen nebensächlich und zufällig, daß sie diese Jacht gesehen hatte.

»Gehen Sie bitte hinauf und räumen Sie den Koffer oben im Abstellraum aus«, sagte Cynthia am nächsten Nachmittag zu ihr. »Das heißt, es braucht nicht gerade jetzt zu sein. Es liegen viele Sommerkleider von mir darin, die ich im vorigen Jahr getragen habe. Neulich erhielt ich eine Karte von einem Händler in Torquay, der alte Kleider aufkauft – und ich möchte sie doch lieber weggeben als von den Motten zerfressen lassen.«

»Ich werde es jetzt gleich tun«, entgegnete Penelope.

Ein paar Minuten später kam sie zurück und bat um den Schlüssel.

»Wie, der Koffer ist verschlossen?« fragte Cynthia überrascht. »Ich kann mich nicht erinnern, ihn abgeschlossen zu haben.« Sie zog eine Schublade ihres kleinen Sekretärs auf und nahm einen Schlüsselbund heraus. »Einer davon paßt sicherlich«, meinte sie.

Penelope ging wieder hinauf, fand auch einen passenden Schlüssel und öffnete das Schloß.

Es war ein großer, grüner Koffer. Cynthia hatte ihr am Tage nach ihrer Ankunft das ganze Haus gezeigt und dabei auch erwähnt, daß sie früher zwei gleiche Koffer besessen habe, der eine sei aber auf einer Reise verlorengegangen.

Das oberste Fach des Koffers war leer. Sie hob es heraus und legte es auf den Boden. Ein brauner Papierbogen bedeckte den Inhalt der unteren Abteilung. Sie entfernte auch diesen, und ihr Blick fiel auf zwei ungerahmte Radierungen. Die eine stellte den Kopf eines Heiligen dar, die andere eine Landschaft in der Manier von Corot. Mit einer Klammer war ein kleiner Zettel daran befestigt, der auf die Erde fiel, als sie die Radierungen herausnahm.

Es war eine Quittung: ›Ich bestätige hiermit den Empfang von siebenhundert Pfund als Zahlung für die beiden Originalradierungen *St. Markus* und *Englische Landschaft.*‹ Die Quittung war mit ›John Feltham‹ unterzeichnet und genau vor einem Jahr ausgestellt worden.

Sie stellte die beiden Radierungen beiseite und legte die Quittung auf das Fensterbrett. Dann kniete sie wieder nieder und entfernte eine weitere Papierlage. Starr vor Staunen, erblickte sie viele Pakete englischer Banknoten der verschiedensten Werte von fünf bis zu hundert Pfund.

Plötzlich hörte sie einen Ausruf hinter sich, wandte sich um und sah in das entsetzte Gesicht Cynthias.

»Mein Gott!« stieß die Frau heiser hervor.

Bevor Penelope etwas sagen konnte, hatte Cynthia sie beim Arm ergriffen und in den Gang gezogen.

»Gehen Sie schnell hinunter und sagen Sie –«

Aber es war nicht nötig, Arthur Dorban zu rufen, denn er war seiner Frau gefolgt.

»Du Dummkopf!« fuhr ihn Cynthia an. »Du hast den falschen Koffer versenkt!«

7

Nach dem schweigsam verlaufenen Abendessen ging Penelope in den Garten, um sich über die Lage klarzuwerden. Sie versuchte, hinter das Geheimnis zu kommen, das über dem Leben der Dorbans lag. Er hatte den falschen Koffer versenkt! War das der Koffer, der auf der Reise verlorengegangen sein sollte?

Und warum hatte er einen Koffer mit Banknoten versenken sollen, die einen so fabelhaften Wert darstellten?

Sie hatten ihr nicht die geringste Erklärung gegeben – das erschien ihr als schlechtes Zeichen. Die Atmosphäre war geladen. Es drohte ihr Gefahr – sie wußte und fühlte es.

Cynthias schrille Stimme rief sie zurück. Sie ging langsam ins Haus, ihr Herz schlug schneller. Auf dem Wege, der am Haus entlangführte, sah sie etwas Weißes liegen. Sie bückte sich und hob es auf. Selbst in dem Zwielicht erkannte sie, daß es die Quittung war, die sie oben in dem Koffer gefunden hatte. Die Zugluft mußte sie aus dem Fenster geweht haben. Sie steckte sie in die Tasche ihrer Strickjacke, um sie Mrs. Dorban zu geben.

»Kommen Sie hier herein, Penelope«, sagte Cynthia hart.

Sie folgte der Frau in das kleine Wohnzimmer.

Arthur Dorban saß an einem kleinen Tisch und hatte das Kinn in seine Hand gestützt. Er schaute nicht auf, als sie eintrat, sondern sah unverwandt auf die Spitzendecke, die auf dem Tisch lag.

Penelope hörte, wie der Schlüssel umgedreht wurde, und wußte, daß sie nun gefangen war.

»Hier ist sie«, sagte Cynthia barsch.

Aber Arthur rührte sich immer noch nicht.

»So sag es ihr doch!« Cynthia konnte ihre Ungeduld nicht verbergen.

Nun schaute Mr. Dorban auf.

»Ich will allein mit ihr sprechen.«

Cynthia zuckte die schmalen Schultern.

»Das kann ich auch ertragen«, erwiderte sie ironisch, ging dann zwei Schritt auf ihren Mann zu und lehnte sich über den Tisch. »Du weißt, was dies zu bedeuten hat, Slico? Es gibt keine halben Maßnahmen und auch keine Kompromisse. Hast du mich verstanden? Wenn du nicht den Mut hast, ich habe ihn!«

Sie sah ihn noch einen Augenblick scharf und eindringlich an, dann verließ sie das Zimmer.

Als sie die Tür geschlossen hatte, wandte er sich an Penelope. Aber es fiel ihm schwer, zu sprechen.

»Neulich gab ich Ihnen eine Chance, nach Kanada zurückzukehren, und ich wünschte jetzt aufrichtig, Sie hätten von meinem Anerbieten Gebrauch gemacht. Jetzt können Sie nicht mehr nach Kanada oder sonstwohin gehen. Es gibt nur noch eine Möglichkeit für Sie, aber es ist alles andere als die, an die Cynthia denkt. Sie erinnern sich noch daran, was ich Ihnen auf dem Boot sagte?«

Sie nickte. Ihr Mund war trocken, und sie konnte kein Wort hervorbringen.

»Das ist der Ausweg, der Ihnen bleibt. Aber das bedeutet auch, daß wir irgendwie mit Cynthia fertig werden müssen.«

»Ich verstehe nicht, was Sie meinen – was habe ich denn getan?« fragte sie heiser.

»Sie haben etwas gesehen, was Sie nicht hätten sehen dürfen. Wenn Sie mehr darüber wüßten, was sich in diesem Land in den letzten zwölf Monaten ereignet hat, würden Sie nicht solche Fragen stellen. Ich habe Cynthia satt, das habe ich Ihnen schon früher gesagt. Und ich muß zwischen Cynthia und Ihnen wählen. Eine von beiden muß aus dem Wege!«

Sie starrte ihn entsetzt an.

»Aus dem Wege?«

»Ja.« Plötzlich stand er auf und trat dicht an sie heran. Sie war vor Schrecken wie gelähmt. Er legte seinen Arm um ihre Schulter und seine Hand unter ihr Kinn. »Sieh mich an«, flüsterte er, und seine Augen leuchteten auf. »Ich ginge für dich aufs Schafott, wenn du das erlösende Wort sprechen würdest! Aber du mußt mir helfen – hörst du? Ich habe mich auf dem Boot zusammengenommen, aber du weißt nicht, was es mich gekostet hat, mich damals zu beherrschen. Ich sehne mich nach dir, Penelope!«

Als seine heißen Lippen die ihren berührten, brach plötzlich der Bann, der über ihr gelegen hatte. Sie stieß ihn zurück, wandte sich und eilte aus dem Zimmer in den dunklen Korridor. Sie faßte eben das Treppengeländer, als etwas ihr Gesicht berührte. Sie wußte, daß es ein seidenes Tuch war, noch ehe ihre Kehle damit zugeschnürt wurde. Sie versuchte zu schreien, aber der Laut wurde erstickt.

Sie war noch niemals ohnmächtig geworden und wußte auch

nicht, daß sie das Bewußtsein verloren hatte, bis sie im Wohnzimmer wieder zu sich kam. Ihre Hände waren eng zusammengebunden.

»Wenn Sie schreien, soll es Ihnen leid tun«, sagte Cynthia. Ihr Gesicht sah eingefallen und verzerrt aus, ihre Augen schienen eingesunken zu sein. Penelope erkannte sie kaum wieder.

Sie sah sich um und entdeckte Arthur Dorban, der mit verschränkten Armen dastand und sie düster anschaute.

»Stehen Sie auf«, sagte Cynthia kurz, und Penelope erhob sich schwankend.

Cynthia sah auf ihre Armbanduhr, nahm dann das seidene Tuch vom Tisch, drehte es zusammen und steckte es in Penelopes Mund. Das Mädchen wußte, daß es zwecklos war, Widerstand zu leisten. Sie konnte nur warten und ihre Kräfte für den Endkampf sammeln. Sie versuchte vergeblich, ihre Hände aus den Fesseln zu ziehen.

Mrs. Dorban mußte ihre Absicht erraten haben, denn sie lächelte verächtlich.

»Sie strengen sich umsonst an. Lassen Sie mich einmal sehen.« Sie schaute hinunter. »Nein, die Seide wird keine Eindrücke zurücklassen«, sagte sie erleichtert. Sie nahm Penelope am Arm und führte sie zur Haustür.

»Warte!« rief Arthur heiser.

Cynthia wandte sich zu ihm um und blickte ihn haßerfüllt an.

»Ich werde zurückkommen und dann mit dir sprechen, Slico«, erwiderte sie leise.

Sie trat mit Penelope hinaus.

»Wenn Sie schwierig werden wollen, mache ich kurzen Prozeß mit Ihnen. Sehen Sie einmal her!«

Der Mond wurde durch dunkle Wolken verhüllt, aber es war hell genug, daß sie die schimmernde kleine Pistole in Cynthias Hand sehen konnte. Sie nickte, und sie gingen zusammen den Gartenweg hinunter durch das Tor in der Mauer. Cynthia hielt das Mädchen am Arm fest. Sie stiegen die Stufen hinab und machten erst auf dem flachen Felsen dicht bei dem Bootshaus halt.

Cynthia öffnete die Tür, die ins Innere führte. »Steigen Sie ein!«

Penelope gehorchte.

Es schien ihr alles wie ein böser Traum, und sie glaubte, sie werde jeden Augenblick erwachen. Und doch wußte sie ganz genau, daß es schreckliche Wirklichkeit war. Sie taumelte in das Boot, Cynthia folgte ihr, beugte sich vor, um die Vertäuung zu lösen, und warf den Motor an. Langsam glitt das Boot in die offene Bucht hinaus. Cynthia saß am Steuer, Penelope zu ihren Füßen, starr vor Schrecken.

Der Mond trat jetzt hinter den Wolken hervor und überstrahlte alles mit seinem blaßgelben Licht. Penelope konnte entlang der Küste die Leuchttürme sehen. Nur das rhythmische Geräusch des Motors unterbrach das tiefe Schweigen, das dort herrschte.

Etwa zwanzig Minuten lang fuhren sie mit größter Geschwindigkeit auf das offene Meer hinaus. Dann brachte Cynthia den Motor zum Stehen, ging nach vorn und kam mit einem Tau zurück, dessen eines Ende sie um Penelopes Taille legte und festknüpfte. Dann bückte sie sich und hob die eisernen Stäbe auf, die als Ballast auf dem Boden des Bootes lagen. Sie legte zwei schwere Stücke zu Penelopes Füßen und band sie daran fest.

Nun wurde dem Mädchen plötzlich klar, was die Frau beabsichtigte. Beinahe wäre sie ohnmächtig geworden, aber sie biß sich auf die Lippen, bis sie bluteten. Sie mußte noch immer träumen, denn das konnte doch nicht wahr sein. Kein Mensch brachte es über sich, ein so teuflisches Verbrechen auszuführen. Und doch kam ihr zum Bewußtsein, daß Jahr für Jahr solche schreckliche Verbrechen begangen wurden. Aber das hier konnte einfach nicht wahr sein; die Gedanken versagten ihr – sie mußte aus diesem Traum erwachen!

»Ich werde Sie jetzt über Bord werfen. Wenn Sie ertrunken sind, ziehe ich Sie wieder heraus und nehme die Gewichte von Ihren Füßen.«

Penelope schrie auf vor Verzweiflung, aber der seidene Knebel erstickte ihre Stimme. Cynthia packte sie mit scharfem Griff und riß sie hoch. Einen Augenblick standen die beiden, Verbrecherin und ihr Opfer, nebeneinander. Penelope nahm ihre ganzen Kräfte zusammen und warf sich mit voller Gewalt gegen ihre Mörderin. Cynthia taumelte, griff mit der Hand in die Luft, schrie auf und fiel ins Wasser. Gleich darauf erschien ihr Kopf wieder auf der Wasserfläche, und sie streckte die Hände aus, um sich am Boot festzuhalten.

Penelope versuchte, sich nach vorne zu bewegen, aber die Eisen hinderten sie daran. Sie packte das Tau mit ihren geschwollenen Händen und zog sich mit aller Kraft daran weiter. Jetzt war sie in Reichweite des Schalthebels. Sie hörte das leise Geräusch des Motors. Mit größter Anstrengung drückte sie auf den Hebel und warf ihn herum – die Kielwelle sprang auf, und das Boot machte wieder Fahrt.

Sie schaute zurück – Cynthia schwamm jetzt. Sie erinnerte sich daran, daß Arthur ihr erzählt hatte, daß seine Frau wie ein Fisch schwimmen könne. Sie zog nun mit den Händen das seidene Tuch weg, das ihren Mund bedeckte, und atmete erleichtert in der kühlen Nachtluft auf. Sie zitterte an allen Gliedern, und ihr Kopf schmerzte. Zuerst mußte sie nun die schrecklichen Eisen von den Füßen entfernen. Sie setzte sich nieder und löste die Knoten mit den Fingern. Schließlich gelang es ihr, sich von den Gewichten zu befreien, aber ihre Hände waren noch gefesselt. Sie ließ den Motor mit voller Geschwindigkeit laufen. In einem der Fächer unter den Sitzen befand sich ein kleiner Kasten mit Geschirr, Bestecken und Tischzeug. Sie riß das Fach auf und fand ein Messer. Dann setzte sie sich auf den Boden, hielt das Messer mit den Füßen fest und sägte so den seidenen Strick durch.

Als sie zum Steuer zurückging, war ihr erster Gedanke, die gräßlichen Eisen über Bord zu werfen, und sie fühlte sich erleichtert, als sie im Wasser versanken. Cynthia konnte sie nicht mehr sehen, als sie nach der Küste zurückblickte.

Wohin kam sie? Aber sie fuhr in das offene Meer hinaus, ohne an Gefahr zu denken. Die große Gefahr lag ja nun hinter ihr. Sie wollte nur fort, weit fort!

Vielleicht konnte sie um Portland Hill herumfahren. Weymouth lag dort an der Küste, weit von Borcombe entfernt. Dieser Gedanke tröstete sie.

Sie hatte ihre Gedanken wieder gesammelt und durchsuchte nun das Boot nach Vorräten. Sie fand, daß genügend Benzin im Tank war, um einen ganzen Tag lang fahren zu können. Nahrungsmittel waren freilich nicht zu entdecken. Aber sie war ja so nahe am Lande, daß sie sich darüber keine Sorgen machte. Sie vermutete, daß es etwa elf Uhr war. Bei Tagesanbruch konnte sie in Weymouth eintreffen. Bis Mitternacht fühlte sie sich gar nicht müde, aber dann kam die Reaktion in Gestalt einer überwältigenden Erschöpfung, und sie konnte kaum noch die Augen aufhalten. Aber plötzlich wurde sie wieder ganz wach, als sie sah, daß sie sich in einer dichten Nebelbank befand.

Wieder durchsuchte sie das Boot, diesmal nach einem Kompaß, aber es war keiner vorhanden. Das beste wäre gewesen, wenn sie gestoppt und Anker geworfen hätte, bis der Nebel sich verzogen hatte. Bevor sie in den Nebel eintauchte, hatte sie jedoch gerade noch gesehen, daß sie etwa auf der Höhe des Leuchtturms von Portland war. Da schien es ihr ziemlich einfach, an der Küste entlangzufahren; sie brauchte ja nur auf die Brandung zu lauschen. Sie brachte den Motor auf halbe Geschwindigkeit und fuhr weiter.

Als sie aus der Nebelbank herauskam, war aber kein Land mehr zu sehen. Am östlichen Himmel dämmerte es schon. Direkt rechts vor sich sah sie ein großes Schiff, das anscheinend auch aus einer der Nebelbänke herausgekommen war, die die Schiffahrt im Kanal im Sommer so stark behindern. Ihr Herz schlug schneller, denn sie fühlte, daß sie auf diesem Schiff in Sicherheit sein würde. Sie erhob sich und rief aus vollen Kräften.

Sie hörte eine Stimme auf der Kommandobrücke und wurde dann von einem Scheinwerfer geblendet, der das kleine Motorboot mit seinen grellen weißen Strahlen überflutete.

»Kommen Sie hinterschiffs an das Fallreep heran!« wurde ihr durch ein Sprachrohr zugerufen.

Sie brachte den Motor auf volle Fahrt und hielt auf das Schiff zu. Einige Minuten später legte sie neben einem schnell heruntergelassenen Fallreep an, und ein Matrose zog sie auf die kleine Plattform am Fuß der Treppe.

»Bringen Sie die Frau an Bord, aber stoßen Sie das Boot wieder in See!« wurde von oben heruntergerufen.

Penelope war halb ohnmächtig, als sie sah, daß der Matrose das Motorboot mit einem Fußtritt wieder ins Meer hinausdirigierte. Ihre Knie zitterten, als sie an Deck geführt wurde. Im Schein einer Lampe stand ein Mann vor ihr. Er war ungewöhnlich groß und trug einen dunkelvioletten Pyjama.

»Was ist denn los?« rief er.

Plötzlich erkannte Penelope ihn wieder.

»Ach, Mr. Orford«, rief sie und fiel schluchzend an seine Brust.

»Unglaublich!« murrte James Xenocrates Orford. »Zum Donnerwetter, was haben Sie denn auf meinem schönen Schiff zu suchen?«

8

Als Penelope am nächsten Morgen erwachte, lag sie in einer großen, luftigen, schön eingerichteten Kabine. Die Vorhänge waren aus schwerer blauer Seide, und das Bett, auf dem sie ruhte, schien aus Silber zu sein. Auf dem Fußboden lag ein herrlicher blauer Teppich, und der ganze Raum war mit Rosenholz getäfelt. Sie sah einen hübschen, eingelegten Schreibtisch, auf dem eine silberne Leselampe stand, und einen bequemen Armsessel, von dem aus die prachtvollen Lederbände auf dem Bücherbrett leicht zu erreichen waren.

Penelope konnte sich nicht darauf besinnen, wie sie ins Bett gekommen war. Sie war noch vollständig angekleidet, aber jemand mußte den Bund ihres Rockes gelockert und ihr die Schuhe ausgezogen haben. Es war so schön, hier zu liegen, dem monotonen Geräusch der Schiffsschrauben zu lauschen und sich leise schaukeln zu lassen, daß sie gar nicht das Bedürfnis empfand, aufzustehen. Sie war also an Bord eines großen Schiffes und wollte eigentlich nicht mehr daran denken, wie sie hierhergekommen war. Aber sie rief sich doch noch einmal furchtlos alle Vorgänge der letzten Nacht ins Gedächtnis zurück. Sie überlegte gerade, wie spät es wohl sein mochte, als über ihr die Glocke anschlug.

Es war ein Schlag – ihrer Schätzung nach mußte es halb neun sein.

Sie machte noch immer keine Anstrengung, sich zu bewegen, sie zog nicht einmal die seidene Steppdecke beiseite, die über ihr lag. Plötzlich klopfte draußen jemand an die Tür.

»Herein«, sagte sie und war erstaunt, wie schwach ihre Stimme klang. Sie erwartete, die Stewardeß zu sehen, aber statt dessen trat ein Matrose in einer blauen Jacke herein, ein großer, schlanker Seemann mit dunkelbraunem Gesicht. Er sah auffallend gut aus, nur sein Benehmen erschien Penelope nicht ganz einwandfrei, denn er nahm seine runde Mütze nicht ab.

»Ich bringe Ihnen eine Tasse Tee. Ich weiß allerdings nicht, ob Sie Zucker nehmen. Am besten hätte ich Ihnen natürlich ein Tablett mit allen Zutaten gebracht, aber es ist mir erst eingefallen, als ich schon vor der Tür stand.«

Er stellte die Tasse sorgfältig auf den Tisch neben ihrem Bett.

Sie hatte noch nie Matrosen gesehen, die sich so gut und vornehm ausdrückten. Seine Hände waren rauh und hart, sein Anzug ein wenig abgenützt, aber er sprach und hielt sich wie ein Gentleman.

»Ich danke Ihnen sehr«, sagte sie und stützte sich auf ihren Ellenbogen. »Würden Sie wohl die Stewardeß bitten, einmal zu mir zu kommen?«

»Ich bin hier die Stewardeß«, erwiderte er ernst.

Trotz ihrer Kopfschmerzen mußte sie lachen.

»Wer hat mich denn gestern abend hierhergebracht?«

»Das war auch ich. Sie waren so schnell eingeschlafen, daß es unmöglich war, Sie aufzuwecken. Ich habe mir erlaubt, Sie zur Ruhe zu bringen. Wenn Sie gestatten, werde ich Ihnen jetzt das Bad bereiten.«

Er verschwand durch eine Tür, die sie bis jetzt noch nicht bemerkt hatte. Sie hörte, wie das Wasser einlief. Nach einer Weile kam er wieder zurück.

»Ich habe Ihre Schuhe geputzt. Es gibt an Bord alles, was Sie nur wünschen können, nur haben wir keine anderen Kleider für Sie. Wir hoffen aber, auch diese Frage später noch zu Ihrer Zufriedenheit lösen zu können.«

»Wo bin ich denn eigentlich?«

»Sie sind an Bord der Jacht ›Polyantha‹.«

»›Polyantha‹!« Das war doch das Schiff, das Mr. Stamford Mills gesehen hatte! Sie erinnerte sich plötzlich daran – welch ein merkwürdiger Zufall!

»Wenn Sie mir Nähnadel und Zwirn besorgen wollen, werde ich versuchen, mein Kleid selbst wieder in Ordnung zu bringen. Ich muß doch ein wenig repräsentabel aussehen, wenn wir in den Hafen einlaufen.«

»Wir legen in keinem Hafen an. Es ist wohl notwendig, daß Sie das erfahren. Wir befinden uns auf einer sehr langen Reise.«

Sie sah ihn verwundert an.

»Aber Sie können mich doch an der Küste absetzen?«

»Ich fürchte, daß wir nicht einmal das können«, sagte er in seiner nüchternen Art.

»Aber ich kann doch nicht auf eine weite Reise gehen, ohne darauf vorbereitet zu sein, und außerdem –«

»Sie können an Ihre Freunde ein Telegramm senden, daß Sie in Sicherheit sind.«

Es kam ihr zum Bewußtsein, daß sie keine Freunde hatte, die auf Nachrichten von ihr warteten.

»Habe ich geträumt, oder war es wirklich Mr. Orford, den ich gestern abend hier an Bord sah?«

»Sie haben recht, es war Mr. Orford.«

»Geht er denn auf diesem Schiff nach Amerika?« fragte sie erleichtert.

»Nein, er geht überhaupt nicht nach Amerika. In diesem Augenblick geht er zum Frühstück.«

Mit einer kleinen Verbeugung wandte er sich um und verließ die Kabine. Er schaute aber noch einmal kurz hinein.

»Sie können die Tür zuriegeln – merkwürdigerweise ist auch das Kabinenschloß in Ordnung. In der Regel ist es nämlich nicht ganz intakt. Den Schlüssel finden Sie in der obersten rechten Schublade des Schreibtisches.«

Ein merkwürdiger junger Mann, dachte Penelope, als sie sich an dem warmen Bad erfreute. Als sie später die Kabinentür öffnete, standen ihre Schuhe draußen. Ihre Kabine führte auf das Oberdeck. Es wehte eine steife Brise, und damit ihre leichten Schuhe nicht über Bord geweht wurden, hatte die ›Stewardeß‹ eine eiserne Stange darüber gelegt. Bei diesem Anblick überlief sie ein Schauer.

Zehn Minuten später trat sie auf das Deck hinaus.

»Guten Morgen, Miss Pitt.«

Sie wandte sich um.

Ein etwas starker junger Mann weidete sich an ihrem Erstaunen.

»Mr. Stamford Mills!« rief sie überrascht.

»Ja, das bin ich. Ich hatte das Vergnügen, Sie schon gestern nachmittag kennenzulernen.«

»Aber – wie kommt es denn, daß Sie auch hier sind?« fragte Penelope verwundert.

»Darf ich Ihnen unseren Arzt, Dr. Fraser, vorstellen?«

Der Schiffsarzt war ein schweigsamer Schotte, der Penelope mißtrauisch betrachtete. Sie fühlte, daß er ihre Anwesenheit auf dem Schiff als etwas Ungehöriges ansah, und sie fragte, ob noch andere Damen an Bord seien.

»Nein, leider nicht«, erwiderte Mr. Robert Stamford Mills. »Und wie Sie hierhergekommen sind, ist mir ein Rätsel. Ich hörte erst heute morgen davon, als ich aufwachte. Man sagte mir, daß Sie in einem kleinen Motorboot aufgefischt worden seien. Was hatten Sie denn mitten in der Nacht auf hoher See zu tun?«

»Man wollte mich ermorden«, sagte Penelope ruhig.

»Ermorden?« fragte er schnell. »Wie meinen Sie denn das?«

»Wenn ich es Ihnen erzählte, würden Sie denken, ich hätte den Verstand verloren. Dergleichen passiert nur in schrecklichen Träumen oder verrückten Büchern. Ich will niemandem etwas davon sagen, bis ich wieder an Land bin, auch dann –«

»Aber Sie müssen es mir sagen! Oder noch besser Mr. Orford«, sagte er, als er sah, daß sie sich verletzt fühlte.

»Kennen Sie denn Mr. Orford?« fragte sie erstaunt. »Warum

ist er eigentlich an Bord? Ich dachte, er wollte nach Amerika reisen?«

»War es Cynthia oder Arthur, der den Mordanschlag auf Sie verübte?« fragte Bobby Mills hartnäckig. »Und warum ist das geschehen? Hatten Sie irgend etwas über die Leute herausgefunden? Oder –«

»Oder?« fragte sie herausfordernd.

Er sah sie nachdenklich an.

»Cynthia Dorban ist eine sehr eifersüchtige Frau, die vor nichts zurückschreckt und kein Mitleid kennt. Ihr erster Mann starb unter sehr merkwürdigen Umständen. Meiner Meinung nach –«

Er hielt plötzlich inne.

»Da kommt Mr. Orford«, unterbrach sie ihn, und Bobby ging dem liebenswürdigen, älteren Herrn entgegen. Gleich darauf traten sie zu ihr an die Reling.

»Nun, ich muß schon sagen, daß ich nicht auf Sie gerechnet hatte«, begrüßte sie Mr. Orford. »Wissen Sie, was Sie für uns bedeuten, mein Fräulein? Ein wenig Sand in der sonst so gut laufenden Maschine meiner Organisation. Sie sind das fünfte Rad am Wagen und die neunte Dimension. Sie gehören nicht hierher. Sie sind wie ein Stück Papier, das in kein besonderes Fach gehört und das man immer von einer Stelle zur anderen schiebt. Aber irgend etwas müssen wir ja nun mit Ihnen anfangen.«

»Bin ich Ihnen denn so sehr im Wege?« fragte sie schuldbewußt.

Mr. Orford nahm seine Mütze ab und fuhr erregt mit der Hand durch das Haar.

»Es ist möglich, daß Sie unsere ganzen Pläne stören. Im Augenblick hindern Sie uns ebensowenig wie eine schöne Rose, die in den Wüsten Arabiens blüht. Sie kommen mir vor wie jemand, der mit einem roten Hut bei einer Beerdigung erscheint. Außerdem sind Sie sehr verdächtig, und deswegen sorge ich mich.«

»Können Sie mich denn nicht irgendwo an der Küste absetzen?«

»Nein, das ist unmöglich«, sagte er entschieden. »Wir kommen an keine Küste, wo wir Sie absetzen könnten. Sie sind eben jetzt dazu verdammt, auf den westlichen Meeren umherzufahren. Vielleicht ist es von der Vorsehung so eingerichtet, daß Sie an Bord kommen sollten, und vielleicht machen Sie diese Reise erst glaubwürdig. Aber wir haben keine Kleider für Sie, keinen Puder und keinen Lippenstift und was sonst junge Damen alles zum Leben brauchen. Sie sind in einer absolut männlichen Umgebung, und solange wir nicht in die südlichen Teile des Stillen Ozeans kommen, wüßte ich nicht, was wir für Sie tun könnten.« Er sah Mills an und kniff die Augen zusammen. »Sie können höchstens mit ihm zurückfahren, aber auch die Aussicht ist gering.«

Penelope wunderte sich über diese geheimnisvolle Andeutung. Sie konnte ja nicht ahnen, daß Mr. Orford an einen Tanker gedacht hatte, der von ihm gechartert war, um seiner Jacht auf hoher See Betriebsstoff zu liefern.

»Und nun, mein liebes Fräulein, erzählen Sie mir einmal, was alles passiert ist und wie Sie hierherkamen.« Er legte väterlich seinen Arm um ihre Schultern und nahm sie mit zu den Deckstühlen.

»Es tut mir leid, daß ich Ihrem Wunsch nicht nachkommen kann. Die Sache ist zu ernst, als daß ich sie irgend jemandem erzählen könnte, ohne auch der Polizei davon Mitteilung zu machen.«

»War es so schlimm?« fragte er und schaute sie prüfend an. »Sie haben sich jetzt auch über Mrs. Dorban zu beklagen, wie mir Bobby erzählt. Früher haben Sie sich doch über Mr. Dorban beschwert, weil er unverschämt zu Ihnen wurde. Aber das steht wohl in keinem Zusammenhang. Und Mrs. Dorban wollte Sie töten? Sie brauchen es mir nicht zu bestätigen, ich sehe es. Ich hätte niemals gedacht, daß das möglich wäre. Die Leute gehen gewöhnlich nicht so weit, höchstens einer unter zehntausend ist zum Mörder veranlagt. Und Sie haben nun gerade das Unglück gehabt, mit einem solchen zusammenzukommen. Erzählen Sie mir doch einmal, wie das alles gekommen ist.«

»Ich habe schon zuviel gesagt. Ich möchte nicht in einem

Skandalprozeß vor Gericht erscheinen; auch wäre es sehr schwer zu beweisen.«

Mr. Orford nickte.

»Wenn ich Mrs. Dorban richtig beurteile, so hat sie jetzt schon vor der Polizei beschworen, daß Sie versucht hätten, sie zu ermorden. Das ist ihre Art. Hätte ich nur vorher gewußt, daß Sie im Hause der Dorbans wohnten!«

»Welchen Unterschied hätte das denn gemacht?«

Aber Mr. Orford war ebensowenig bereit, sich frei auszusprechen, wie Penelope.

Sie ging in ihre Kabine zurück und fand den netten Matrosen damit beschäftigt, ihr Bett zu machen. Er schien Übung darin zu besitzen. Sie beobachtete ihn, ohne daß er es wußte.

»Ich danke Ihnen auch schön«, sagte sie dann.

Nur für einen kurzen Augenblick war er ein wenig verwirrt.

»Ihre Kabine ist jetzt wieder in Ordnung, Miss Pitt.«

»Wie heißen Sie eigentlich?« gab Penelope zurück.

»Wie ich heiße?« wiederholte er. »Wenn ich die Wahrheit sagen soll, habe ich darüber überhaupt noch nicht nachgedacht. Wie würde Ihnen John gefallen?«

»Gut, ich werde Sie John nennen«, sagte sie vergnügt.

Er blieb an der Tür stehen.

»Wünschen Sie noch irgend etwas? Es tut mir leid, daß wir keine Blumen an Bord haben. Aber wenn Sie etwas Grünes in der Kabine haben wollen – ein wenig Petersilie haben wir im Kühlschrank. Vielleicht könnten wir Ihnen davon etwas ins Zimmer stellen –«

»Danke, ich bin auch ohne Grün zufrieden.« Penelope war ein wenig ärgerlich über die vertrauliche Art, mit der er sie behandelte. Aber gleich nachdem er gegangen war, schämte sie sich schon wieder darüber.

Zu ihrem größten Erstaunen wurde ihr die Mittagsmahlzeit in ihrer Kabine serviert. Offensichtlich wollten die anderen Passagiere nicht mit ihr zusammen speisen. John hatte allerdings eine andere Erklärung dafür.

»Man glaubt, es wäre Ihnen unangenehm, die einzige Dame bei Tisch zu sein. Nachher werden Sie übrigens den Captain kennenlernen. Er ist ein sehr netter Herr; er hat nur keinen Sinn für Humor, obwohl er aus Schottland stammt!«

Sie staunte, wie zwanglos er sich mit ihr unterhielt. Früher hatte sie immer den Eindruck gehabt, daß ein Schiffskapitän eine Respektsperson sei, von der alle Matrosen und Seeleute nur mit größter Hochachtung sprächen. Daher war sie doppelt verwundert, als sie Captain Willit sah. Er war ein streng aussehender älterer Herr, der sie unter buschigen weißen Augenbrauen hervor musterte und die erste beste Gelegenheit wahrnahm, sich wieder zu empfehlen.

Sie entdeckte, daß die ›Polyantha‹ ein Motorschiff mit verhältnismäßig kleiner Besatzung war. Verschiedene Einrichtungen und Gebräuche an Bord konnte sie nicht verstehen. Vor allem war sie über das Verhalten der Passagiere und Offiziere ihrem Steward gegenüber erstaunt. Niemand sprach mit ihm, und wenn er, wie es häufig geschah, irgendeine zufällige scherzhafte Bemerkung machte, ignorierten sie ihn. Trotzdem schien ihm die Atmosphäre, in der er sich bewegte, gut zu gefallen. Das zweite merkwürdige Mitglied der Besatzung war ein Matrose, der anscheinend nichts anderes zu tun hatte, als auf dem Vorderdeck zu sitzen und Zigarren zu rauchen. Es war ein breitschulteriger Mann mit einem kugelrunden Kopf und einem brutal wirkenden Gesicht. Seine kurzgeschorenen Haare, seine Stupsnase und sein dicker Hals gaben ihm das Aussehen eines Profiboxers. Allein seine Trägheit hätte ihn auffällig erscheinen lassen, aber er erregte noch mehr Aufsehen dadurch, daß er einen Ledergürtel trug, an dem zwei schwere Pistolentaschen hingen, eine an jeder Hüfte.

Er schaute auf, als sich Penelope über die Reling lehnte und ihn beobachtete. Er verzog das Gesicht zu einer sonderbaren Grimasse, die ein Lächeln sein sollte, ihn aber nur noch abstoßender machte. Dann winkte er ihr zu ihrer größten Entrüstung zu. Sie dachte zuerst, daß diese Geste nicht ihr gelte und nur zufällig gewesen sei, aber als er ihr eine Kußhand zuwarf, wandte sie sich empört ab.

»Was gibt es denn?«

Der Steward richtete diese Frage an sie.

»Der Matrose dort –«, sagte sie ein wenig unzusammenhängend. »Er – er, ach, es war nichts. Matrosen sind wahrscheinlich so.« Sie versuchte zu lächeln, obschon sie sich ärgerte, aber er ließ sich nicht täuschen.

»Hat er Sie beleidigt?«

»Er war ein wenig frech – er hat mir widerlicherweise eine Kußhand zugeworfen. Ich glaube, er dachte –«

Bevor sie den Satz beenden konnte, hatte er sich umgewandt und war die Treppe zum Vorderdeck hinuntergeeilt. Sie sah, wie er schnell auf den großem Mann zuging. Sie sprachen heftig miteinander, dann drehte sich John um und stieg langsam die Treppe wieder herauf. Sein Gesicht war bleich.

»Er wird Sie nicht mehr belästigen«, sagte er nur kurz und ging an ihr vorüber.

9

Der Matrose, der den ganzen Tag nichts tat, hieß Hollin, wie sie später von Bobby Mills erfuhr. Der junge Mann schien aber nicht gern über ihn und seine Untätigkeit zu sprechen.

»Warum trägt er eigentlich die Pistolen?«

»Das weiß ich auch nicht«, erwiderte Bobby höflich.

Jeden Abend erschien Hollin auf dem oberen Deck. Er hatte eine Zigarre im Mundwinkel und die Hände in den Hosentaschen. So ging er nach hinten und stieg dort die Treppe hinunter.

Keiner der Passagiere kümmerte sich auch nur im geringsten um ihn. Der alte Captain, der neben Mr. Orfords Stuhl stand, schaute ihm nach, als er vorbeikam, aber er sagte nichts. Sonst herrschte schärfste Disziplin an Bord. Der Steuermann grüßte militärisch, und alle Matrosen liefen, sobald die Pfeife des wachhabenden Offiziers ertönte. Nur der Steward John und der merkwürdige Hollin schienen sich nicht im mindesten darum zu kümmern. Aber John tat nichts, was man irgendwie als eine Beleidigung oder Ungezogenheit hätte auslegen können. Er mischte sich nur immer gern in die Unterhaltung.

Mr. Orford brachte den größten Teil des Tages schlafend in einem der großen, bequemen Deckstühle zu. Ein großer Sonnenschirm war über ihm aufgespannt. Mr. Stamford Mills dagegen beschäftigte sich viel in seiner eigenen Kabine.

Orford und Mills waren anscheinend die einzigen Passagiere an Bord der Jacht. Die Besatzung setzte sich aus dem Ersten, Zweiten und Dritten Offizier, dem Chefingenieur und seinem Assistenten, dem Zahlmeister, dem Funker, ungefähr zwölf Matrosen und dem Captain zusammen.

Die Ruhe an Bord wurde nur gestört, wenn der Funker einen Funkspruch brachte. Dann kamen schnell alle zusammen, und auch Mr. Orford wachte auf und erhob sich.

Einmal wurde nach einer solchen Konferenz der Kurs der ›Polyantha‹ geändert, und das Schiff, das bisher nach Westen gehalten hatte, wandte sich scharf nach Süden. Sie fuhren jetzt auch mit viel größerer Geschwindigkeit, wie Penelope wahrnahm. Der ganze Schiffsrumpf zitterte, und Sturzseen kamen über den scharfgeschnittenen Bug. Dann wurde plötzlich ohne ersichtlichen Grund Kurs nach Osten genommen, dann wieder nach Süden.

Früh am Nachmittag wurde ein Matrose in den Mastkorb geschickt, der den ganzen Horizont mit einem scharfen Fernglas absuchen mußte. Am Abend waren alle verdrießlich und schweigsam. Bobby Stamford Mills beantwortete Penelopes Fragen nur kurz. Mr. Orford saß stumm da und hatte die Hände über dem Bauch gefaltet.

Der einzige, der ein fröhliches Gesicht machte, war der Steward John. Er servierte ihr das Abendbrot und brachte danach noch Kaffee an Deck. Als sie sich zurückzog, fand sie ihn, wie er auf dem Deck kauerte, den Oberkörper an die Kommandobrücke gelehnt. Als sie erschien, erhob er sich.

»Kann ich Ihnen noch etwas bringen, bevor Sie sich zur Ruhe legen, Miss Pitt?«

»Nein, ich danke Ihnen, John.«

»Ich habe Ihnen etwas Mineralwasser hineingestellt. Und denken Sie daran, daß Sie Ihre Tür abschließen können. Wann wünschen Sie morgen früh den Tee? Ich fürchte allerdings, Sie müssen morgen zur Tür kommen und mir das Tablett abnehmen. Ich bin zwar ein vorzüglicher Steward, aber als Kammermädchen etwas schüchtern. Wie sind denn die anderen Passagiere gestimmt?«

»Sie sind sehr schweigsam. John, können Sie mir nicht sagen, wohin wir fahren?«

»Ich habe nicht die leiseste Ahnung. Vielleicht durch den Panamakanal in die Südsee.«

»Wem gehört denn dieses Schiff?«

»Ich vergaß den Namen des Eigentümers – es ist ein französischer Herzog. Aber der Herr, der die Jacht gechartert hat, ist der edle Xenocrates.«

»Mr. Orford?« fragte sie erstaunt.

»Ja.«

»Kennen Sie ihn näher?«

»Ich kannte ihn nicht, bis ich ihm hier an Bord begegnete. Sie wollen mich noch etwas fragen? Wahrscheinlich möchten Sie erfahren, warum sich ein Mann mit meinen überragenden Talenten und meiner Unterhaltungsgabe in einer so untergeordneten Stellung auf Mr. Orfords Jacht befindet?«

»Ja, das kommt mir allerdings sonderbar vor.«

»Das ist es auch. Sie wären eine blasierte alte Jungfer, wenn Sie anders darüber dächten. Ich weiß nur nicht recht, wie ich Ihnen meinen Posten hier erklären soll. Aber nehmen Sie einmal an, ich sei ein armer schottischer Student, der sich während der Ferien auf See das nötige Geld verdient, um seine Kolleggelder zu bezahlen. Klingt das nicht ganz glaubhaft?«

»Nein, ganz und gar nicht«, erwiderte sie. Aber es schien ihr, als hätte sie sich jetzt lange genug mit ihm unterhalten. Sie sagte ihm gute Nacht und verschwand in ihrer Kabine.

Er hörte noch, wie sie zuschloß, als er zum Wellendeck hinunterging. Eine dunkle Gestalt, die im Schatten auf einem Poller gesessen hatte, erhob sich rasch.

»Steck die Pistole weg, alter Freund«, sagte John mürrisch. »Mach, daß du zu Bett kommst. Warum hast du dich noch nicht hingelegt?«

»Weil ich nicht eher zu Bett gehe, als bis du dich auch gelegt hast«, erwiderte der andere mit rauher und heiserer Stimme. »Hier ist keiner mehr als der andere. Ich kenne meine Stellung hier genau. Ich habe mir die Sache überlegt, und ich werde dir einmal sagen, wie es noch kommt. Die Sache kostet den alten Kerl zwanzigtausend Pfund, keinen Penny weniger. Ich will zwanzigtausend ausgezahlt haben, und ihr sollt mich in Südamerika an Land setzen.«

John nahm ein Etui aus seiner Hosentasche und zündete sich eine Zigarette an.

»Du bist verrückt!« sagte er dann kurz und wandte sich zum Gehen.

»Sag mal, Kollege, wer ist denn eigentlich diese Schürze hier?«

»Was willst du wissen?« John drehte sich plötzlich wieder zu ihm um.

»Ich meine dies Weib da oben in der Kabine. Ich habe gesehen, wie sie vorige Nacht an Bord kam. Wer ist sie denn? Ein hübsches Mädchen, das muß ich sagen!«

»Hollin«, sagte John ruhig, »willst du wirklich nach Südamerika? Wenn das der Fall ist, sprichst du nie wieder über diese Dame. Hör gut zu. Wenn du ihr noch einmal eine Kußhand zuwirfst, dann wirst du mir trotz deiner beiden Pistolen nicht entkommen. Du wirst nicht einmal wissen, woher die Kugel pfeift, die dir den Schädel einschlägt! Denk daran!«

»Wozu machst du denn einen solchen Krach mit mir? Habe ich mich nicht die ganze Zeit wie ein Gentleman benommen? Habe ich nicht Crawley kaltgemacht, als er dich fassen wollte?«

»Du bist ein Lügner«, erwiderte John gleichmütig. »Es war überhaupt kein Grund vorhanden, Crawley niederzuschlagen.«

Penelopes Kabine lag in gleicher Höhe mit dem Boden des Vordecks, und durch zwei Luken konnte man das Wellendeck überschauen, wo die beiden miteinander sprachen. Die Fenster waren offen, und sie stand dort, stützte die Ellenbogen auf und schaute auf das blaugrüne Meer hinaus, das hell vom Mond beschienen wurde. Sie hatte die Stimmen gehört, und plötzlich vernahm sie deutlich die Worte:

»Es war überhaupt kein Grund vorhanden, Crawley niederzuschlagen.«

Wer mochte dieser unglückliche Mann sein? Und was hatten diese beiden Menschen, die so ganz verschieden waren, miteinander zu schaffen?

Kurz darauf war alles ruhig, und nachdem sie sich noch einmal vergewissert hatte, daß ihre Tür fest verschlossen war, ging sie zu Bett. Sie schlief gleich ein.

In der Nacht wachte sie plötzlich auf. Das Schiff lag so schräg, daß sie aus der Koje gefallen wäre, wenn das silberne Gitter sie nicht daran gehindert hätte. Entsetzt stand sie auf, aber gleich darauf lag die ›Polyantha‹ wieder richtig. Sie schob die Vorhänge zurück, die die Fenster bedeckten, und blickte hinaus. Fern am Horizont sah sie einen Lichtschimmer. Während sie ihn noch betrachtete, hörte sie ein Rasseln und Klingeln. Sie war zuerst darüber bestürzt, bis sie sich daran erinnerte, daß sich die Kommandobrücke über ihrer Kabine befand und daß sie den Schiffstelegrafen gehört hatte.

Sie stieß das Fenster auf. Die Stimme des Captains drang zu ihr.

»Dort ist das Schiff – wir haben seine Signale seit zwei Stunden aufgefangen. Glauben Sie, daß man uns drüben gesehen hat?«

»Nein, der Scheinwerfer hat uns nicht erreicht. Wieviel Uhr ist es?« fragte Mr. Orford.

»Fast zwei. Wir haben noch anderthalb Stunden bis Tagesanbruch, und wir fahren jetzt sechsundzwanzig Knoten die Stunde. Wenn sich der Captain drüben nicht in den Kopf setzt, uns zu folgen, werden wir bei Morgengrauen außer Sicht sein.«

Ein tiefes Schweigen folgte, und Penelope nahm an, daß die Leute oben ins Kartenzimmer gegangen waren.

Aber plötzlich ertönte Mr. Orfords Stimme.

»Was war das?«

»Ein Flugzeug«, entgegnete der andere kurz. »Ich habe es schon vor einer Stunde gehört. Sind alle Lichter an Bord gelöscht, Simson?«

»Die Hauptlichtleitung ist abgeschaltet.«

»Sind auch die Navigationslichter aus?«

»Jawohl, Sir.«

»Schauen Sie auf beiden Decks nach, ob jemand von der Wache raucht.« Dann sprach er plötzlich mit veränderter Stimme: »Maschinenraum – sind Sie da, Ferly? Ist es möglich, daß irgendwelche Funken aus den Kaminen kommen? Ergreifen Sie alle nötigen Maßregeln, um das zu verhüten.«

Plötzlich hörte das Geräusch der Schiffsmaschinen auf, und Penelope vernahm einen Laut, ähnlich dem Summen einer Kreissäge, die Hartholz schneidet. Allmählich verstummte dieses Surren wieder, und nach einer weiteren langen Pause hörte sie Schritte über ihrem Kopf.

»Dieser Funkspruch der Admiralität ist soeben aufgefangen worden, Sir«, sagte jemand.

»Wie lautet er?« fragte der Captain brummig.

Der Mann wußte den Inhalt anscheinend auswendig, denn auf der Brücke waren alle Lichter gelöscht.

»An alle Schiffe, die über den Ozean fahren, vom Kap Dungeness bis Kap Land's End. Bitte berichten Sie sofort durch Funk an die Admiralität, ob Sie das Wrack eines Flugzeuges gesichtet haben.«

»Dieser verdammte Hollin und seine Kappe! Ich wußte doch, daß dieses Schwein uns alles verderben würde!«

Penelope ging zurück und setzte sich auf die Bettkante. Nun wußte sie, warum die Maschinen angehalten hatten. Das Schiff hatte die Richtung wieder gewechselt. Wovor fürchteten sich diese Leute? Warum mußten alle Lichter gelöscht werden?

Die ›Polyantha‹ hatte ein Geheimnis – und dieses Geheimnis war mit Hollin und seiner Mütze verknüpft. Sie schüttelte den Kopf und ging dann zu Bett. Als sie gerade wieder am Einschlafen war, rasselte und klingelte oben der Maschinentelegraf aufs neue, und sie merkte, daß das Schiff mit höchster Geschwindigkeit weiterfuhr.

Dann schlief sie ein und erwachte erst wieder, als es am nächsten Morgen an ihre Tür klopfte.

»Würden Sie heute Kondensmilch nehmen?« fragte Johns Stimme. »Unserer Kuh ist nämlich nicht ganz wohl.«

10

Der zweite Tag auf der ›Polyantha‹ begann grau und kalt, die See war nicht mehr spiegelglatt, und es regnete in fast regelmäßigen Zwischenräumen.

Penelope war froh, daß sie wenigstens eine Wolljacke hatte. Auch den Schiffsmantel, den John ihr brachte, nahm sie dankbar an. Sie erlaubte ihm sogar, die Ärmel aufzurollen und ihn bis unter das Kinn zuzuknöpfen.

»Es ist der kleinste Mantel, den wir an Bord haben«, erklärte er. »Ich glaube, er gehört Bobby Mills.«

»Aber Sie nennen ihn doch nicht Bobby in seiner Gegenwart?« fragte sie interessiert.

»Ich nenne ihn in seiner Gegenwart überhaupt nicht«, erwiderte er kühl. »Das ist nun zufällig einmal sein Name, und ich kann hier an Bord nicht alle Leute mit Mister anreden. Außerdem paßt dieser Name außerordentlich gut für ihn. Er ist der feinste Kerl auf der Erde, so ehrlich wie ein alter Seehund –«

»Sie scheinen ihn ja sehr gut zu kennen.«

»Ich weiß sehr viel von ihm – jeder kennt Stamford Mills dem Namen nach, selbst so ein kleiner Student aus Aberdeen wie ich. Sind wir uns nun darüber einig, daß ich diese Rolle spiele?«

»Nein, darüber sind wir uns noch nicht einig«, sagte sie ernst.

»Auch gut. Was wünschen Sie zum Frühstück? Wir haben Eier und Schinken und Schinken und Eier. Sie können auch Koteletts auf französische oder amerikanische Art haben. Dann steht Hummer in Büchsen zur Verfügung; soviel ich weiß, ist das ein Lieblingsgericht von Leuten aus Edmonton –«

»Woher wissen Sie denn, daß ich aus Edmonton komme?« fragte sie argwöhnisch.

»Das haben Sie mir doch selbst gesagt«, antwortete er, nicht im mindesten verblüfft. »Als ich Sie neulich zu Bett brachte, haben Sie im Schlaf gesprochen.«

»John«, sagte Penelope ärgerlich. »Sie sind unfein.«

Diese ganze Unterhaltung wurde durch eine kleine Türspalte geführt.

Penelope machte sich später klar, daß es sich nicht für sie

schickte, mit einem Matrosen zu flirten. Im Grunde war es natürlich gar kein Flirt, aber die anderen hätten es dafür halten können. Freilich war es schwer, John wie einen gewöhnlichen Seemann zu behandeln. Es gab jedoch keinen Grund, warum sie höflicher und liebenswürdiger hätte sein sollen, als es die gewöhnlichen Umgangsformen verlangten. Sie nahm sich fest vor, von jetzt ab dem Steward gegenüber eine gelassene und ruhige Haltung zur Schau zu tragen.

Allerdings lag es nicht in ihrer Natur, kalt und abweisend zu sein, und sie konnte ihn auch nicht vor den Kopf stoßen. Aber wenn sie sich ihm gegenüber nicht anders einstellte, würde sich wohl wenig an ihrem jetzigen Verhältnis ändern. Außerdem war die Tatsache, daß John der einzige an Bord war, von dem sie wenigstens einige Informationen erhielt, ihrem Wunsch sehr hinderlich. Sie wußte gefühlsmäßig, daß Mr. Orford nicht gerade gut auf sie zu sprechen war. Er zeigte zwar keine direkt feindliche Gesinnung, aber sein Benehmen zeugte auch nicht von begeisterter Freundschaft. Aus irgendeinem Grunde hatte ihr Erscheinen auf der ›Polyantha‹ einen sorgfältig vorbereiteten Plan gestört. Sie dachte lange darüber nach, welcher Art dieser Plan wohl sein könnte, aber sie fand keine Lösung. Die Fahrt dieser Jacht hatte nicht den Charakter einer Vergnügungsreise – das war klar. Es lag über allem etwas Geheimnisvolles und Düsteres. Sie hatte zwar weder den dicken Bobby Mills noch den guten Mr. Orford in Verdacht, daß sie irgendein Verbrechen begangen hatten, und doch – warum stahlen sie sich so heimlich durch den Kanal? Warum änderte das Schiff dauernd den Kurs, warum wurden alle Lichter gelöscht? Was war mit Hollin, diesem unangenehmen Menschen, der ewig Zigarren rauchte? Und was hatte seine Kappe mit der ganzen Sache zu tun?

Sie legte die Hand auf ihre klopfenden Schläfen. Je länger sie darüber nachdachte, desto unheimlicher und verwirrender erschien ihr die ganze Situation. Die Schwierigkeit ihrer eigenen Lage drückte sie nicht so sehr, sie war ja völlig unabhängig, ihre Zeit gehörte ihr, und es machte ihr wenig aus, ob die ›Polyantha‹ zu den Südsee-Inseln oder zum Nördlichen Eismeer fuhr. Und trotz der sonderbaren Zustände auf der Jacht fühlte sie sich hier sicher.

Sie erinnerte sich an die Seegeschichten, die sie in ihrer Jugend gelesen hatte. Vielleicht war die ›Polyantha‹ auf einer Entdeckungsfahrt, um geheime Schätze zu heben, oder sie hatte geschmuggelte Waffen an Bord. Sie dachte darüber nach, welches Land sich wohl im Kriegszustand befände und die Dienste des Schiffes in dieser Weise in Anspruch nehmen könnte.

John servierte ihr das Mittagessen und war zum erstenmal recht schweigsam.

Penelope war darüber etwas beunruhigt, denn sie hätte gerne verschiedenes gefragt. Aber erst als er das Geschirr abräumte, schien er sich in ein Gespräch einlassen zu wollen.

»Wir bekommen bald gutes Wetter«, sagte er plötzlich ohne irgendwelchen Zusammenhang.

Sie schaute durch das offene Kabinenfenster. Der Himmel und die See waren gleichmäßig grau, und ein Schleier von Regenwolken zog sich am westlichen Horizont hin.

»Werden wir nicht irgendeinen Hafen anlaufen, bevor wir in die Südsee kommen?«

Er blieb mit dem Tablett in der Hand stehen.

»Habe ich gesagt, daß wir in die Südsee fahren? Wenn ich das getan habe, war es ein Scherz. Ich weiß überhaupt nicht, wohin die Fahrt geht. Sicher müssen wir irgendwo anlaufen. Ich weiß aber nicht, welche Dispositionen der Captain getroffen hat. Ich habe mich noch nicht darum gekümmert.«

»Fürchten Sie denn gar nicht, daß Sie etwas zu spät zum Beginn Ihrer Vorlesungen kommen?« fragte sie ironisch.

Er lächelte.

»Ich glaube, man wird den Semesterbeginn bis zu meiner Rückkehr verschieben.«

»John!«

Er war schon an der Tür, setzte das Tablett draußen auf das Deck und kam in die Kabine zurück.

»Kennen Sie das Geheimnis der ›Polyantha‹?«

»Das einzig Geheimnisvolle an Bord sind Sie. Alle Frauen sind mehr oder weniger mysteriös –«

»Nun seien Sie doch vernünftig!« rief sie ungeduldig. »Warum stehlen wir uns so heimlich von England fort? Diese Reise ist wirklich merkwürdig.«

»Ist Ihnen das so unangenehm?« fragte er schnell.

Sie überlegte.

»Eigentlich nicht, aber es fällt mir doch auf. Ich möchte nicht gern im unklaren darüber sein; ich bin nämlich ein wenig in Unruhe wegen Mrs. – wegen einer Dame.«

»Ach, Sie meinen die Dame, die Sie aus dem Motorboot werfen wollte. Sie brauchen sich ihretwegen keine Sorgen zu machen. Das liebe Kind lebt und wehrt sich ganz gewaltig«, sagte er grimmig.

»Woher wissen Sie denn das?« fragte sie erstaunt.

»Sie sind als tot gemeldet worden«, erwiderte John nachdenklich. »Das Motorboot wurde mitten im Meer aufgegriffen, das heißt fünfundzwanzig Meilen von Spithead entfernt. Ich vermute, daß Mrs. Dorban irgendeine Geschichte über einen Unglücksfall erfunden hat, durch den Sie beide ins Wasser fielen. Es ist übrigens keinesfalls verwunderlich, daß ich das alles weiß«, sagte er lächelnd. »Wir haben nämlich eine ausführliche Funkmeldung über die Tragödie erhalten. Es erscheint mir nur so merkwürdig, warum man ausgerechnet Sie töten wollte.«

Aber Penelope schwieg sich über diesen Punkt aus.

»Besprechen Sie eigentlich diese ganzen Angelegenheiten mit dem Captain?«

»Sie sind schon wieder ironisch!« sagte John traurig. »Das kann ich nicht vertragen. Wir arme, einfache Matrosen hören doch eine ganze Menge, wenn wir die Ohren spitzen.«

Damit ging er hinaus. Später sah Penelope, daß er an Deck Messingteile putzte, in der nachlässigen, langweiligen Art, wie Matrosen ihre Arbeit verrichten.

Er war leicht gekleidet und trug nur Hemd und Hose. Das Wetter hatte sich tatsächlich geändert, wie er vorausgesagt hatte, und es war heiß an Deck, denn sie fuhren mit dem Wind. John hatte die Hemdsärmel aufgerollt, und sie sah seine starken braunen, muskulösen Arme. Plötzlich legte er sein ganzes Putzmaterial in einen Kasten und verschwand.

Sie ging hinter ihm her und schaute auf das Deck hinunter, wo der unvermeidliche Hollin mit seiner Zigarre saß. John war nicht mehr zu sehen, und sie war ein wenig bedrückt darüber.

Mr. Orford schlief unter seinem Schirm, Bobby saß an Deck und spielte irgendein Geduldsspiel, Dr. Fraser las in einem dicken Buch. Niemand unterhielt sich mit ihr. Der Schiffsarzt schaute von seinem Buch auf, als sie vorbeikam, und einer der Offiziere, den sie für den Steuermann hielt, ging ihr aus dem Weg. Zum erstenmal fühlte sie sich sehr verlassen.

Eine halbe Stunde später ging sie zum äußersten Ende des Schiffes, wo sich ihr ein ungewöhnlicher Anblick bot.

John saß auf einem kleinen Klappstuhl, und auf seinen Knien lag ein großer Malkasten, dessen zurückgeschlagener Deckel ihm als Staffelei diente. Er hatte innen ein Blatt Papier angeheftet, das er eifrig bemalte. Sie sah ihm entzückt zu. Die graugrünen Wellen der See und die zarten goldgelben Töne des westlichen Himmels gewannen unter seinem flinken Pinsel rasch Umriß und Leben.

Er hatte seinen Stuhl auf das Dach der vorderen Ladeluke gestellt, von wo aus man einen guten Ausblick auf das Meer hatte, und er war so in seine Arbeit vertieft, daß er Penelope erst bemerkte, als ihr Schatten auf ihn fiel. Halb schuldbewußt und halb verlegen drehte er sich um und schaute zu ihr auf.

»Ja, für eine Zehnminutenskizze ist es nicht gerade schlecht geworden«, sagte er, als er ihrem begeisterten Blick begegnete.

»Sie sind ja ein Künstler, John!«

Er legte seinen Pinsel fort und schloß den Kasten.

»Ich bin ein Amateur, ein armer Stümper. Leute wie wir müssen auch ihr Vergnügen haben, ebensogut wie die Reichen –«

»Zum Teufel noch einmal!«

Mr. Orford war herbeigekommen, und Penelope sah, daß er sehr ärgerlich war.

»Zum Donnerwetter, was machen Sie denn da schon wieder! Der nichtsnutzige Schlingel malt! Habe ich Ihnen denn nicht gesagt...« Mr. Orford war wirklich zornig.

John wurde tiefrot. Aber zu ihrem größten Erstaunen antwortete er nicht, als der große Mann die Treppe herunterkam. Der Steward sah aus wie ein ertappter Schuljunge, den man beim Obstdiebstahl in einem fremden Garten abgefaßt hat.

»Habe ich Ihnen nicht hundertmal gesagt, Sie dürften nicht malen?« fuhr ihn Mr. Orford wütend an. »Wozu soll denn das nützen?«

»Es tut mir sehr leid, Mr. Orford«, erwiderte John kleinlaut. »Es war gedankenlos von mir.«

Mr. Orford fuchtelte verzweifelt mit den Händen in der Luft herum.

»Es wird noch eine Katastrophe geben«, sagte er düster. »In meinem ganzen Leben ist noch keine Sache schlechter gegangen!«

Er polterte und fluchte, als er wieder nach oben ging. John sah Penelope lächelnd an, und es lag ein verschmitzter Ausdruck in seinen Augen.

»Da sehen Sie nun, was Sie angerichtet haben!«

»Was ich angerichtet habe?« rief sie entrüstet. »Ich habe doch nicht gemalt! Aber meiner Ansicht nach ist es nicht recht, daß Sie sich in Ihrer freien Zeit nicht mit Malen beschäftigen dürfen, wenn Sie es doch so gerne tun.«

»Ich habe überhaupt keine freie Zeit. Ich habe vierundzwanzig Stunden Dienst am Tage. Entschuldigen Sie mich, ich muß jetzt versuchen, den dicken Mann wieder zu beruhigen.«

Die Sonne neigte sich schon zum Horizont, als Penelope fern im Süden ein Schiff auftauchen sah, das direkt auf sie zuzufahren schien. Mr. Orford, der Captain und Bobby Mills sprachen lebhaft und ernst miteinander. Kurz darauf trat auch der Doktor zu ihnen. Plötzlich trennte sich Dr. Fraser von der Gruppe und ging auf Penelope zu.

»Guten Abend, Miss Pitt«, sagte er und sah sie prüfend an. »Es scheint Ihnen nicht sehr gut zu gehen.«

Er selbst fühlte sich anscheinend auch nicht wohl, denn sein Gesicht sah blaß aus, und seine Hände zitterten.

»Ich bin so gesund wie immer«, erwiderte sie erstaunt.

»Ich glaube nicht, daß das der Fall ist. Vielleicht haben Sie zu lange in der Sonne gesessen, und es ist so etwas wie ein Sonnenstich?« Er trat näher an sie heran und sah ihr in die Augen. »Ja, es geht Ihnen nicht gut. Sie müssen sich sofort zu Bett legen.«

Sie starrte ihn entsetzt an.

»Aber es geht mir doch wirklich gut!«

»Das bilden Sie sich nur ein«, entgegnete er liebenswürdig. »Bitte, folgen Sie meinen Anordnungen.«

»Ich soll – mich zu Bett legen?«

Er nickte.

»Wenn Sie sich gelegt haben, werde ich kommen und Ihnen ein Medikament geben.«

»Aber das ist doch lächerlich!« rief sie aufsässig. »Ich sehe wirklich nicht ein, warum ich das tun soll, wenn ich mich gesund fühle –«

»Wollen Sie jetzt endlich tun, was ich Ihnen sage, Miss Pitt?« Diesmal war seine Stimme hart und scharf, und sie erkannte, daß ihre Gesundheit nichts mit seiner merkwürdigen Forderung zu tun hatte.

Sich zu widersetzen war nutzlos, da sie diesen Männern auf Gnade und Ungnade ausgeliefert war. Trotzdem fürchtete sie sich nicht.

»Nun gut. Ich halte es zwar für ganz unnötig, da Sie es aber verlangen, werde ich es tun.«

Als sie im Bett lag, hätte sie über diese sonderbare Situation lachen können, wenn nicht ihr Unmut so groß gewesen wäre.

Der Schiffsarzt kam herein. Er hielt ein Glas in der Hand, das halb mit einer milchigweißen Flüssigkeit gefüllt war.

»Trinken Sie das aus!«

»Aber sagen Sie mir doch im Ernst, Doktor – glauben Sie wirklich, daß ich einen Sonnenstich habe? Ich kann Ihnen versichern, daß ich niemals einen klareren Kopf hatte!«

»Trinken Sie jetzt das Medikament!« erwiderte der Schiffsarzt barsch.

Sie gehorchte und schnitt ein Gesicht, als sie es hinunterschluckte, denn es schmeckte sehr bitter. Sie schüttelte sich, und der Doktor lächelte. Es war das erstemal, daß sie das sah.

»Wie, es war nicht gut? Aber Sie werden sich sehr wohl danach fühlen. Das Medikament hat keinerlei Nachwirkungen. Das ist der große Vorteil dieses Trankes.«

Schon seine letzten Worte schienen Penelope aus weiter Ferne zu kommen, und sie fühlte eine angenehme Müdigkeit.

11

Es war ganz dunkel, als Penelope wieder aufwachte. Das Schiff war in Fahrt, aber es brannte kein Licht in ihrer Kabine. Sie langte nach dem elektrischen Schalter, machte Licht und richtete sich auf. Sie fühlte sich merkwürdig leicht im Kopf und hatte nicht die geringsten Schmerzen. Als sie aber aufstand, wankten ihre Knie. Der Arzt hatte also doch recht!

»Um Gottes willen!« rief sie laut, als sie sich im Spiegel betrachtete. Ihr ganzes Gesicht, die Stirn, der Hals waren mit roten Flecken bedeckt.

Sie mußte schwer krank sein, sie hatte entweder Masern oder Scharlach. Sie legte sich wieder zu Bett.

Als sie zum zweitenmal aufwachte, war es heller Tag. Ein leises Klopfen an der Tür hatte sie geweckt.

Sie öffnete schnell und huschte zu ihrem Bett zurück.

»Setzen Sie das Tablett auf den Boden, John. Kommen Sie bitte nicht näher – ich habe Scharlach!«

Die Tür öffnete sich nur ein wenig, und ein sehniger Arm setzte ein Tablett nieder. Dann hörte sie Johns Stimme.

»Probieren Sie es einmal mit Wasser und Seife!«

»Was sagen Sie da?« fragte sie ungläubig.

»Sie müssen sich ordentlich mit Seife waschen«, wiederholte John begütigend. »Das ist das beste Mittel gegen Scharlach. Ich denke schon daran, mir diese Heilmethode patentieren zu lassen.«

Er hatte die Tür kaum geschlossen, als sie schon aus dem Bett sprang und in den Baderaum eilte. Mit dem nassen Schwamm rieb sie ihr Gesicht heftig ab, und die Flecken verschwanden tatsächlich.

Als sie sich angekleidet hatte, ging sie an Deck. John saß in einer schattigen Ecke und schälte Kartoffeln. Es ist nun eigentlich nicht Brauch, daß solche Arbeiten, die in die Küche gehören, auf dem Promenadendeck einer Jacht vorgenommen werden, das zur Erholung der Gäste reserviert ist. Aber Penelope war nun schon etwas an die sonderbaren Verhältnisse gewöhnt, die auf diesem Schiff herrschten. Wenn sie John auf der Spitze des Schornsteins Champagner trinken gesehen hätte, hätte sie das auch nicht mehr gewundert.

John ließ sein Messer sinken, erhob sich und wischte die Hand an seiner Jacke ab.

»Das ist zwar gerade nicht sehr schicklich«, sagte er, »aber ich darf kein Taschentuch tragen, um nicht den Neid der übrigen Mannschaft zu erregen.«

Sie schaute sich um. Außer einem Matrosen, der hinten an Deck zwei Taue zusammensplißte, war niemand zu sehen.

»John, nun sagen Sie mir einmal, wie diese Flecken in mein Gesicht gekommen sind.«

»Ein offenes Geständnis erleichtert des Gewissen – ich habe sie Ihnen aufgemalt!«

»Sie?« fragte sie atemlos.

Er nickte.

»Sie hatten doch schon vorher eine Probe meiner künstlerischen Fähigkeiten gesehen. Die Scharlachflecken sahen überzeugend naturgetreu aus. Es war nur schade, daß wir sie Ihnen nicht auch wieder abwaschen konnten, ohne Sie aufzuwecken.«

»Ich bin also betäubt worden?«

Er zögerte.

»Antworten Sie mir doch!« bat sie ihn.

»Man hat Ihnen einen Schlaftrunk gegeben, soviel ich weiß«, erwiderte John vorsichtig. »Es geschah ganz gegen meinen Willen, aber Mr. Orford bestand darauf. Wir begegneten nämlich einem englischen Kriegsschiff, das uns den Befehl gab, anzuhalten. Da wir den Aufenthalt der fremden Offiziere bei uns möglichst beschränken wollten, hißten wir die gelbe Flagge, um anzuzeigen, daß wir schwere, ansteckende Krankheiten an Bord hätten – und Sie waren eben der Patient.«

»Hatten Sie wirklich keine anderen Gründe?«

Er schwieg einen Augenblick.

»Vielleicht fürchtete Mr. Orford auch, daß Sie den Leuten unangenehme Dinge über die Heimlichkeit unserer Fahrt sagen würden. Immerhin, es war eine etwas peinliche Angelegenheit, und ich bin froh, daß alles vorüber ist.«

Sie konnte nur hilflos den Kopf schütteln.

»Ich verstehe die ganze Sache nicht!«

»Aber Sie fürchten sich doch nicht vor uns?« fragte er und sah sie forschend an.

»Nein – ich ärgere mich nur.«

»Dann ist ja alles in Ordnung.« Er schien von einer schweren Sorge befreit zu sein. »Nun will ich Ihnen auch etwas mehr mitteilen. Das Schiff läuft Vigo an. Eine der Maschinen ist nämlich nicht in Ordnung. Ich weiß nicht, was es ist, denn ich bin kein Ingenieur. Aber in zwei bis drei Tagen laufen wir Vigo an, und Sie haben die Möglichkeit, sich Kleider zu kaufen.«

»Kann ich denn an Land gehen?«

»Ja, unter Bedeckung«, erwiderte er ernst. »Und ich habe es übernommen, Sie zu begleiten. In mancher Beziehung war Ihr Erscheinen an Bord dieses Schiffes wie von der Vorsehung bestimmt. Man könnte es fast ein Wunder nennen. Ich weiß nicht, es ist vielleicht – aber das hängt ganz von Ihnen ab. Sehen Sie, hier kommt der nette Bobby, und ich werde jetzt wieder meine Kartoffeln schälen.«

Bobby sah viel vergnügter aus als während der letzten Tage.

»Hat John Ihnen schon gebeichtet? Können Sie uns verzeihen, Miss Pitt? Es war schrecklich, daß wir das getan haben. Wir mußten all unsere Überredungskunst aufbieten, um den Doktor zu überzeugen, daß er uns bei diesem niederträchtigen Plan helfen mußte. Er lag uns dauernd in den Ohren, daß er im Entdeckungsfalle sieben Jahre ins Gefängnis gesteckt wird, daß man seinen Namen von der Liste der Ärzte streicht und daß er dann lebenslänglich ruiniert ist.«

»Warum hat er es dann überhaupt getan?« fragte Penelope ein wenig kühl.

»Weil Dr. Fraser ein Verwandter von uns ist. Sie verzeihen uns doch, Miss Pitt?«

»Ich sehe nicht ein, was das ausmachen soll, ob ich Ihnen vergebe oder nicht«, erwiderte sie lächelnd. »Sie hätten es mir doch vorher sagen können. Es wäre mir ein Vergnügen gewesen, die Rolle eines interessanten Patienten zu spielen.«

»Das allein hätte aber nicht genügt«, sagte Bobby ernst. »Sie wissen schon, daß wir nach Vigo fahren?«

Sie nickte.

»Das hat Ihnen wieder John erzählt – er ist doch ein zu schwatzhafter Kerl. Das tut er bloß, weil . . .«

»Warum tut er das?«

»Nun ja, Männer sind eigentlich geborene Klatschbasen«, sagte er ganz unlogisch.

12

Als sich die ›Polyantha‹ am frühen Morgen der felsigen, im blauen Nebel verschwimmenden Küste Spaniens näherte, sprang Penelope aus dem Bett, zog sich rasch an und ging an Deck.

Sie war erstaunt, auch Mr. Orford schon dort anzutreffen. Da der Morgen kühl war, hatte er einen Wintermantel angezogen und den Kragen hochgeschlagen. Seine Hände steckten in den Taschen, und er schaute düster und unzufrieden zur Küste hinüber.

Er fuhr zusammen, als sie ihn ansprach.

»Sind Sie schon so früh auf, Miss Pitt?«

Sie glaubte zu bemerken, daß er sie böse anschaute, und ihr Argwohn wurde noch vermehrt, als er mit dem Kopf nach dem Lande hinwies.

»Das ist nun so Ihre Idee«, sagte er vorwurfsvoll.

»Meine Idee? Ich weiß nicht, was Sie damit sagen wollen, Mr. Orford.«

»Wenn sich erst Gefühle in eine gute Organisation mischen, geht die Organisation zum Teufel«, erwiderte er bitter. »Ich dachte, Sie seien die Ursache, daß wir nach Vigo fahren, aber vielleicht irre ich mich auch.«

Sie sah ihn verwundert an, ohne ihn zu verstehen.

»Daß wir in Vigo anlegen, ist die größte Verrücktheit«, sagte er dann wieder und zuckte die Schultern. »Ich habe es schon erlebt, daß Leute wegen geringerer Anlässe ins Irrenhaus gesperrt wurden.«

»Ich dachte, die Maschinen seien nicht in Ordnung?« begann sie.

»Die Maschinen nicht in Ordnung?« fuhr er auf. »An Bord der ›Polyantha‹ ist nichts in Unordnung – merken Sie sich das! Die ›Polyantha‹ war niemals mehr auf der Höhe. Aber in dem verrückten Hirn dieses Jungen stimmt etwas nicht«, sagte er hitzig. »Man quält sich sechs Monate lang ab, eine Sache aufs glänzendste zu organisieren, und dann –« Er sah sie scharf unter seinen buschigen Augenbrauen an. »Vielleicht können Sie auch wirklich nichts dafür.« Er wandte sich plötzlich ab und ging weiter.

Und sie hatte ihm doch gerade heute morgen die ganze Wahrheit über Cynthia Dorban mitteilen wollen. Sie war aufgewacht und hatte an Borcombe, an Stone House und den geheimnisvollen Koffer denken müssen und hatte beschlossen, Mr. Orford ins Vertrauen zu ziehen. Aber er schien nicht in der Stimmung zu sein, sich etwas erzählen zu lassen.

Um neun Uhr lief die ›Polyantha‹ in den Hafen von Vigo ein. Die Stadt lag im Morgensonnenschein, und sie bot einen imponierenden Anblick. Im Hintergrund erhoben sich die Berge. Bei näherer Besichtigung sollte sie ihr später weniger anziehend erscheinen.

Ein kleines Motorboot wurde hinuntergelassen, und John half Penelope beim Einsteigen. Er hatte sich fein herausgeputzt, trug einen neuen, dunkelblauen Matrosenanzug und eine Mütze mit einem schwarzen Seidenband, auf dem in goldenen Buchstaben ›Polyantha‹ stand.

Sie hatten die Zollschranken passiert und gingen durch eine enge Gasse zur Hauptstraße.

»Warum haben Sie mir eigentlich gesagt, daß die Schiffsmaschinen repariert werden müßten?« fragte sie ihn plötzlich.

»Müssen sie denn nicht repariert werden?« erwiderte er mit geheucheltem Erstaunen.

»Sie wußten doch ganz genau, daß das nicht notwendig war. Sie stecken mit Mr. Mills unter einer Decke. Warum haben Sie die ›Polyantha‹ nach Vigo fahren lassen? Mr. Orford dachte zuerst, ich sei daran schuld.«

»Ich glaube, Sie tun dem armen Bobby unrecht. Er hat einen ganz besonderen Grund, Vigo anzulaufen, wenn die Geschichte mit den Maschinen nicht wahr sein sollte. Hier ist übrigens die Hauptstraße.« Mit diesen Worten schnitt er das Thema ab. »Hier können Sie alles kaufen, was Sie brauchen.«

Plötzlich kam ihr zum Bewußtsein, daß sie kein Geld bei sich hatte, und sie lachte.

»Unglücklicherweise kennen mich die Geschäftsleute hier so wenig, daß sie mir keine Kleider auf Kredit geben werden«, sagte sie trocken.

»Haben Sie kein Geld?« fragte er schnell. »Aber natürlich, Sie können ja unmöglich Geld haben!« Er zog eine Brieftasche heraus und entnahm ihr ein Dutzend spanische Banknoten. »Mr. Mills gab mir das mit, falls Sie irgend etwas brauchten.«

Sie zögerte, bevor sie die Scheine nahm.

»Eine von diesen Banknoten ist reichlich genug. Wieviel sind denn eigentlich tausend Pesetas wert?«

»Roh gerechnet vierzig Pfund, und vierzig Pfund sind zweihundert Dollar. Ich werde dort an der Ecke warten, bis Sie wiederkommen. Drüben bei Manuel finden Sie die besten Kleider und alles, was Damen sonst noch nötig haben. Aber wenn Sie dieses Geschäft nicht befriedigt, haben wir noch einen anderen netten Laden um die Ecke, der Kathedrale gegenüber.«

Es war jetzt keine Zeit, ihm zu widersprechen. Sie ging zu Manuel und machte ihre Einkäufe. Sie war erstaunt, wieviel Dinge sie kaufen mußte, und noch erstaunter, daß sie die Notwendigkeit ihrer Anschaffung erst bei ihrem Anblick erkannte.

Sie kaufte zwei billige Kleider und verschiedene andere Sachen. Als sie wieder aus dem Laden trat, wartete John noch geduldig neben einer Droschke, die er offenbar inzwischen gemietet hatte.

Er nahm ihr die Pakete ab und brachte sie im Wagen unter.

»Ich fürchte, ich habe zuviel Geld ausgegeben«, begann sie, aber er schüttelte den Kopf.

»Bobby erwartet es nicht anders – außerdem sind tausend Pesetas keine tragische Summe.« Er sah sie nachdenklich an. »Würden Sie mich auf einer kleinen Fahrt begleiten?« fragte er dann. »Ich habe nämlich einen Besuch zu machen.«

»Sie kennen Vigo anscheinend sehr gut?«

»Ja, ich kenne mich hier leidlich aus. Ich möchte jetzt –«, er zögerte, »zum Friedhof fahren. Haben Sie etwas dagegen, Miss Pitt?«

»Nicht das geringste«, entgegnete sie schnell.

Sie wunderte sich über nichts mehr. Wahrscheinlich lag einer seiner Freunde in dieser weltverlassenen Stadt begraben. Aber sicherlich hatte die ›Polyantha‹ Vigo nicht angelaufen, weil der Steward John einer sentimentalen Pflicht genügen wollte.

Als sie durch die Straßen fuhren, zeigte er ihr verschiedene interessante Gebäude.

»Vigo hat nicht gerade besonders viele historische Bauten. Die meisten Kathedralen in diesem Teil des Landes sind durch Erdbeben zerstört und in einem abscheulich modernen Stil wiederaufgebaut worden.«

Er erzählte ihr auch, daß irgendwo auf dem Meeresboden im Hafen von Vigo eine große Menge Silber liege, die mehr als eine Million Pfund wert sei; vor langer Zeit habe ein englischer Admiral hier nämlich die spanische Silberflotte überrascht und die Hälfte der Schiffe versenkt, während die restlichen Schiffe gekapert wurden.

Schließlich kamen sie zu dem Friedhof, der in den Außenbezirken der Stadt lag. Es war ein großer, verlassener viereckiger Platz mit häßlichen eisernen Kreuzen und geschmacklosen Metallkränzen; umgeben war er von einer sehr hohen Mauer.

Ein alter Kirchhofwärter kam auf sie zu und schaute sie neugierig an. John redete ihn in fließendem Spanisch an, und der alte Mann führte sie einen schmalen Pfad entlang. Sie kamen zu einer Anlage, die von dem anderen Teil des Friedhofs durch ein Gitter abgetrennt war.

»Dies ist der englische Kirchhof, Miss Pitt«, erklärte John. »Aber es liegen hier mehr Amerikaner als Engländer begraben.«

Die kleine Anlage war sehr sorgfältig gehalten. Penelope sah überall Blumen. Die Kreuze und Grabsteine waren einfacher als auf dem spanischen Friedhof.

»Wollen Sie mich bitte einen Augenblick entschuldigen«, sagte John leise. Der Ausdruck seines Gesichtes hatte sich vollkommen verändert.

Sie wußte, daß er allein zu sein wünschte, und trat einige Schritte beiseite. Sie sah, wie er zu einem Grab ging, auf dem nur ein glatter Stein stand. Er beugte sich nieder, pflückte das vertrocknete Blatt eines Rosenstrauches ab und stand dann barhäuptig und unbeweglich am Fuß des Grabes. Er hielt den Kopf gesenkt, und sein Blick war zur Erde gerichtet.

Plötzlich schaute er wieder auf und winkte Penelope.

»Ich hatte eigentlich nicht die Absicht, Sie hierherzuführen«, sagte er. »Es ist das Grab meiner Mutter.«

Sie sah auf den Stein und las:

Mary Tyson – das nächste Wort war schon
unleserlich – im Alter von 46 Jahren.
Dritte Tochter des Lord John Medway.

Er beugte sich nieder, pflückte eine Rose und legte sie behutsam auf den Rasen, der den Grabhügel bedeckte. Dann faßte er schweigend ihren Arm und führte sie zurück.

Erst als sie wieder in der Stadt waren, gab er ihr eine Erklärung. »Wir haben viele Jahre in dieser Stadt gelebt. Mein Vater war arm, aber er fühlte sich in dem Klima von Vigo wohl. Ich kann mich kaum auf ihn besinnen, ich war erst sechs oder sieben Jahre alt, als er starb. Meine Mutter und ich lebten noch zwölf Jahre zusammen.«

Als sie durch die Hauptstraßen fuhren, erhob er sich, lehnte sich zum Wagen hinaus und gab dem Kutscher eine Anweisung. Die Droschke passierte eine lange, enge Straße, und auf ein Zeichen Johns hielt der Kutscher vor einem kleinen Laden.

»Hier haben wir gewohnt.« John zeigte nach oben. »In der

zweiten Etage. Die Wohnung scheint leerzustehen. Ich bin gespannt, ob der alte Gonsalez noch lebt.«

Er trat auf den Gehsteig und schaute durch das Fenster. Dann öffnete er die Ladentür und ging hinein. Nach ein paar Minuten kam er schon wieder zurück.

»Der alte Mann ist vor vier Jahren gestorben«, sagte er dann. Er hielt einen großen Schlüssel in der Hand. »Aber ich habe die Erlaubnis, mir das Haus anzusehen. Die Wohnung ist nicht vermietet. Der alte Gonsalez hatte meine Mutter sehr gern und schwor, die Räume nicht wieder zu vermieten, wenn wir einmal fortgehen sollten. Und er hat sein Versprechen auch gehalten.«

Er schloß eine Seitentür des Hauses auf, und Penelope folgte ihm in einen langen, engen Gang. Dann stiegen sie eine steile, gewundene Treppe hinauf.

»Hier sind wir.«

Das Treppenpodest bekam durch ein kleines Fenster etwas Licht.

»Dies war unser Speisezimmer«, erklärte er, als er eine Tür öffnete.

Der Raum war leer und sehr staubig. Spinnweben hingen in den Ecken, und das kleine Gitter im Kamin war ganz vergraben unter Schutt und Asche. Aber die Wände waren mit Eichenholz getäfelt, und die Decke zeigte schöne Stuckarbeit.

»Das ist maurischer Stil. Das Haus wurde von einem Kaufmann aus Malaga gebaut, der maurische Künstler herbrachte, um die Decken verzieren zu lassen.«

Er führte sie von Zimmer zu Zimmer und machte hier und dort halt, um ihr etwas Besonderes zu zeigen, das die Erinnerung an seine Mutter in ihm wachrief.

Es kam ihr gar nicht zum Bewußtsein, daß er bei ihr ein ziemliches Interesse für sein früheres Leben voraussetzte, denn sie interessierte sich wirklich sehr für alles.

»Finden Sie wohl selbst hinunter?« fragte er schließlich. »Ich möchte hier noch fünf Minuten allein sein mit meinen Gedanken. Ich muß mir über gewisse Dinge klarwerden, und ich wüßte keinen Ort in der Welt, wo das besser geschehen könnte als hier.«

Sie nickte, denn sie glaubte ihn zu verstehen. Ruhig ging sie nach unten.

Als sie zu dem Podest der ersten Etage gekommen war und gerade den Fuß auf die nächste Treppe setzen wollte, hörte sie unten im Flur Stimmen.

»Sie können sich die Räume ansehen. Ja, es sind wirklich hübsche Zimmer, aber im Augenblick besichtigen sie gerade ein Herr und eine Dame. Mein Vater wollte die Etage ja nicht vermieten, aber ich denke anders darüber.«

»Sie haben vollkommen recht.«

Penelope fuhr erschrocken zusammen, denn sie erkannte die Stimme Mr. Arthur Dorbans.

»Wollen wir nach oben gehen?« fragte Cynthia.

Penelope lehnte sich zurück, damit man sie von unten nicht sehen konnte. Dann rannte sie wieder die Treppe hinauf und trat atemlos in den Raum, wo John auf der Fensterbank saß. Er hatte die Hände über den Knien gefaltet und den Kopf nachdenklich gesenkt. Er sah schnell auf, als sie hereinkam.

»Unten sind Leute – ich möchte sie nicht sehen«, rief sie atemlos.

»Wer ist es denn?«

»Mr. und Mrs. Dorban!«

»Dorbans sind hier?« Er eilte zur Tür, öffnete sie und lauschte auf dem Podest. Die Dorbans kamen schon die Treppe herauf. Er winkte Penelope schweigend, und sie stiegen leise zum dritten Stock empor.

»Kein Geräusch«, flüsterte er. »Lehnen Sie sich an die Wand.«

Sie hörte jetzt Cynthia sprechen.

»Aber warum sollte er ausgerechnet in dieses kleine, unansehnliche Haus kommen, Arthur?« fragte sie vorwurfsvoll. »Und wie hätte er überhaupt hierhergelangen können?«

»Es gibt viele Gründe, die ihn dazu bestimmen könnten, und viele Wege, auf denen er hierhergelangen kann«, erwiderte Arthur. »Und ich wette um mein Leben, daß ich mich nicht irre. Heute morgen ist eine Jacht in den Hafen eingelaufen, wir werden sie später einmal ansehen.«

»Entschuldigen Sie einen Augenblick«, unterbrach sie der Spanier, der sie begleitete. »Ich möchte nur der Dame und dem Herrn sagen, daß Sie hier sind.«

Offensichtlich waren sie jetzt auf dem Podest der zweiten Etage angekommen. Der Spanier öffnete die Tür zur Wohnung, kam aber bald wieder zurück.

»Sie sind fortgegangen«, sagte er unangenehm berührt. »Auch der Schlüssel ist verschwunden. Und ich hatte dem Matrosen doch gesagt, er solle ihn mir zurückgeben.«

»Was für ein Matrose war das denn?« fragte Arthur rasch.

Nun gingen sie alle drei hinein. John schaute vorsichtig über das Geländer und sah, daß niemand mehr auf dem Podest stand.

»Schnell!«

In kürzester Zeit eilten sie die Treppe hinunter. Als John unten die Tür zuwarf und abschloß, hörten sie oben Stimmen und schnelle Fußtritte. Er sagte etwas auf spanisch zu dem Kutscher, und der Wagen flog in einem halsbrecherischen Tempo durch die Straßen bis zu dem kleinen Kai. Der Kutscher hatte kaum gehalten, als John schon aus dem Wagen sprang und die Pakete in das kleine Boot warf, das unten vertäut war.

Er drückte dem Mann eine Banknote in die Hand und eilte die schmalen Stufen hinunter. Penelope hob er in das Boot. Während sie mit größter Geschwindigkeit durch den Hafen fuhren, schaute er sich von Zeit zu Zeit um, und plötzlich sah er, was er erwartet hatte. Eine zweite Droschke hielt neben der ersten. Penelope erkannte den Mann, der heraussprang.

»Ist das Arthur Dorban?«

Sie nickte.

»Ich hätte mir den Herrn gern etwas näher angesehen«, meinte John nachdenklich. »Ich glaube jetzt auch, daß wir den ganzen Plan des guten Mr. Orford über den Haufen geworfen haben.« Er lachte leise vor sich hin, obgleich ihm nicht danach zumute war.

Das Motorboot hielt unter dem Fallreep der Jacht. Penelope eilte vor ihm die Treppe in die Höhe.

Oben standen Bobby, der Captain und Mr. Orford, die auf ihre Rückkehr warteten.

»Wir hatten eine unglückliche Begegnung in der Stadt«, sagte John ohne weitere Einleitung.

»Sie haben doch nicht etwa Dorban getroffen?« fragte Mr. Orford aufgeregt.

»Ich habe ihn nicht gesehen, aber Miss Pitt. Augenblicklich schaut er sich nach einem Bootsmann um, der ihn zur ›Polyantha‹ rudern soll. Das nehme ich wenigstens an«, setzte er vorsichtig hinzu. »Es wäre wohl am besten, wenn wir den Hafen in größter Eile wieder verließen.«

»So, sind Sie auch der Meinung?« brummte Mr. Orford grimmig. »Ich möchte Sie aber erst fragen, ob Sie ohne Hollin fahren wollen?«

»Ohne Hollin?«

»Ja. Er hat das Schiff fünf Minuten nach Ihnen verlassen und ist in einem kleinen Boot an Land gerudert. Wir bemerkten es erst, als er schon beinahe an Land war. Wahrscheinlich ist er jetzt vollständig betrunken und macht einen entsetzlichen Krawall im Hafen.«

Sie sahen einander bestürzt an. Der Captain machte einen Vorschlag.

»Es ist besser, wenn ich jetzt die Anker lichte und draußen auf See warte. Sobald es dunkel geworden ist, können wir ein paar Leute in einem Motorboot an Land schicken, um Hollin an Bord zu bringen. Soviel ich verstehe, dürfen wir ihn nicht im Stich lassen.«

»Und was soll dann geschehen?« fragte Mr. Orford.

Der alte Captain zuckte die Schultern.

Bobby verließ die anderen, ging zum Achterdeck und nahm ein Fernglas, das dort an einem Haken hing. Er schaute zum Kai hinüber und bemerkte dort eine kleine Gruppe aufgeregter Menschen.

Der Captain wollte gerade zur Kommandobrücke hinaufsteigen, als Bobby sich umdrehte.

»Einen Augenblick, Captain Willit«, sagte er. »Ich glaube, dieser kleine Zwischenfall wird sich von selbst erledigen. Unsere vorschnellen Freunde haben vor, an Bord zu kommen.«

Orford sah Bobby überrascht an und nahm ihm das Fernglas aus der Hand. Dann seufzte er tief auf.

»Der Herr hat sie in unsere Hände gegeben«, sagte er fromm. »Die Schafe kommen alle zum Stall, Willit.«

Der Captain sah ihn verwundert an.

Der Bootsmann ruderte mit allen Kräften, und eine Viertelstunde später waren Mr. Dorban und seine Frau am Fallreep der ›Polyantha‹ angelangt.

»Jawohl, mein Herr, Sie können den Captain sprechen«, sagte der nichtsahnende Matrose. »Wollen Sie an Bord kommen?«

Cynthia ergriff die ausgestreckte Hand und schwang sich auf die Plattform.

»Glaubst du, daß das klug ist, Cynthia? Wenn er nun wirklich hier ist?«

Cynthia sah ihn verächtlich an.

»Ich fürchte nur, daß er nicht an Bord ist«, sagte sie bedeutsam.

Arthur folgte ihr widerstrebend.

Cynthia hatte Mr. Orford noch nicht gesehen und war bei dem Anblick dieses liebenswürdig aussehenden Mannes etwas verwirrt. Er hatte seine Schiffsmütze über das rechte Auge in die Stirne gezogen und rauchte eine große Zigarre.

»Sind Sie der Captain?« fragte sie freundlich.

»Nein, das bin ich nicht.« Mr. Orford war es unangenehm, zu lügen. »Ich bin der Eigentümer.«

»Dann können Sie mir sogar noch besser helfen als der Captain. Dies ist mein Mann, Mr. Arthur Dorban. Wir haben allen Grund zu der Annahme, daß sich ein gewisser Herr an Bord dieses Schiffes aufhält – Ihnen ist natürlich ganz unbekannt, wer er ist.«

Sie hielt plötzlich inne. Ihre Selbstbeherrschung verließ sie einen Augenblick, denn sie hatte drüben ein junges Mädchen in einem Deckstuhl sitzen sehen, das die Besucher interessiert betrachtete.

»Mein Gott«, flüsterte Cynthia, »sieh doch hin, Arthur!«

El Slicos Gesicht verfärbte sich.

»Wir wollen machen, daß wir fortkommen«, erwiderte er leise. Er wandte sich um, aber ein stämmiger Matrose vertrat ihm den Weg, und Mr. Orfords höfliche Worte brachten den beiden zum Bewußtsein, in welcher Lage sie sich befanden.

»Ich rate Ihnen, sich ruhig zu verhalten. Ich möchte keine Schießerei hier an Bord haben, besonders nicht im Hafen einer befreundeten Nation.« Er sah Cynthia und Arthur kühl an. »Gehen Sie durch die Tür links und steigen Sie die Treppe hinunter. Ich werde unten mit Ihnen sprechen. Wenn Sie aber irgendwelchen Spektakel machen, wird es Ihnen schlecht gehen, obgleich es mir leid täte, wenn Sie mich zu scharfen Maßnahmen zwingen sollten. Aber nun gehen Sie – bitte etwas plötzlich, schnell!« Seine Stimme war jetzt hart und drohend geworden.

Arthur Dorban war sich als erster über die Situation klar. Ohne ein Wort zu erwidern, ging er zu dem Salon.

Cynthia folgte ihm ein wenig verwirrt.

Mr. Orford schloß die Tür des Salons hinter sich und lud seine Gäste ein, Platz zu nehmen.

»Nun wollen wir uns einmal richtig aussprechen, Mr. Dorban. Sie suchen nach jemandem, und dieser Jemand ist auch an Bord. Es ist auch noch jemand anders hier, den Sie nicht erwartet haben – aber das ist ein Zufall, daß sie sich auf dem Schiff befindet.«

»Vermutlich wissen Sie, daß Sie sich der Seeräuberei schuldig machen und daß Sie –«

Mr. Orford unterbrach Arthurs Protest durch eine hochmütige Geste.

»Es ist schon sehr lange her, daß ich mich an Gesetze hielt. Ja, mein Herr, ich bin mir durchaus bewußt, daß ich im Augenblick mindestens drei Gesetze breche, aber kommt es denn darauf an?«

»Was haben Sie mit uns vor?« fragte Cynthia, die sehr blaß geworden war.

»Ich möchte Sie nur einladen, an unserer schönen Fahrt teilzunehmen. Wir sind gerade auf dem Weg zu den Südsee-Inseln.

Ich werde Ihnen sogar meine eigene Kabine geben, obwohl ich das nur sehr ungern tue. Wir sind hier auf der ›Polyantha‹ sehr gut eingerichtet, und meine Luxuskabine gefällt mir sehr gut.«

»Ich möchte Sie darauf aufmerksam machen, daß unser Verschwinden bemerkt werden wird«, sagte Arthur Dorban. »Ich habe die Polizei verständigt, daß ich an Bord der ›Polyantha‹ gehen würde, und der britische Vizekonsul –«

»Sie haben niemanden benachrichtigt«, erwiderte Mr. Orford höflich. »Dazu hatten Sie ja gar keine Zeit. Ihr Zug kam um elf Uhr an, und jetzt ist es zwölf. Ich habe mir das überlegt, während ich eben die Treppe herunterstieg. Es dauerte einen Tag, bis Sie nach London kamen, dann reisten Sie über Paris nach Madrid. Und diese Reise mußten Sie sogar im Flugzeug machen. Ein Zug nach Vigo geht von Madrid früh am Morgen ab. Aber der hatte keinen Anschluß. Ich kenne alle Verbindungen ganz genau. Sie haben vergeblich versucht, mich zu bluffen.«

»Was werden Sie denn mit uns tun?« fragte Cynthia.

»Sie werden in Ihrer Kabine bleiben, und wenn Sie sich ruhig verhalten, werden Sie eine prächtige Reise haben. Wenn Sie das aber nicht tun –« Er schüttelte traurig den Kopf, als ob die Folgen für ihn selbst entsetzlich wären.

In der Zwischenzeit ging John zu dem Bootsmann, der auf der Plattform des Fallreeps der ›Polyantha‹ hockte und auf die Rückkehr seiner Passagiere wartete.

»Der Herr schickt Ihnen dies«, sagte John auf spanisch. »Er bleibt bis zum Mittagessen an Bord.«

»Vielleicht kann ich noch einmal zurückkommen?« fragte der glückliche Mann, denn John hatte ihm einen reichlichen Lohn gegeben.

»Nein, wir werden den Herrn selbst zur Küste zurückbrin gen«, erwiderte John ernst.

Der Bootsmann gab sich damit zufrieden und ruderte zurück.

Kurz darauf schickte der Captain mehrere Matrosen an Land. Sie hatten eine doppelte Aufgabe: Einmal mußten sie sich nach Hollin umsehen, und außerdem war das Gepäck der Dorbans an Bord zu bringen. Die praktische Cynthia hatte die Anregung dazu gegeben, und als sie eingestand, daß ihr Gepäck noch auf dem Bahnhof war, bestätigte sie damit zugleich unfreiwillig Orfords Behauptung.

»Es hat keinen Zweck, ohne Kleider auf diese schreckliche Reise zu gehen«, sagte sie zu ihrem Mann, als sie allein in ihrer Kabine waren. »Haben sie dich durchsucht?«

Er nickte.

»Sie haben nichts gefunden – ich hatte noch Zeit, meine Pistole unter das Sofa zu schieben. Selbst Orford, der dabeistand, hat nichts gesehen. Und wie ist es dir gegangen?«

»Sie schauten in meine Handtasche und fanden die Gepäckscheine. Sonst habe ich nichts bei mir. Arthur, er ist an Bord!«

»Natürlich ist er an Bord«, erwiderte Mr. Dorban gereizt. »Du bildest dir doch nicht ein, daß sie uns gefangengesetzt hätten, wenn er nicht hier wäre? Ich hielt es gleich für einen Unsinn, das Boot zu verlassen. Wir sind blind in eine offene Falle gegangen.«

Aber Cynthia hörte nicht auf seine Vorwürfe. Die Anwesenheit Penelope Pitts regte sie ungeheuer auf. Sie hatte sich schon damit beruhigt, daß Penelope tot sei. Als sie sie jetzt aber lebendig und obendrein noch an Bord der ›Polyantha‹ wiederfand, wäre sie beinahe in Ohnmacht gefallen.

»Was macht sie denn hier?« fragte Arthur Dorban, der ihre Gedanken offenbar erraten hatte.

»Das mag der Himmel wissen. Was für ein tragischer Zufall!«

Arthur zupfte nervös an seinem kleinen, schwarzen Schnurrbart.

»Glaubst du, daß sie alles weiß?«

»Wäre sie wohl vor uns davongelaufen, wenn sie alles wüßte? Es ist übrigens gar nicht verwunderlich, daß sie hier an Bord ist. Sie ist einfach auf See aufgefischt worden. So erklärt sich auch, daß das Motorboot leer gefunden wurde. Aber daß sie ausgerechnet hier mit ihm zusammenkommen mußte!«

Cynthia saß auf dem breiten Diwan. Sie hatte die Hände um ihre Knie gelegt und blickte nachdenklich vor sich hin.

»Es hätte eigentlich nicht besser kommen können«, sagte sie schließlich.

Arthur Dorban war dabei, seinen Koffer auszupacken, und schaute erstaunt auf.

»Wie meinst du das?«

»Ich meine, daß wir mit Penelope und ihm an Bord desselben Schiffes sind. Natürlich ist auch Bobby Mills hier. Aber wer mag nur dieser korpulente Mann sein?«

Arthur Dorban richtete sich auf und sah sie an.

»Wird nicht auch Hollin hier an Bord sein? Du besinnst dich doch darauf, was man uns in London über ihn erzählte? Wenn das wahr ist –«

»Ich habe auch schon an ihn gedacht«, erwiderte sie langsam. »Siehst du nicht, wie gut sich noch alles für uns lösen kann, wenn Hollin nur halb soviel hält, wie er zu versprechen scheint? Wo ist deine Pistole?«

Er zog sie unter dem Sofa hervor; sie nahm sie ihm aus der Hand, hob ihr Kleid hoch und versteckte sie darunter.

13

Mr. Hollin hatte sich an diesem Tage großartig amüsiert. Schon am Morgen hatte er Glück gehabt, denn er entdeckte, als er auf dem Schiff umherstreifte, in Mr. Orfords Kabine dessen Brieftasche. Sie lag auf dem Tisch. Während das Schiff vor Anker ging, war Mr. Orford an Deck gestiegen und hatte mehr beunruhigt als interessiert zugesehen, wie Penelope Pitt und John in dem Motorboot an Land fuhren. Hollin hatte sich inzwischen in die Kabine geschlichen und die Tasche untersucht. Das Ergebnis war befriedigend, denn sie enthielt zwanzig Fünfpfundnoten. Gleich darauf war er an Deck gekommen und hatte sich umgeschaut. Für alle Fälle war ein kleines Boot heruntergelassen worden. Hollin schlich sich heimlich hinein, und alles, was dann weiter folgte, war ebenso natürlich wie unvermeidlich. Er wechselte zwanzig Pfund in spanisches Geld um und spielte den großen Herrn in Vigo.

Einmal sah er auch John und Penelope in einem Wagen über

den Marktplatz fahren, aber er versteckte sich eilig hinter einer Häuserecke.

Um zwei Uhr nachmittags war er schon vollständig betrunken und schlief in einer kleinen Weinschenke seinen Rausch aus. Der Eigentümer war sehr froh, daß er in seiner Wirtschaft blieb, denn die Anwesenheit eines so reichen Mannes versprach einen ertragreichen Abend.

Gegen Sonnenuntergang wachte Mr. Hollin wieder auf und hatte einen furchtbaren Durst. Eine Flasche Weißwein, die ein wenig nach Fichtenholz schmeckte, brachte ihn wieder in eine glückliche Stimmung. Er konnte nicht spanisch sprechen, aber das hinderte ihn in keiner Weise. Taumelnd ging er durch die dunklen Straßen. Seine Hände steckten in den Hosentaschen, sein wüstes Gesicht war vom Wein erhitzt. Nun wollte er auf Abenteuer ausgehen.

Plötzlich hatte sich ihm ein Fremdenführer zugesellt, eines dieser niederträchtigen Individuen, die in jedem Hafen anzutreffen sind. Er redete ihn auf englisch an, und Mr. Hollin schloß sofort Freundschaft mit ihm.

»Auf Sie habe ich gerade gewartet«, sagte er. »Zeigen Sie mir einmal die Sehenswürdigkeiten der Stadt. Ich habe viel Geld in der Tasche, und ich möchte irgendwohin, wo es Mädel und Tanz gibt.«

Sie landeten denn auch in einem ziemlich wüsten Lokal, wo Männer Gitarre spielten und wenig bekleidete Mädchen spanische Tänze tanzten, die in einem weniger aufgeklärten und gesitteten Zeitalter einmal beliebt waren. Mr. Hollin saß an einem Tisch, auf dem mehrere Flaschen Rioja standen, daneben schlechter Whisky und billiger Champagner. Er hatte auf jedem Knie ein Mädchen sitzen und sang, so laut er nur konnte, ein sentimentales Lied von seiner ›alten Mutter‹.

Plötzlich näherte sich ihm ein Mann, der anscheinend kein Spanier war. Er war groß und schien in den mittleren Jahren zu stehen. Sein aufrechter Gang hätte Mr. Hollin gewarnt, wenn er etwas nüchterner gewesen wäre.

»Sind Sie Engländer?« fragte der Fremde und setzte sich an seinen Tisch.

»Ja, ich bin Engländer. Wenn Sie es genau wissen wollen, ich bin in Australien geboren. Trinken Sie einmal mit mir.«

Der Fremde schenkte sich ein Glas aus einer Flasche ein, auf deren Etikett ›Whisky‹ stand. Aber er verdünnte das giftige Zeug noch ausgiebig mit Wasser.

»Wie heißt denn Ihr Schiff?« fragte der Fremde scheinbar gleichgültig.

»Schiff? Was wollen Sie damit sagen?« Mr. Hollin runzelte die Stirn.

»Sie sind doch Matrose – nur Matrosen kommen nach Vigo.«

»Matrose? Hm – das bin ich und bin es auch nicht.« Mr. Hollin schluckte. »Ich bin ein Matrose, aber jetzt bin ich ein Passagier. Wer sind Sie denn überhaupt, mein Herr?« fragte er plötzlich unwirsch.

»Ich bin nur ein Reisender.«

»Na gut, dann reisen Sie von dannen«, sagte Hollin laut. Er war argwöhnisch geworden. »Kümmern Sie sich nicht um meine Angelegenheiten, die gehen Sie nichts an!«

»Tut mir leid«, erwiderte der andere mit einem ruhigen Lächeln. »Auf Ihr Wohl!«

Er nippte an seinem Glas. Mr. Hollin war nun wieder beruhigt und erzählte ihm mehr.

Es war ein ziemlich verworrenes Zeug, was er schwatzte. Nach einer Weile erhob sich sein Gast, entschuldigte sich und ging zu seinem eigenen Tisch zurück. Der Fremdenführer, der Mr. Hollin herbegleitet hatte, neigte sich zu ihm.

»Das war ein englischer Kriminalbeamter«, flüsterte er ihm zu.

Plötzlich wurde Mr. Hollin ganz nüchtern.

»Woher wissen Sie das?«

»Einer meiner Freunde hat heute morgen etwas für ihn übersetzt.«

Obgleich Hollin betrunken war, kam ihm der Gedanke, daß Gefahr im Verzuge sei.

»Ein Kriminalbeamter?« fragte er unangenehm überrascht. »Was hat denn der hier zu suchen?«

»Das weiß ich auch nicht. Er hat Nachforschungen nach

einem Mann angestellt, der früher hier in Vigo lebte. Er ist schon seit mehreren Tagen hier.«

Hollin blinzelte durch den raucherfüllten Raum zu dem großen Mann hinüber, der offensichtlich in die Lektüre einer spanischen Zeitung vertieft war.

»Hören Sie einmal, mein Freund«, sagte er dann leise, »können Sie nicht herausbringen, wie der Kerl heißt? Ich glaube, ich kenne ihn.«

»Er hat einen merkwürdigen Namen – er heißt Spinner.«

»Zum Donnerwetter«, fluchte Hollin. »Ich wußte doch, daß ich ihn kenne!«

Er dachte nach, was er zu seiner Sicherheit tun konnte, soweit ihn sein geringer Verstand dazu befähigte. Schnell trank er sein großes Weinglas aus, winkte heimlich dem Kellner, zahlte seine Zeche und verließ mit dem Fremdenführer das Lokal. Er schaute noch einmal zurück und bemerkte, daß sich auch der Kriminalbeamte erhoben hatte und ihnen folgte. Er drückte dem Mann noch einen Geldschein in die Hand.

»Suchen Sie den Kerl in eine Unterhaltung zu verwickeln, ich muß jetzt einen Freund aufsuchen.«

Er lief die dunkle Straße hinunter, verirrte sich und versuchte vergeblich, auf die Hauptstraße zu kommen. Er sah sich in einem Labyrinth enger Gassen gefangen, und da er mit der Landessprache nicht vertraut war, konnte er sich nicht einmal nach dem nächsten Weg zum Hafen erkundigen. Er mußte allein sehen, wie er wieder zu seinem Boot kam.

Erst nach einer halben Stunde sah er endlich den Hafen und das Meer wieder vor sich. Er kam zu seiner Anlegestelle – niemand war zu sehen. Als er die kleine Steintreppe hinunterschaute, sah er sein kleines Boot auf den Wellen tanzen und atmete erleichtert auf.

Er wollte eben die Treppe hinuntergehen, als ihn jemand an der Schulter berührte. Er war so aufgeregt und nervös, daß er vor Furcht einen lauten Schrei ausstieß.

»Es ist schon gut. Ich habe hier auf Sie gewartet, um ein paar Worte mit Ihnen zu sprechen«, sagte Mr. Spinner. »Möglich, daß Sie mich nicht gesehen haben.«

»Nein, ich habe Sie nicht gesehen«, erwiderte Hollin atemlos. »Aber ich habe jetzt zu tun, ich habe keine Zeit, ich muß zu meinem Schiff.«

»Wie heißt denn Ihr Schiff?«

»Moss Rose«, log Hollin gewandt. »Von Swansea – das ist ein Hafen in Wales.«

Hollin kannte überhaupt nur diesen einen Schiffsnamen.

»Wie, Sie sind von der ›Moss Rose‹?« fragte Spinner nachdenklich. »Ich wußte gar nicht, daß die hier im Hafen liegt.«

Hollin machte einen Versuch, an dem Kriminalbeamten vorbeizukommen.

»Ich kann nicht länger bleiben – der Captain sagte, ich müsse an Bord sein.«

Aber er kam nicht weiter. Eine feste Hand packte ihm am Arm und zog ihn wieder hinauf.

»Sie kennen mich – ich bin Polizeiinspektor Spinner von Scotland Yard. Und Sie heißen Hollin.«

»Mein Name ist Jackson«, rief Hollin laut. »Ich weiß nichts von Scotland Yard.«

»Sie heißen Hollin, und ich werde Sie jetzt der spanischen Polizei übergeben«, erwiderte Mr. Spinner geduldig. »Wo ist denn eigentlich Ihr Freund? Es hat keinen Zweck, hier Spektakel zu machen. Sie sind doch ein vernünftiger Mann, und ich will zusehen, daß Ihnen nicht viel passiert.«

»Ich heiße Jackson«, widersprach Hollin hartnäckig und versuchte aufs neue, sich loszureißen.

Da ertönte eine schrille Pfeife, und plötzlich schien der ganze Platz von Polizeibeamten belebt zu sein. Mr. Hollin sah nun ein, daß es unmöglich war, zu entkommen, und ergab sich mit Ruhe in sein Schicksal.

»Nehmen Sie diesen Mann in Gewahrsam, Sergeant«, sagte Spinner auf spanisch. »Halten Sie ihn fest, während ich mir das Ruderboot einmal ansehe. Gewöhnlich steht doch der Name des Schiffes darauf.«

Aber zu Mr. Spinners größtem Erstaunen war das Boot, das er eben noch dort hatte liegen sehen, jetzt mitten auf dem Wasser. Es trieb scheinbar ohne Insassen auf die Mitte des Hafens zu. In dem Halbdunkel konnte er den Mann nicht sehen, der ausgestreckt im Boot lag und nur seine Hände als Ruder benützte.

Spinner kümmerte sich nicht weiter darum, sondern überließ es der Hafenpolizei, das Boot an Land zu bringen. Merkwürdige altmodische Handfesseln wurden Hollin angelegt. Er wurde in einen Wagen gesetzt und mußte so durch die Stadt fahren. Er fluchte und bereute seine Torheit, die ihm einen so bösen Streich gespielt hatte, während er schon von Freiheit und einem luxuriösen Leben in Südamerika geträumt hatte.

Ohne langes Verhör, wie er es sonst gewöhnt war, wurde er in ein Rückgebäude der Hauptwache gebracht. Eine Tür öffnete sich, und er stand in einer dunklen Zelle.

14

»Sie haben Hollin geschnappt«, sagte John, aber seine Stimme war ruhig und unbewegt.

»Also doch!« rief Mr. Orford.

Penelope war froh, als sie die Neuigkeit erfuhr. Sie wußte ja nicht, welche Folgen dieses Ereignis nach sich ziehen konnte. Sie war damit zufrieden, daß Hollin eingesperrt war, denn sie hatte ihn schon immer als einen Verbrecher betrachtet, den Bobby Mills aus irgendeinem Grunde aus England fortbringen wollte.

Penelope, Orford und Bobby saßen auf dem Achterdeck, als John die peinliche Botschaft überbrachte.

»Was sollen wir nun tun? Sollen wir bleiben und versuchen, Hollin aus der Patsche zu ziehen, oder sollen wir auslaufen?«

»Ohne Ihnen vorgreifen zu wollen, Mr. Orford, wäre ich doch dafür, Hollin mitzunehmen. Bis zum Morgen sind wir hier sicher, ich kenne die Polizei von Vigo. Die Leute nehmen eine derartig unangenehme und aufregende Sache wie eine Hafenuntersuchung nicht mitten in der Nacht vor.«

Er erzählte jetzt alles, was er gesehen und gehört hatte, während er auf Hollin wartete.

»Ich war auf dem Kai, als die Polizei kam, und vemutete

schon, daß sich irgend etwas ereignen würde. Ich legte mich deshalb flach ins Boot. Hollin sitzt jetzt gewiß auf der Hauptwache.«

»Was halten Sie denn für das beste?« fragte Bobby. »Wir können doch nicht die Zitadelle erstürmen?«

John schüttelte den Kopf.

»Das ist eine Aufgabe für einen einzelnen, und ich bin bereit, sie zu übernehmen. Ich habe mir schon alles überlegt, als ich zur Jacht zurückruderte. Sind irgendwelche Kostüme an Bord, Mr. Orford?«

»Ja, ein ganzer Haufen. Ich habe zweihundertsechzig Dollar Leihgebühr dafür bezahlen müssen. Aber mein Junge, Sie können doch diese schwere Aufgabe nicht allein lösen, so etwas muß doch organisiert werden –«

»Die Sache ist schon organisiert«, erwiderte John kurz. »Ich habe doch viele Jahre in dieser Stadt gewohnt. Die Polizei ist die ganze Nacht mit Patrouillengängen beschäftigt, und die Leute werden nicht vor sechs Uhr morgens abgelöst. Auf der Hauptwache sind nur drei Beamte, ein Offizier, ein Sergeant und ein Schließer für die Gefängniszellen. Ich weiß das ganz genau, weil ich früher einem Polizeibeamten, der künstlerische Veranlagung hatte, Unterricht im Malen und Zeichnen gab.«

Mr. Orford seufzte.

»Dann gehen Sie in Gottes Namen«, sagte er müde. »Sie haben uns in all diese Unruhe gestürzt, nun können Sie uns auch wieder herausbringen. Sie haben eigentlich die ganze Karre verfahren, mein junger Freund.«

Als John verschwunden war, trat eine lange Pause ein.

»Was hat Hollin denn eigentlich verbrochen?« fragte Penelope nach geraumer Zeit.

»Fragen Sie lieber, was er nicht verbrochen hat«, entgegnete Mr. Orford bitter. »Ich glaube, es gibt vom vorsätzlichen Mord bis zum einfachen Einbruch nichts, was nicht auf seinem Sündenregister stünde. Er ist ein furchtbar dummer Mensch und hat ein Gehirn wie ein steinzeitlicher Elefant!«

»Aber warum machen Sie denn soviel Umstände mit ihm, wenn er so schlecht ist?«

Das peinliche Schweigen, das ihrer Frage folgte, sagte ihr, daß sie wieder einmal eine Indiskretion begangen hatte. Sie war völlig verwirrt. Auf der einen Seite nahm John um dieses Verbrechers willen große Gefahr auf sich, auf der anderen Seite wollte niemand etwas von Hollin wissen. Es war ihr ein Rätsel wie all die anderen Vorgänge auf der ›Polyantha‹. Sie dachte wieder an die fluchtartige Fahrt durch den Kanal, an die Nachricht von dem verunglückten Flugzeug, an ihre Betäubung, an das plötzliche Erscheinen Cynthia Dorbans an Bord des Schiffes.

Inspektor Spinner hatte eine lange, aber nutzlose Unterredung mit Mr. Hollin in dessen Zelle. Er stellte viele Fragen, ohne eine Antwort zu bekommen, denn Hollin hüllte sich in Schweigen und sprach nur, um die Vermutungen des Polizeiinspektors in Abrede zu stellen.

»Ich heiße nun einmal Jackson«, sagte er wohl zum zwanzigstenmal. »Ich werde Sie wegen Ihrer ungesetzlichen Handlungsweise anzeigen! Es ist doch unerhört, daß Sie einem armen Matrosen auflauern und ihn ins Gefängnis setzen für Dinge, die er überhaupt nicht getan hat!«

»Ja, ich weiß schon, Sie sind ein unschuldsvoller Engel«, erwiderte Spinner müde. »Trotzdem werde ich morgen früh wiederkommen – vielleicht kann ich Ihnen dann noch einen Freund vorstellen.«

»Ich habe hier keine Freunde. Ich weiß gar nicht, von wem Sie immer reden.«

Die eiserne Gittertür fiel krachend ins Schloß. Hollin machte es sich auf seinem harten Strohsack so bequem wie möglich und schlief bald ein.

Draußen war es stockdunkel, der Himmel war dicht bewölkt, ein feiner Regen fiel in den Straßen, und ein kalter Wind strich durch die Stadt. Der Offizier am Schreibpult nahm seinen Mantel von der Wand und zog ihn an. Der Sergeant hatte sich schon vorher in seinen Mantel gehüllt und saß halb schlafend am Tisch. Nur das Ticken der großen Wanduhr und das Klatschen der Regentropfen gegen die Fenster unterbrach die Stille.

Es hatte eben ein Uhr geschlagen, als es an der Tür zur Polizeiwache leise klopfte. Der Sergeant hörte es nicht, bis er von seinem Vorgesetzten geweckt wurde.

»Wer ist da?« fragte er laut, denn er konnte im Dunkeln nichts sehen.

»Ich bin's«, sagte eine tiefe Stimme.

Der Sergeant öffnete die Tür weit, und eine dunkle Gestalt, die draußen auf der Treppe gestanden hatte, trat ein, riß ihm die Klinke aus der Hand und warf die Tür donnernd zu.

Der Offizier erhob sich erstaunt und starrte den Besucher an – er hatte aber auch allen Grund dazu.

Der Eindringling war von Kopf bis Fuß in einen enganliegenden Trikot gehüllt. Darüber trug er einen langen, ärmellosen schwarzen Mantel. Eine schwarze Maske bedeckte den oberen Teil seines Gesichts, und eine lange Hahnenfeder nickte von seiner roten Kappe herab. Aber die Polizeibeamten erschraken weniger über die düstere mitternächtliche Erscheinung dieses Mephistopheles als über die Pistole, die er in der Hand hatte und auf sie richtete.

»Sie beide werden mich sofort zu den Zellen begleiten«, sagte der Fremde befehlend, während er sich umwandte und die äußere Tür zur Straße abschloß. »Hören Sie gut zu, meine Herren, ich schieße Sie sofort nieder, wenn einer von Ihnen versucht, um Hilfe zu rufen. Ist das klar?«

»Jawohl«, sagte der Offizier kleinlaut und heiser. »Aber Sie tun da etwas Schreckliches, mein Freund –«

»Sprechen Sie nicht, sondern machen Sie, daß Sie zu den Zellen kommen!«

Er drängte die beiden in den langen Gang, der dorthin führte. Hier fand er auch den Schließer, der auf einem Stuhl eingeschlafen war.

»Nehmen Sie seine Schlüssel, wir brauchen ihn nicht zu wekken! Öffnen Sie die Tür der Zelle, in der der amerikanische Matrose schläft, und bringen Sie ihn heraus!«

Der Offizier nahm Haltung an, steckte die Hände tief in die Taschen und hob den Kopf widerwillig.

»Meinetwegen schießen Sie, aber das tue ich nicht!«

Als aber Mephisto ihm wirklich die Pistole bedrohlich unter die Nase hielt, machte er doch keine weiteren Schwierigkeiten.

Halb schlafend und halb wachend trat Hollin auf den Gang hinaus und staunte die merkwürdige Erscheinung an.

John schnitt schnell noch die Telefondrähte durch, dann schob er Hollin auf die Straße, schloß die Polizeistation von außen zu und warf den Schlüssel in eine Senkgrube.

»Lauf, so schnell du kannst, Hollin!« rief er.

»Ach, du bist es?« fragte Hollin atemlos. »Warum hast du denn keinen Wagen mitgebracht, daß wir zum Hafen fahren können?«

»Halt jetzt den Mund, du verfluchter Windbeutel!«

Sie gingen eilig die Straße hinunter und kamen an einem Polizeibeamten vorbei, der sich in einem Flur zusammengekauert hatte, um sich vor dem Regen zu schützen. Er erwiderte freundlich ihren Gruß.

Die Dämmerung brach herein, als Mr. Hollin müde auf der ›Polyantha‹ ankam. Kaum hatten seine Füße das Deck berührt, so klingelte schon der Schiffstelegraf, die Maschinen setzten sich in Bewegung, und die Jacht fuhr aus dem Hafen von Vigo hinaus.

»Nun zieh dich schnell um, du niederträchtiger Kerl«, sagte John, der trotz seines nassen Anzugs noch eine gute Erscheinung bot. »Du wirst eine kleine Reise mit mir machen.«

»Was meinst du?« fragte der andere widerwillig.

»Die ›Polyantha‹ wird angehalten und durchsucht werden, sowie sie von diesem kleinen Abstecher in den Hafen auf die hohe See kommt. Und ich werde dafür sorgen, daß du dann nicht an Bord bist . . .«

Hollin war froh, als er wieder in seine Kabine zurückkehren konnte, denn dort fühlte er sich sicher. Sofort nahm er wieder die beiden großen Pistolen an sich, die er hier zurückgelassen hatte, und kam dann in den Salon zurück. John hatte sich inzwischen auch umgezogen und wartete schon auf ihn. Außerdem waren noch Penelope Pitt, ein Herr und eine Dame bei ihm.

»Das ist ja schrecklich – ich will das Schiff nicht verlassen«, rief Cynthia mit schriller Stimme.

»Sie werden das tun, was man Ihnen sagt«, erwiderte John hart und rücksichtslos. »Diese Unannehmlichkeit wird nicht länger als einen Tag dauern. Wenn die Polizei an Bord der ›Polyantha‹ kommt und uns hier findet, würde ich dagegen eine viel längere unangenehme Zeit vor mir haben, Mrs. Dorban.« Er sah sie fest und durchbohrend an. »Ich vermute nicht nur, sondern ich bin sicher, daß Sie beide für die Tragödie meines Lebens verantwortlich sind. Ich weiß zwar nicht, wie Sie es angefangen haben, aber es wird Ihnen noch alles nachgewiesen werden, und der Tag der Vergeltung wird kommen. Wenigstens Ihre Beweggründe kenne ich. Ob Sie hinter dem ganzen Plan stecken, der mich in die Hölle verdammte, muß erst noch genau festgestellt werden. Sie werden verstehen, daß ich vor nichts zurückschrecke und so unnachsichtig mit Ihnen verfahre, wie Sie es verdienen.«

Er schwieg eine Weile und schaute Cynthia an, dann wanderte sein Blick zu Arthur Dorban und von diesem zu Hollin.

»Bevor die ›Polyantha‹ das offene Meer erreicht, wird sie anhalten, und wir werden an Land fahren. Ich kenne eine einsame Höhle an der Küste, die nur von See aus zugänglich ist. Ich habe als Kind oft dort gespielt. Wir müssen vierundzwanzig Stunden dort zubringen, es kann auch etwas länger sein. Die ›Polyantha‹ wird uns dann zu gegebener Zeit wieder aufnehmen. Es ist ganz sicher, daß die Jacht angehalten und durchsucht wird – und niemand von uns darf dann an Bord gefunden werden, verstehen Sie mich, Hollin?« Seine Blicke fielen jetzt auf die Pistolen, und er lächelte schwach. Dann winkte er Penelope zu sich und ging mit ihr nach oben. »Es tut mir leid, daß ich auch Ihnen diese Mühe machen muß, Miss Pitt. Nachdem wir Sie vorher schon so schlecht behandelt haben, sollten wir Ihnen wenigstens jetzt keine Unannehmlichkeiten mehr bereiten. Aber dieser kleine Abstecher ist wirklich nicht so schlimm, wie er unseren Freunden in den frühen Morgenstunden erscheint. Die Höhle ist völlig wasserdicht, und es ist ein entzückender Platz. Wir nehmen auch genügend Lebensmittel mit.«

Penelope hatte gespannt zugehört.

»Ich bin ja gar nicht böse deshalb, John. Ich nenne Sie noch so, obgleich ich nun bestimmt weiß, daß Sie anders heißen. Aber wollen Sie mich nicht ein wenig ins Vertrauen ziehen und mir erklären, was all diese geheimnisvollen Dinge zu bedeuten haben?«

»Ich vertraue Ihnen voll und ganz, und eines Tages werde ich Ihnen alles erzählen.«

Es war eigentlich kein Grund vorhanden, zu erröten, aber sie fühlte sich durch diese Worte sehr beglückt. Sie war verwirrt, und zum erstenmal in ihrem Leben war sie sich selbst ein Rätsel. Gleich darauf war sie wieder ärgerlich über sich. Warum gefiel es ihr denn so gut, daß er ihr vertraute?

Sie war aber doch in guter Stimmung, als sie etwas später, in einen schweren Mantel gehüllt, das Fallreep hinunterkletterte und in das Motorboot stieg.

Cynthia und Arthur Dorban hatten sich schon vorne niedergelassen. Sie waren in schlechter Laune. Hollin, der mit seinen Waffen prunkte, hatte hinten den besten Sitz eingenommen, aber John wies ihn mit scharfen Worten an, dort für Penelope Platz zu machen.

»Ist alles in Ordnung?« schallte Orfords laute Stimme vom Deck hinunter.

»Ja«, rief John von unten zurück.

Gleich darauf stieß das Boot – gefährlich überlastet, wie John wohl wußte – zur Küste ab.

John ließ den Kiel des Bootes auf dem flachen Ufer auflaufen, und die Passagiere mußten, so gut es ging, durch das seichte Wasser waten. Nur Penelope wurde von John ans Land getragen.

»Es ist gut, Simson«, sagte er zu dem Mann, der das Boot wieder zurückzubringen hatte. »Sie können jetzt abfahren.«

»Viel Glück«, entgegnete der Matrose.

15

Es war noch sehr dunkel, aber John führte die kleine Gesellschaft, ohne sich auch nur im geringsten zu besinnen, direkt auf die Klippen zu. Plötzlich leuchtete eine elektrische Taschenlampe auf, und Penelope sah einen engen, dunklen Spalt in dem Felsen vor sich.

»Hier ist die Höhle, in der wir früher Räuber gespielt haben. Wir müssen jetzt sofort hineingehen, denn die Flut kommt bald, und das Wasser bedeckt dann gewöhnlich den Eingang. Aber drinnen steigt der Fußboden an, und wir werden eine Plattform finden, wo wir uns trocken und behaglich aufhalten können.«

Er setzte den großen Korb nieder, den er mitgenommen hatte, nahm eine Laterne heraus und steckte sie an. Die Höhle war tief und vorne sehr eng, so daß man das Licht im Innern vom Wasser aus nicht sehen konnte.

Die Höhle war nahezu dreißig Meter hoch. Im hinteren Teil erhob sich die Plattform, von der John gesprochen hatte. Er sprang hinauf, streckte die Hand aus und half Penelope nach oben. Drei Öffnungen waren hier zu sehen, die so regelmäßig angeordnet waren, als ob sie von Menschenhand angelegt worden seien.

»Das sind natürliche Felsenkammern. Wenn wir die Nacht hier zubringen müssen, ist die auf der linken Seite für Mr. und Mrs. Dorban bestimmt; Sie können in der rechten schlafen, Miss Pitt. Die Höhle ist noch ungefähr achthundert Meter tiefer. Ich werde jedem von Ihnen eine Laterne mitgeben, die brauchen Sie, selbst wenn draußen die Sonne scheint.«

Penelope hatte noch kein Wort mit Cynthia gewechselt und nahm auch an, daß diese nicht den Wunsch hatte, sich mit ihr zu unterhalten. Sie war daher sehr erstaunt und entrüstet, als sich Cynthia plötzlich an sie wandte.

»Wie sind Sie denn nur auf dieses Schiff gekommen, Penelope?« fragte sie mit dem liebenswürdigsten Lächeln.

John trat dazwischen und ersparte ihr die Antwort.

»Ich dulde nicht, daß Sie sich mit Miss Pitt unterhalten«, sagte er streng. »Wie die Sache auch ausgehen mag, ich bin fest entschlossen, Sie vor Gericht zu bringen wegen dieses Verbrechens, das Sie an Miss Pitt begehen wollten.«

»Ich möchte Sie darauf aufmerksam machen, daß Sie zu meiner Frau sprechen«, erwiderte Mr. Dorban, der bis jetzt geschwiegen hatte. »Miss Pitt hat sich sehr schlecht benommen, sie hat meine Ehre tief gekränkt –«

John lachte laut auf.

»Slico«, sagte er, »Sie amüsieren mich. Sie, ein gemeiner Falschspieler, der sich mit jedem Dieb Europas angefreundet hat, sprechen von Ehre!«

Mr. Dorban schien sich wenig aus diesen Worten zu machen.

»Was ich früher war, hat hiermit nichts zu tun – ich weiß, wer Sie sind, mein Freund!«

Penelope starrte auf den Mann, es lag eine Drohung in dem Ton seiner Stimme, die sie nicht verstehen konnte. Das Geheimnis, das über der ›Polyantha‹ lag, schien sich immer mehr auf den Matrosen John zu konzentrieren.

»Wenn ich erst so genau über Sie Bescheid weiß wie Sie über mich, wird es Ihnen sehr schlecht gehen, Mr. Dorban. Und wenn Sie jetzt lieber nichts mehr sagen würden, wäre ich Ihnen zu Dank verbunden.«

Er nahm einen kleinen, langen Kasten aus dem Korb und griff nach einer Angelrute, von der ein Draht herunterhing. Dann verschwand er durch den Eingang der Höhle. Nach einer Viertelstunde kam er wieder zurück und legte Angelrute und Kasten auf die Plattform.

»Die Leute sind doch tüchtiger, als ich vermutet hatte«, sagte er. »Ihre Funkgeräte arbeiten schon die ganze Zeit. Ich konnte nicht alles verstehen, aber ich glaube, daß Vigo jezt in Verbindung mit einem Kriegsschiff steht, das draußen auf hoher See kreuzt. Die ›Polyantha‹ wird früh am Morgen Besuch bekommen. Hollin, Sie sind gerade noch mit knapper Not entkommen!«

Hollin, der zufrieden auf einer Kante der Plattform saß, rauchte aus einer kurzen hölzernen Pfeife und brummte vor sich hin.

»Woher wissen Sie denn das alles schon wieder? Was ist

denn das eigentlich?« Er runzelte die Stirn und zeigte auf den Kasten.

»Das ist eine transportable Funkstation. Mr. Orford hat mich vorsorglich damit ausgerüstet. Wenn sie das Morsealphabet benützt hätten, wäre ich hilflos gewesen, aber glücklicherweise verständigten sie sich durch Sprechfunk. Sie wissen übrigens alles von Ihnen, Hollin.«

Allmählich wurde es heller in der Höhle, und das Licht, das durch die Felsspalte hereinfiel, machte den Gebrauch der Laternen unnötig. Bei Tagesanbruch stieg auch das Wasser. Weiß schäumend brauste es herein und stieg dann immer höher, bis nur noch ein schmaler Spalt vom Eingang frei blieb.

John beobachtete aufmerksam, daß das hereindringende Tageslicht immer schwächer wurde. Zu gewissen Jahreszeiten wurde der Eingang der Höhle vollständig von der Flut bedeckt, und das Wasser kam bis an die Plattform heran. Darin lag jedoch keine Gefahr, denn die Höhle war so groß, daß sie genügend Luft und Sauerstoff hatte. Sie waren ja auch nicht zu lange von der äußeren Luft abgeschnitten.

Als die Flut ihren Höhepunkt erreicht hatte, machte John sich daran, das Frühstück zu bereiten.

Mr. und Mrs. Dorban hatten sich in ihre ›Privathöhle‹ zurückgezogen und sprachen leise miteinander. Hollin lehnte mit untergeschlagenen Beinen an der Felswand. Penelope war allein bei John.

»Diese Leute scheinen alles über Sie zu wissen«, brach sie plötzlich das Schweigen. »Ist es etwas, was Ihnen schaden könnte?«

»Die Frage könnte man mit Ja und Nein beantworten. Sie wissen nichts von mir, was meine Ehre berührte, aber vieles, was meine Sicherheit gefährdet.«

Mit dieser geheimnisvollen Erwiderung mußte sie sich zufriedengeben.

Cynthia beobachtete die beiden dauernd und sah, wie sich John zu dem Mächen hinneigte. Sie vermutete, daß sie vertraulich miteinander sprächen, da sie nur den leisen Klang seiner Stimme hörte. Sie flüsterte ihrem Mann etwas zu.

»Du bist verrückt«, sagte Arthur ruhig. »Was schadet es denn, wenn er sich in sie verliebt?«

»Er kann sie doch heiraten!«

Arthur runzelte die Stirn. »Sie heiraten?« wiederholte er.

»Nimm doch einmal an, die beiden heirateten und bekämen ein Kind, du Narr!« sagte sie ärgerlich.

»Wie könnten sie heiraten? Du bist die reinste Närrin! Augenblicklich schaut man in jedem spanischen Hafen und in jedem Hafen der Welt nach der ›Polyantha‹ aus.«

»Der Captain kann sie doch trauen!« unterbrach sie ihn. »Jeder Captain kann auf hoher See ein Paar trauen. Weißt du denn das nicht? Du bist doch, soviel ich weiß, auch schon auf Schiffen gefahren?« fragte sie sarkastisch.

»Ich habe mich niemals um Captains gekümmert«, sagte Mr. Dorban höflich. »Ich glaube, du überschätzt die Möglichkeit, Cynthia. Sie ist doch hübsch, nicht wahr?«

Er fragte ganz gleichgültig, und ebenso gleichgültig betrachtete Mrs. Dorban das Profil des Mädchens.

»Ja, sie ist hübsch. Hast du mit dem Mann gesprochen?«

»Er schläft«, erwiderte Arthur und warf dem schlummernden Hollin einen Blick zu.

»Wenn unser Wärter die Höhle verläßt, weckst du ihn auf, Arthur.«

Eine Weile später watete John hinaus, um einen kleinen Erkundungsgang zu machen. Er war als einziger mit hohen Seemannsstiefeln ausgerüstet. Aber schon nach wenigen Augenblikken kehrte er wieder zurück.

»Es ist nichts zu sehen«, sagte er. »Wir wollen jetzt frühstükken. – Nanu, Sie haben ja meinen Freund Hollin aufgeweckt!«

Dorban hatte den Mann nur wecken können, zum Sprechen blieb ihm nicht genügend Zeit. Aber er hatte später Gelegenheit dazu, als das Wasser fiel und John mit Penelope hinausgegangen war, um frische Luft zu schöpfen.

»Wenn er spazierengehen kann, können wir das auch«, revoltierte Hollin. »Wenn er denkt, daß ich hier den ganzen Tag zubringen werde, hat er sich aber schwer geirrt!«

Mr. Dorban nickte ihm ermunternd zu.

»Er behandelt Sie wie einen Hund«, sagte er. »Ich kann sein Verhalten uns gegenüber wohl verstehen, denn wir sind nicht seine Freunde. Aber ein Mann, der ihm soviel geholfen hat wie Sie –«

»Ja, das stimmt, sie behandeln mich wie Dreck!« rief Mr. Hollin aufgebracht. »Und alles nur, weil ich ein paar Worte über diese junge Dame gesagt habe.« Er zeigte mit dem Kopf nach dem Ausgang der Höhle. »Das hat ihn so in Wut gebracht, daß er mir den Schädel einschlagen wollte. Das ist doch keine Art, mit einem Freunde umzugehen!«

»Warum dienen Sie ihm denn?« fragte Cynthia freundlich. »Er hat Ihnen wahrscheinlich viel Geld versprochen. Aber wissen Sie denn, ob er sein Versprechen halten wird?«

Mr. Hollin wurde unruhig.

»Er dürfte es nicht wagen –«, begann er.

»Sind Sie Ihrer Sache so sicher?« unterbrach Cynthia ihn und zog die Augenbrauen in die Höhe. »Was hindert die Leute denn, Sie beiseite zu schaffen, bevor die Jacht nach Südamerika kommt? Das ist doch furchtbar einfach. In irgendeiner dunklen Nacht – Sie verstehen mich doch, Mr. Hollin, ich möchte Sie nicht unnötig erschrecken. Aber ich fühle, daß es meine Pflicht ist, Sie darauf aufmerksam zu machen, mit welchen Leuten Sie sich eingelassen haben. Wer legt denen denn etwas in den Weg, Sie über den Haufen zu schießen und über Bord zu werfen? John würde sich keinen Augenblick besinnen, das zu tun – ein Mann mit diesem Vorleben ...«

Hollin hatte nicht die geringste Ahnung, welches Vorleben John geführt hatte, aber er erinnerte sich jetzt daran, daß ihm John eines Abends furchtbar gedroht hatte, und er grübelte darüber nach.

»Sie kommen jetzt zurück«, sagte Cynthia leise. »Wenn wir erst wieder an Bord der ›Polyantha‹ sind, dann möchte ich einmal mit Ihnen sprechen.«

Hollin nickte.

Als John aus dem hellen Licht wieder in die dunkle Höhle trat, konnte er zuerst nicht sehen, daß sich die Dorbans in der

Nähe von Hollin aufgehalten hatten und sich nun eilig auf den ihnen zugewiesenen Platz zurückzogen.

Am frühen Nachmittag nahm er Penelope beiseite.

»Ich werde mich jetzt hinten schlafen legen, denn ich muß in der Nacht ganz wach sein. Ich möchte Sie bitten, sich an den Eingang zu setzen und mich zu rufen, wenn irgend etwas passieren sollte. Verstehen Sie mit einer Pistole umzugehen?«

»Ich habe schon verschiedentlich geschossen«, sagte sie lächelnd, »aber ich fürchte, ich kann nicht gut zielen.«

»Sehen Sie mich jetzt nicht an«, sprach er in seinem gewöhnlichen Ton weiter. »Ich werde eine kleine Pistole in Ihre Manteltasche stecken. Fühlen Sie sie?«

»Ja, sie ist sehr schwer. Was soll ich denn damit tun?«

»Schießen Sie ruhig«, erwiderte er gelassen, »sobald es nötig ist. Ich glaube nicht, daß die Dorbans irgend etwas unternehmen werden, aber man kann ihnen nie trauen. Wenn jemand die Höhle verlassen will, rufen Sie.«

John hatte kaum eine halbe Stunde geschlafen, als Mr. Hollin aufstand. Er hatte die Hände in die Hosentaschen gesteckt und schlenderte dem Ausgang zu.

»Sie dürfen nicht hinausgehen!« rief Penelope in gebieterischem Ton.

Er drehte sich um.

»Ich lasse mir von einer Frau nichts befehlen«, sagte er verächtlich. Als er aber sah, daß sie sich der inneren Höhle zuwandte, fuhr er hastig fort: »Machen Sie keinen Lärm, es ist doch nur ein Spaß gewesen.« Mit diesen Worten ging er wieder zurück.

Um fünf Uhr kochte Penelope Tee auf dem Spirituskocher und brachte auch John eine Tasse. Sie war nun durch die Umstände zu seiner Gehilfin geworden und empfand eine gewisse Genugtuung darüber, daß die anderen sich gegen sie zusammenschlossen.

Um sieben Uhr abends stieg die Flut wieder, und nach zehn watete John erneut hinaus.

»Von der ›Polyantha‹ ist noch nichts zu sehen«, sagte er, als er zurückkam. »Ich erwarte sie auch kaum vor Mitternacht. Es wird aber nicht einfach sein, bei Flut an Bord zu kommen.«

Während der Nacht lösten sich John und Penelope im Wachen ab. Er hatte die Kopfhörer umgelegt, und sie hielt die lange Stange, an der die Antenne hing. Als der Morgen zu dämmern begann, fing er eine Nachricht auf. ›Nicht in dieser Nacht, John.‹

In Zwischenräumen von zehn Minuten wurde die Botschaft wiederholt, und er glaubte, Bobbys Stimme zu erkennen.

»Dann müssen wir also noch einen Tag hierbleiben«, seufzte John. »Nun müssen Sie aber schlafen. Die kleine Höhle, die ich für Sie bestimmt habe, ist ganz nett. Kommen Sie nur mit.«

Sie gingen zusammen hinein, aber plötzlich hob er warnend den Finger. Er hatte das taktmäßige Geräusch von Rudern gehört, und jetzt vernahm sie es auch.

»Ist das . . .?« flüsterte sie.

»Nein – sie wollten das Motorboot herschicken. Warten Sie!«

Er ging auf die Plattform zurück. Sie sah ihn nur undeutlich in dem Licht des Morgengrauens, das zur Höhle hereindämmerte, und folgte ihm. Er schien sie auch erwartet zu haben, denn er machte ihr Platz.

Plötzlich hörten sie draußen eine Stimme.

»Hier müssen sie sein. Hier in der Nähe muß die Höhle liegen, in der er als Junge immer gespielt hat.«

»Das war Spinner – ein englischer Kriminalbeamter«, flüsterte er ihr zu.

»Wenn er hier ist, Inspektor, dann sind auch meine beiden Freunde hier, Mr. und Mrs. Dorban«, sagte ein anderer.

Sie sah, daß John plötzlich ungeheuer erregt wurde und dem Ausgang der Höhle zustürzen wollte. Instinktiv riß sie ihn zurück.

»Was wollen Sie denn tun?« fragte sie kaum hörbar, aber ihre Stimme zitterte.

»Ich will den Kerl packen, der eben gesprochen hat«, stieß John wütend zwischen den Zähnen hervor.

»Sie sind außer sich!« sagte sie verzweifelt. »Ich kenne diesen Mann. Er heißt Whiplow!«

16

Spinner sprach jetzt spanisch, er wandte sich offenbar an eine Respektsperson. John vermutete, daß er sich mit dem Polizeioffizier unterhielt, den er in der vorigen Nacht überfallen hatte.

»Befindet sich hier eine Höhle?«

»Auf der anderen Seite der Klippen werden wir eine große Höhle finden. Ich kann mich nicht darauf besinnen, daß auf dieser Seite eine liegt, und ich bin seit meiner frühesten Jugend in Vigo.«

»Was hat er eben gesagt?« fragte Whiplow ungeduldig.

»Er sagt, daß die Höhle –« Die nächsten Worte des Kriminalbeamten gingen in dem Geräusch der Ruder unter. Das Boot entfernte sich immer weiter.

»Whiplow – ja, das ist der Mann. Bobby hat schon immer vermutet, daß er es sei. Aber wir konnten niemals Gewißheit darüber bekommen.« Er sprach halb zu sich selbst, und sie konnte nicht alles verstehen, was er sagte. Aber dann wandte er sich ihr wieder zu. »Sind Sie ganz sicher, daß Sie Whiplows Stimme erkannt haben?« fragte er leise.

»Ja – ich würde seine Stimme stets wiedererkennen.«

Nach einem langen Schweigen begann John wieder zu sprechen, aber er schien nur laut zu denken.

»Es handelt sich jetzt darum, ob sie nicht noch einmal zurückkommen, wenn sie die andere Höhle vergeblich durchsucht haben. Aber es handelt sich noch um etwas viel Wichtigeres.«

Sie warteten eine ganze Stunde und lauschten angestrengt. Endlich hörten sie das Geräusch der Ruder wieder, aber das Boot fuhr an dem Eingang der Höhle vorbei, nach Vigo zu.

Das Tageslicht dämmerte jetzt, und Penelope war sehr erschöpft.

John konnte sie zwar nicht sehen, doch mußte er gespürt haben, wie müde sie war, denn er befahl ihr in ziemlich scharfem Ton, sich nun hinzulegen.

»Wollen Sie mir immer noch nicht sagen, was das alles bedeuten soll?« bat sie ihn. »Ich bin so verwirrt – und fürchte mich auch.«

»Sie brauchen sich nicht im mindesten zu fürchten. Ich soll

Ihnen alles sagen?« Er lachte leise vor sich hin. »Nun, ich glaube, Sie werden noch heute abend alles erfahren müssen. Auf jeden Fall werden Sie bald eingeweiht werden.«

Er knipste seine Taschenlampe an, um ihr den Weg in ihre Höhle zu zeigen. Mrs. Dorban stand an der Ecke der erhöhten Plattform.

»Ist etwas nicht in Ordnung?« fragte sie aufgeregt.

»Es ist alles in Ordnung«, antwortete John vergnügt.

»Ich dachte, Sie hätten draußen mit jemandem gesprochen!«

John gab ihr keine Antwort, bis er Penelope auf die Plattform geholfen hatte.

»Ja, ein Freund von Ihnen war draußen«, sagte er dann. »Aber er hat nicht mit mir gesprochen.«

»Ein Freund?« fragte sie schnell. »Wen meinen Sie denn?«

»Whiplow.«

Er hatte eine Laterne angezündet, und bei ihrem Licht sah er, wie sich der Ausdruck ihres Gesichtes änderte.

»Whiplow?« wiederholte sie fast ungläubig. »Sie lügen! Wie sollte denn der hierherkommen! Wer ist denn überhaupt dieser Mr. Whiplow?«

John lächelte.

»Ich dachte mir schon, daß Sie ihn vielleicht gar nicht kennen«, antwortete er ironisch, »aber trotzdem war er hier. Miss Pitt hat seine Stimme wiedererkannt.«

Cynthia erholte sich allmählich wieder.

»Wie lächerlich Sie sich benehmen! Natürlich kenne ich Mr. Whiplow. Er hat meinen Mann einmal besucht, als ich in London war. Aber es ist einfach absurd, zu behaupten, daß er mein Freund sei. Haben Sie ihn gesprochen?« Sie sah John argwöhnisch an.

»Nein, ich habe ihn nicht gesprochen. Allein die Tatsache, daß ich wieder hierher zurückgekommen bin, beweist, daß er mich überhaupt nicht gesehen hat. Aber eines Tages werde ich noch mit ihm sprechen, und ich weiß, daß dies ein sehr böser Tag für Sie sein wird, Mrs. Dorban!«

Die Selbstbeherrschung dieser Frau war ungewöhnlich. Sie konnnte selbst in diesem kritischen Augenblick lächeln.

»Ach, wie romantisch!« sagte sie höhnisch. »Diese Phrase klingt, als ob sie aus einem Kriminalroman stammte!«

Sie zuckte die Schultern und ging in die Höhle zurück, in der ihr Mann schlief. Sie fand den Weg im Dunkeln und weckte ihn auf.

»Was gibt es?« fragte er leise.

»Whiplow ist hier.«

»Hier in der Höhle?«

»Nein, du Narr! In Vigo! Und offensichtlich sucht er uns. Wahrscheinlich war er in einem Boot, unser Freund John hat ihn gesehen.«

Arthur Dorban war ganz wach geworden.

»Was, Whiplow ist hier? Dieses Schwein! Er hat mir doch geschworen, mit dem nächsten Schiff nach Amerika zu fahren!«

»Für einen Mann mit deiner Vergangenheit bist du noch reichlich naiv«, erwiderte sie spöttisch. »Whiplow ist schon die ganze Zeit hinter uns her, er muß uns durch Frankreich und Spanien gefolgt sein. Und wenn du es dir überlegst, ist es doch verständlich, daß er das Nest mit den goldenen Eiern nicht so ohne weiteres im Stich läßt. Dieses verdammte Mädchen hat seine Stimme erkannt!«

»Du glaubst also, daß John alles weiß?«

»Er hat es anscheinend schon lange vermutet«, entgegnete sie kühl. »Aber solange er seine Stimme nicht auch wiedererkannt hat, haben wir eigentlich nichts zu fürchten. Wir dürfen jetzt aber keine Zeit mehr verlieren. Hast du mit Hollin gesprochen?«

»Ja.« Er zündete sich eine Zigarette an. »Ich glaube, daß er sich leicht gefügig machen läßt, wenn wir es nur richtig anfangen. Aber hier in der Höhle können wir nichts unternehmen.«

Sie machte eine ungeduldige Bewegung.

»Hier ist doch die beste Gelegenheit dazu – worauf willst du denn noch warten?« fragte sie wild. »Ihr seid doch beide bewaffnet –«

»Unglücklicherweise stimmt das nicht«, unterbrach er sie. »Während Hollins Abwesenheit von dem Schiff sind die Patronen in seinen Pistolen durch Platzpatronen ersetzt worden. Er hat es erst heute nacht entdeckt. Ich habe daraufhin sofort auch meine Pistole untersucht und habe hier denselben Wechsel vorgefunden. Das Magazin ist vollkommen leer und im Lauf befindet sich nur eine leere Patronenhülse. Meine liebe Cynthia, wir haben es mit sehr klugen Leuten zu tun. Und es war sehr töricht von uns, zu glauben, wir könnten sie so leicht fangen. Als ich meine Pistole unter das Sofa steckte, hätte ich mir überlegen müssen, daß die Kabine bei der nächsten Gelegenheit genau durchsucht werden würde. Während wir in den Salon gebracht wurden, war Zeit genug dazu.«

Es wurde wieder Tag – das Warten war sehr langweilig. Die einzige Unterbrechung brachte die Flut.

Um zehn Uhr abends hörte John, der am Eingang der Höhle stand, das leise Geräusch eines Motorbootes, und bald darauf knirschte ein Kiel im Sand.

»Ist alles in Ordnung, John?«

»Ja, es ist alles gut gegangen.«

»Kommt schnell an Bord, wir haben eine weite Fahrt. Die ›Polyantha‹ liegt zehn Meilen weit draußen auf See. Glücklicherweise ist das Meer spiegelglatt.«

John ging in die Höhle zurück und rief alle zusammen.

Der Korb war schon gepackt, und ein paar Minuten später waren sie in dem Motorboot, das in die offene See hinaussteuerte.

Es war schon fast Mitternacht, als sie am Fallreep anlegten. Cynthia wurde unterwegs seekrank und war froh, wieder an Bord des großen Schiffes zu kommen. Auch Penelope freute sich auf ihr schönes, weiches Bett.

Sie sah John nicht mehr, sie war zu müde und schlief schon lange, bevor die ›Polyantha‹ ihre Fahrt wieder aufnahm.

In der Nacht wurde sie durch das Heulen der Sirene aufgeweckt und schaute durch das Kabinenfenster hinaus. Das Schiff fuhr mit beträchtlich verminderter Geschwindigkeit durch eine dichte Nebelbank.

Als sie am nächsten Morgen erwachte, schien die Sonne hell in ihre Kabine herein. Die Uhr neben ihrem Bett zeigte halb elf, und dicht neben der Tür stand ein Tablett. Der Kaffee war schon ganz kalt und das Toastbrot trocken und unschmackhaft geworden. Sie zog schnell ihren Morgenrock an und klingelte.

Gleich darauf klopfte es an die Tür, und John wünschte ihr guten Morgen.

17

»Ich dachte, Sie schliefen noch. Ich habe Ihnen frischen Kaffee gebracht. Bitte denken Sie aber in Zukunft daran, daß Sie Ihre Kabine nachts verschließen müssen.«

»Ich war so müde«, entschuldigte sie sich, als sie das Tablett an der Tür in Empfang nahm. »Wo sind wir jetzt?«

»Irgendwo auf See. Ich war niemals ein großer Mathematiker, und Navigation ist für mich ein Buch mit sieben Siegeln. Soweit ich es beurteilen kann, fahren wir nach Südwesten, mit Kurs auf die Kanarischen Inseln. Aber beeilen Sie sich jetzt bitte und ziehen Sie sich an. Mr. Orford möchte Sie gern sprechen.«

Seine Stimme klang heute merkwürdig schüchtern und verlegen. Mr. Orford erwähnte er hastig und abgerissen, und er war schon verschwunden, ehe er den Satz noch ganz beendet hatte.

Penelope war sehr verwundert – von dieser Seite hatte sie ihn noch nicht kennengelernt.

Als sie das Deck entlangging, fand sie Mr. Orford in seinem Lieblingsstuhl unter einem Sonnenschirm sitzen, den man für ihn aufgespannt hatte. Er sah nicht sehr vergnügt aus, und sie glaubte, noch mehr Falten in seinem Gesicht zu entdecken. Seine Augen lagen tief, und seine großen Hände, die er gewöhnlich über dem Bauch faltete, waren unruhig.

»Guten Morgen. Nehmen Sie bitte Platz.«

Sie war neugierig, was er ihr wohl zu sagen hätte.

»Miss Pitt«, begann er nach einem nervösen Räuspern, »man rechnet bei allen Organisationen wegen der menschlichen Schwächen und Irrtümer mit zehn Prozent Fehlern. Ich kann wohl eine Reise von London nach Konstantinopel, nach Belgrad, nach Jaffa, nach Cincinnati oder sonstwohin organisieren, bei der alles bis auf die Minute klappen wird. Aber wenn ich eine Reise von London nach Gibraltar zu arrangieren habe und der Mann, der diese Reise unternimmt, in Cordoba unterbricht, um sich die Kathedrale anzusehen, und dabei ein hübsches junges Mädchen trifft, sie zum Essen einlädt und dadurch den Zug versäumt, dann ist natürlich alle Disposition umsonst ...« Er biß wütend das Ende einer Zigarre ab und steckte sie an, bevor er weitersprach. »Miss Pitt, durch Ihr Dazwischentreten ist die Ausführung meines Planes sehr gefährdet, ja, fast unmöglich geworden.«

»Durch mein Dazwischentreten?«

»Ja. Wir wären nicht nach Vigo gegangen, wenn Sie nicht Kleider notwendig gehabt hätten, und Sie hätten keine Kleider gebraucht, wenn Sie nicht an Bord gekommen wären. Dadurch ist alles in die Binsen gegangen.«

»Das tut mir sehr leid, Mr. Orford. Aber ich kenne ja Ihren Plan nicht und weiß nicht, warum Sie über den Atlantischen Ozean fahren. Sicher haben Sie einen guten und triftigen Grund dazu, und ich fühle, daß ich in gewisser Weise dafür verantwortlich bin, daß Sie Ihre Pläne ändern mußten. Wenn ich Ihnen irgendwie helfen kann –«

»Das können Sie wirklich«, sagte er und schaute auf die See hinaus. »Sie könnten John heiraten.«

Penelope erhob sich halb von ihrem Stuhl, aber seine große Hand legte sich auf ihre Schulter.

»Warten Sie. Ich habe von Natur aus viel Sinn für Familie, obgleich ich niemals verheiratet war. Ich bin sehr menschenfreundlich und könnte es niemals übers Herz bringen, Sie oder eine andere Frau absichtlich oder wissentlich zu beleidigen. Aber wenn Sie meiner Anregung folgen, können Sie vieles gutmachen, ohne selbst zu Schaden zu kommen.«

»Ich soll John heiraten? Aber das ist doch unmöglich! Ich kenne ihn doch gar nicht! Natürlich ist er kein Matrose, sondern eine bedeutende Persönlichkeit, die viel mit Ihrer Organisation zu tun hat. Er ist mir sogar sympathisch, ich habe ihn gern – aber heiraten ...«

»Die meisten Menschen haben ja noch nicht einmal die Leute gern, die sie heiraten«, meinte Mr. Orford nachdenklich. Er traute sich aber immer noch nicht, sie anzusehen. »Und diese Heirat würde – wird – nun ja, es würde keine Ehe im gewöhnlichen Sinne werden. Sie könnten mir und John damit den größten Dienst tun, den ein Mensch einem andern erweisen kann. Der Captain hat die Autorität, die Trauung zu vollziehen. Sie können ja die kirchliche Feier später nachholen, wenn Sie Gelegenheit dazu haben.«

»Aber ich möchte ja gar nicht heiraten«, protestierte Penelope.

»Sind Sie vielleicht verlobt?«

»Nein«, sagte sie fast zornig. »Ich muß doch nicht verlobt sein, um diesem Plan zu widersprechen. Die ganze Geschichte ist doch absurd!«

»Das ist nun wieder der menschliche Faktor!« sagte er leise zu sich selbst. »Überlegen Sie es doch noch einmal.« Er rauchte eine Weile heftig. »Ich zahle Ihnen hunderttausend Dollar, wenn Sie John heiraten«, schlug er dann kühl und geschäftsmäßig vor.

Sie schüttelte den Kopf.

»Und Sie werden ein Einkommen haben, wie Sie es sich niemals haben träumen lassen –«

»Das hat alles keinen Zweck, Mr. Orford«, erwiderte sie ruhig. »Geld hat keinen Einfluß auf meine Entschlüsse. Weiß John, daß Sie für ihn um meine Hand anhalten?«

Er nickte.

»John ist in gewisser Weise sehr scheu. Er selbst hat nicht die leiseste Hoffnung, daß Sie meinem Vorschlag zustimmen werden.«

»Ich hätte ihn für etwas vernünftiger gehalten«, sagte sie bitter, als sie sich erhob.

Er sah zu ihr auf.

»Miss Pitt, würden Sie John auch nicht heiraten, wenn Sie dadurch sein Leben retten könnten?« fragte er ruhig.

»Aber das ist doch eine rein hypothetische Frage –«

»Nein, glauben Sie mir. Ich hatte John allerdings versprochen, Ihnen dies nicht zu sagen. Wenn sich im nächsten Monat gewisse Dinge ereignen und er nicht verheiratet ist – ja, dann würde ich keine zehn Cent mehr für sein Leben geben.«

Sie starrte ihn an.

»Ist das Ihr Ernst?«

»Mein voller Ernst.« Mr. Orford stand auf, ging zur Reling und schaute auf das Meer hinaus. »Es ist möglich, daß Sie ihn nicht vor einer Gefängnisstrafe retten, das liegt nicht in Ihrer Macht. Bevor Sie an Bord kamen, hoffte ich, ihn retten zu können. Aber Sie können wenigstens sein Leben schützen. Zweimal wurde schon ein Mordanschlag auf ihn verübt.«

»Von wem?«

Er zeigte mit dem Kopf nach unten.

»Dorbans?« fragte sie atemlos.

»Zweimal versuchten sie, ihn beiseite zu schaffen«, erwiderte er grimmig, »und sie werden vielleicht noch Erfolg haben.«

»Ich weiß nicht, was das alles zu bedeuten hat«, rief sie verzweifelt. »Das klingt so schrecklich, daß ich es kaum glauben kann –«

»Sie müßten doch eigentlich Mrs. Dorban kennengelernt haben. Sie ist zu allem fähig.«

Penelope schauderte.

»Ich werde Sie jetzt nicht mehr belästigen, Miss Pitt. Wir müssen eben sehen, alles so gut wie möglich zu arrangieren.« Er warf seine Zigarre ins Meer. »Ich bin schon so weit gekommen, daß ich mich über den Fehlschlag meiner Organisation nicht mehr aufrege. Früher war ich der Ingenieur, jetzt bin ich Zuschauer und Fatalist geworden.«

Er blieb an der Reling stehen, stützte die Ellenbogen auf das Geländer und schaute düster in das Wasser. Sie stand unentschlossen neben ihm, ihre Gedanken wirbelten durcheinander, und ihr Herz schlug wild.

»Wenn ich nun meine Einwilligung gäbe, Mr. Orford – was würde das für mich bedeuten?« fragte sie heiser.

»Ich will Sie nicht drängen.«

»Aber bitte, sagen Sie mir doch, in welche Lage ich dadurch kommen würde?«

»Sie würden nur Ihren Namen ändern – im übrigen wären Sie so frei, wie Sie jetzt sind, sogar noch unabhängiger, denn Sie würden über viel Geld verfügen. Ich weiß, daß das Ihre Entscheidung nicht beeinflußt, aber ich möchte Ihnen doch den Rat geben, das Geld nicht zu verachten. Es ist ein wesentlicher Faktor in dieser bösen Welt, und es birgt eine große Macht in sich. Es erlaubt Ihnen, sich ganz Ihren Liebhabereien zu widmen.« Das sagte er mit einem so strahlenden Lächeln, daß sie lachen mußte.

»Nun gut – ich will es mir überlegen.« Sie runzelte die Stirn. »Nein, ich will es nicht mehr überlegen – ich will Sie meine Entscheidung gleich wissen lassen. Wenn Sie mir in allem Ernst sagen, daß ich Johns Leben dadurch retten kann, werde ich ihn heiraten. Wer wird uns trauen?«

»Der Captain«, erwiderte Mr. Orford schnell. »Die Sache kann sehr bald geregelt werden.«

Plötzlich fuhr er zusammen und beugte sich hinunter. Dann legte er den Finger auf die Lippen und führte sie von dem Geländer fort. »Sie haben uns wahrscheinlich gehört!«

»Wer? Meinen Sie die Dorbans?«

Er nickte.

»Wir haben uns direkt über ihrem Kabinenfenster unterhalten! Ich fange an, alt zu werden.«

18

Cynthia Dorban kniete auf dem Sofa und horchte. Sie hatte fast das ganze Gespräch gehört. Arthur Dorban lag auf seinem Bett, hatte ein Buch auf den Knien und eine Zigarette im Mund. Er beobachtete seine Frau, ohne zu wissen, worauf sie lauschte.

»Nun?« fragte er schließlich, als sie sich erhob.

»Sie will ihn heiraten!« rief Cynthia erregt. »Ich habe dir ja vorausgesagt, was Orford tun würde.«

Arthur legte seine Zigarette sorgfältig weg und stand auf.

»Wann wird das geschehen?« fragte er ruhig.

»Heute, morgen – woher soll ich das wissen?« fuhr sie ihn an.

Er schlüpfte in seinen Rock, öffnete die Kabinentür und schaute den Gang entlang. Die nächsten Kabinen bewohnten der Schiffsarzt und Bobby. Auf der anderen Seite waren Mr. Orford und der Chefingenieur untergebracht. Die Kabine des Kapitäns lag der ihrigen gerade gegenüber, er schlief aber gewöhnlich oben im Kartenzimmer hinter der Kommandobrücke.

Arthur Dorban versuchte die Kapitänskabine zu öffnen, aber sie war, wie gewöhnlich, verschlossen.

»Geh schnell zur Treppe und paß auf, ob jemand kommt!«

»Was hast du denn vor?« fragte Cynthia. »Du weißt doch, daß wir nicht an Deck gehen dürfen.«

»Halt jetzt den Mund und tu, was ich dir sage«, fuhr er sie unwirsch an. Sie folgte ihm, ohne noch eine Frage zu stellen.

Er ging in die Kabine zurück, holte einen Bund Schlüssel aus seinem Koffer und probierte einen nach dem andern an der Tür. Er hatte nur wenig Zeit, denn jeden Augenblick konnte jemand von der Schiffsbesatzung vorbeikommen und ihn entdecken.

Als von Hause aus träger Charakter hatte er gehofft, daß es sich vermeiden ließe, Gewaltmaßnahmen zu ergreifen, oder daß er wenigstens noch mehr Zeit hätte. Aber nun erkannte er plötzlich den Ernst der Lage und übersah die Folgen, die Penelopes Zustimmung mit sich brachte.

Keiner der Schlüssel paßte. Im Gang hing ein Glaskasten, in dem für Feuersgefahr und andere Unglücksfälle eine Axt aufbewahrt wurde. Der Kasten war nicht verschlossen. Arthur nahm die Axt heraus, trat einen Schritt zurück und ließ sie mit voller Wucht auf das Schloß fallen. Dann klemmte er die Schneide zwischen die Tür und den Rahmen und brach das Schloß auf.

Er schaute sich schnell um – es war niemand in Sicht, und es war auch nicht anzunehmen, daß jemand den Lärm gehört hatte. Alle schienen oben an Deck zu sein, und das Geräusch der Maschinen hatte den Schall sicherlich überdeckt.

Die Kapitänskabine war sehr groß. Ein Schreibtisch, eine Messingbettstelle und ein großer Schrank standen darin. Er zog die Schreibtischschubladen nacheinander auf und fand gleich in der ersten, was er suchte – ein paar Schnellfeuerpistolen und ein paar Schachteln Patronen. Er vermutete, daß sich irgendwo noch eine Kiste mit Waffen befand. Der Gedanke kam ihm, während er die Schachteln aufmachte und die Pistolen lud. Er suchte die Kabine ab und entdeckte tatsächlich unter dem Bett eine flache, schwarzlackierte unverschlossene Kiste, in der ein halbes Dutzend schwere Armeerevolver, zwei Gewehre, fünfzig Schachteln Munition und ein halbes Dutzend Handschellen lagen. Er trug alles in seine Kabine. Cynthia hielt noch am anderen Ende des Ganges Wache, und er winkte sie zu sich.

»Hol schnell Hollin her!«

Sie hatte ihn eben an der Treppe gesehen, wo er die Messingbeschläge putzte, denn nach seinem Ausflug nach Vigo war seine Stellung an Bord eine andere geworden, und er mußte jetzt wie ein gewöhnlicher Matrose arbeiten. Sie eilte hin und rief ihn herunter. In demselben Augenblick erschien auch der Captain oben.

»Wo wollen Sie hin?« fragte er.

»Schnell!« rief Cynthia, und Hollin gehorchte.

Trotz seines Alters war der Captain sehr behende, und er lief rasch hinter ihm den Gang entlang. Aber plötzlich blieb er stehen: Mr. Dorban hatte die Pistole auf ihn gerichtet.

»Wenn Sie rufen, schieße ich Sie nieder«, sagte Arthur. »Gehen Sie hier hinein!« Er zeigte auf die Kapitänskabine.

»Was haben Sie gemacht?« fragte der alte Mann vorwurfsvoll.

Neben der Kabine lag ein kleiner Baderaum, in den der Captain eingeschlossen wurde.

»Was ist denn los?« fragte Hollin, der die veränderte Situation nicht gleich begriffen hatte.

»Nehmen Sie das«, sagte Dorban und gab ihm ein Gewehr. »Cynthia, du bleibst hier und bewachst den Captain.«

Er eilte die Treppe zum Deck hinauf. Hollin folgte ihm etwas verstört, er fühlte sich nicht recht wohl.

Mr. Orford sprach gerade mit Penelope, als Arthur erschien.

»Was wollen Sie? Sie sollen doch unten in Ihrer Kabine bleiben!«

Plötzlich sah er die Pistole in Arthurs Hand.

»Bei dem geringsten Laut sind Sie ein toter Mann!« drohte

Mr. Dorban. »Bewachen Sie diese beiden, Hollin, bis ich mit den Leuten oben fertig bin!«

Auf dem Bootsdeck befanden sich nur ein Matrose und der Steuermann. Dorban wußte, daß er den Leuten der Besatzung keine große Beachtung zu schenken brauchte. Die einzigen Waffen an Bord waren nun in seinem Besitz, höchstens Bobby und John konnten noch Waffen bei sich führen. Aber er hatte Glück, denn er fand die beiden auf der Kommandobrücke im Gespräch mit dem Zweiten Offizier.

»Hände hoch!«

John wandte sich schnell um und sah sich von der Mündung einer Pistole bedroht.

»Es ist nicht notwendig, Ihnen ausdrücklich zu erklären, daß ich dem Gesetz nach berechtigt bin, jeden von Ihnen sofort niederzuschießen. Drehen Sie sich um!«

John gehorchte; er ahnte, was geschehen war, und wußte, daß im Augenblick jeder Widerstand nur zu schweren Zusammenstößen führen würde. Dorban legte ihm und Bobby Handfesseln an.

»Nun, mein Herr«, wandte er sich an den Offizier. »Sie wissen, daß Sie jetzt in einer sehr ernsten Lage sind. Ich habe den Captain verhaftet, und Sie können den Folgen Ihrer ungesetzlichen Handlung nur entgehen, wenn Sie meine Anordnungen befolgen.«

Der Offizier war ein großer, hagerer Mann mit verbissenem Gesichtsausdruck. »Was verlangen Sie von mir?« fragte er.

»Sie werden das Schiff nach England zurücksteuern!«

»Das können Sie selbst tun«, sagte der Offizier. »Sie machen sich hier der Seeräuberei schuldig, und wenn die Sache böse Folgen hat, dann haben Sie das selbst zu verantworten.« Er stellte den Maschinentelegrafen auf ›Stop‹ und ging an Arthur vorbei nach hinten in seine Kabine.

Arthur war wütend über diesen Mißerfolg. Aber es blieb ja noch der Steuermann. Nachdem er seine Gefangenen unten eingeschlossen hatte, kehrte er nach oben zurück und hatte eine lange Unterredung mit dem Mann, in deren Verlauf er ihn überredete, seinen Anweisungen zu folgen.

Als er wieder hinunterkam, fand er seine Frau an Deck. Hollin stand neben ihr. Er hatte sich gleich über den Whisky hergemacht, war begeistert und sah das Leben im Augenblick von der rosigsten Seite an.

»Ich habe den Steuermann bestimmt, nach Cadiz zu fahren«, sagte Arthur. »Die Ingenieure und Heizer haben sich ebenfalls bereit erklärt, auf ihrem Posten zu bleiben. Auf diese Weise können wir alles zu unseren Gunsten wenden.«

»Und was wird aus dem Mädchen?« fragte Cynthia.

Er zuckte mit den Schultern. »Sie ist in ihrer Kabine.«

»Bist du denn so dumm, sie auch nach Cadiz mitzunehmen? Denk doch daran, daß sie die Banknoten und die Radierungen gesehen hat! Denk daran, daß ich versucht habe, sie zu ertränken!«

»Wer wird denn ihren Aussagen Glauben schenken?« fragte er eigensinnig. Aber sie kannte ihn zu gut, um nicht zu wissen, daß er sich sehr unbehaglich fühlte. »Sie kann keinen Zeugen beibringen, der ihre eventuellen Anklagen bestätigt, und die Tatsache, daß sie mit diesem Mann zusammen ist, genügt schon, um sie selbst verdächtig zu machen.«

Cynthia schien sich mit dieser Antwort zufriedenzugeben, aber Arthur Dorban ließ sich nicht täuschen.

»Ich kann mich unmöglich jetzt auch noch damit befassen«, erklärte er. »Ich habe gerade genug zu tun, um Herr der Situation zu bleiben. Hollin, gehen Sie nach vorne und bewachen Sie die Quartiere der Mannschaft. Ich will auf die Brücke gehen und mich vergewissern, daß der Steuermann mich nicht betrügt. In ein paar Stunden werden wir ein Kriegsschiff treffen. Der Steuermann sagte mir, daß man solchen Schiffen hier häufig begegnet. Wir sind nur dreihundert Meilen von Gibraltar entfernt.«

Bobby und John saßen in Bobbys Kabine und besprachen die Lage. Sie saßen zusammen, weil sie mit den Handschellen aneinandergefesselt waren.

»Ich glaube, wir können dies ruhig als das Ende unseres Abenteuers ansehen«, sagte John mit unnatürlicher Ruhe. »Es tut mir furchtbar leid, und ich kann es mir nie vergeben, daß ich dich in diese furchtbare Lage gebracht habe, Bobby.«

»Und ich bin noch trauriger, daß es mir nicht gelungen ist, dich vollständig zu befreien«, erwiderte Bobby bitter. »Es war doch zu unvorsichtig, daß wir nicht daran dachten, wie leicht uns diese Leute übertölpeln konnten.«

John schaute auf den Teppich.

»Ich möchte nur wissen, was sie mit Miss Pitt gemacht haben.«

»Sie ist in ihrer Kabine. Er sagte es zu Hollin, als sie eben an unserer Tür vorbeikamen. Was werden sie wohl unternehmen?«

»Wahrscheinlich laufen sie den nächsten Hafen an und übergeben uns der Polizei. Wenn uns der nette alte Xenocrates aus dieser Patsche heraushilft, dann werde ich ihm ein silbernes Denkmal setzten.«

»Du kannst es auch aus Gold anfertigen lassen«, meinte Bobby traurig, »es ist eines so schön wie das andere. Wo ist er eigentlich geblieben?«

»Er ist in der nächsten Kabine, die dem Schiffsarzt gehört.« John stand auf und klopfte an die Wand. Sofort wurde ihm geantwortet. »Ja, er ist dort.«

Bobby schaute auf seine Handschellen und versuchte schon zum soundsovielten Male, seine Hand durchzuzwängen.

»Es hat alles keinen Zweck«, stöhnte er. »Es ist einfach schrecklich, wenn man bedenkt, daß zwei Leute das ganze Schiff überrumpelt haben!«

»Hollin ist doch auch mit ihnen im Bunde.«

»Ich hatte gar nicht an ihn gedacht. Sicher ist Cynthia Dorban der leitende Kopf.« Plötzlich hielt er inne, und Bobby sah, daß seine Augen glänzten. »Ich habe eine gute Idee«, sagte er leise, und ohne eine nähere Erklärung abzugeben, trat er heftig mit dem Fuß gegen die Kabinentür. Sofort erklang Cynthias scharfe Stimme.

»Was wollen Sie?«

»Bekommen wir denn nichts zu essen? Haben Sie die Absicht, uns verhungern zu lassen?« fragte John.

»Wenn Sie etwas zu essen haben wollen, müssen Sie es sich

schon selbst holen«, erwiderte Cynthia, schloß die Tür auf und erschien mit der Pistole in der Hand. »Gehen Sie in die Küche und holen Sie sich so viel, daß es für zwei Tage reicht. Dann werden ja wohl die spanischen Behörden für Sie sorgen.«

Bobby hatte durchaus keinen Hunger; schon der Gedanke an Essen war ihm widerwärtig, und er wunderte sich, daß John in einem solchen Augenblick Appetit haben konnte. »Lassen Sie es sich nicht einfallen, mir einen Streich spielen zu wollen«, drohte Cynthia, während sie ihnen folgte.

»Dann wollen Sie uns natürlich niederschießen – das glaube ich Ihnen«, erwiderte John. »Wenn wir es mit dem sanften Slico zu tun hätten, wäre es etwas anderes.«

Sie gingen in den Anrichteraum, der hinter der Küche lag. Es war niemand dort.

»Beeilen Sie sich etwas«, sagte Cynthia, die draußen auf dem Gang stehengeblieben war und die Tür genau beobachtete.

John führte Bobby in einen kleinen, dunklen Raum, in dem die Vorräte aufbewahrt wurden. Er machte keinen Versuch, den Eisschrank zu öffnen, sondern fühlte mit der Hand die Wand entlang, bis er ein kleines Schaltbrett fand. Es war dunkel, aber er tastete mit den Fingern und zählte die Knöpfe. Als er an den sechsten gekommen war, drückte er ihn schnell herunter und nahm einen Hörer auf.

»Singe, so laut du kannst«, flüsterte er Bobby zu. »Willst du wohl singen?«

Plötzlich ertönte Bobbys wohlklingende Stimme.

»Sind Sie es, Penelope?« fragte John schnell. Ihm war vorhin eingefallen, daß eine telefonische Verbindung zwischen der Anrichte und den großen Kabinen bestand.

»Ja, wo sind Sie?«

»Das ist gleichgültig. Sie kennen doch Bobbys Kabine – sie liegt direkt unter dem roten Ventilator. Können Sie sich irgendwelche Schußwaffen beschaffen, irgendeine Pistole, die Sie so über die Reling herunterlassen, daß sie vor unserem Kabinenfenster hängt und wir sie von da aus erreichen können?«

»Ich darf ja meine Kabine nicht verlassen!«

»Bitte, versuchen Sie es unter allen Umständen!«

»Was machen Sie denn da drinnen?« fragte Cynthia scharf. »Kommen Sie sofort heraus!«

John hängte schnell den Hörer an, nahm ein großes Brot und folgte Bobby.

»Ich habe gehört, daß Sie mit jemandem gesprochen haben – wer war das?«

»Ich habe mich mit meiner Lieblingsfrau unterhalten«, erwiderte John kühl. »Finden Sie nicht, daß Stamford Mills sehr schön singen kann?«

»Was haben Sie gemacht?« fragte Cynthia argwöhnisch. Arthur kam vorbei, und sie rief ihn an.

»Du bist verrückt, daß du die beiden herausgelassen hast«, sagte er zu ihr, nachdem John und Bobby wieder in ihrer Kabine eingeschlossen waren. »Es wäre doch eine Kleinigkeit gewesen, ihnen das Essen bringen zu lassen. Hollin ist doch auch noch da. Dem Mädchen muß erlaubt werden, an Deck zu gehen, ich kann sie nicht die ganze Zeit einsperren.«

»Warum denn nicht? Ist es etwa für sie schlimmer als für uns?«

Er füllte sein Zigarettenetui von dem Vorrat, den er in der Kapitänskabine gefunden hatte. Dann wandte er sich wieder an seine Frau. »In den nächsten vierundzwanzig Stunden kann viel passieren. Ich bitte dich, Cynthia, mir zu helfen, daß nichts geschieht, was ich später bereuen könnte.«

Sie erbleichte, obwohl sie mutig war. Plötzlich taten sich unergründliche Tiefen in Slicos Charakter auf, die sie bisher nur dunkel geahnt hatte.

»Ich habe nicht die Absicht, dieses Mädchen irgendwie zu kränken«, fuhr er fort. »Wenn es aber dazu käme, dann würdest du mir sehr im Wege stehen. Das ist dir doch klar?«

Sie nickte und zitterte an allen Gliedern. Sie wußte, was er sagen wollte, aber sie hatte niemals daran gedacht, daß er ihr so gegenübertreten würde.

»Als du Penelope umbringen wolltest, habe ich dir freie Hand gelassen, weil ich beabsichtigte, ein für allemal aufzuräumen. Wärst du zurückgekommen und hättest mir die Nachricht von ihrem Tod gebracht, so hättest auch du den nächsten Morgen nicht mehr erlebt. Willst du, bitte, immer daran denken, Cynthia?«

Seine sonst so sanfte Stimme klang drohend.

»Das wirst du doch nicht tun!« stieß sie atemlos hervor. »Es geschah doch alles nur für dich!«

Er ging lächelnd aus der Kabine. Cynthia aber fiel schwer auf das Sofa nieder.

19

»Sie können ruhig an Deck gehen, Miss Pitt«, sagte Arthur Dorban liebenswürdig. »Aber es ist Ihnen natürlich nicht gestattet, mit irgendeinem der Leute in Verbindung zu treten, die ich leider habe einsperren müssen. Ich bin sicher, daß Sie nicht wußten, was Sie taten; sonst hätten Sie diese Schurken nicht unterstützt, die sich nur dem Arm der Gerechtigkeit zu entziehen suchten.«

Er stand vor der Tür und machte keinen Versuch hineinzugehen. Seine Haltung war sehr höflich.

»Ich verspreche Ihnen, daß Sie weder von mir noch von einem anderen gestört werden sollen«, setzte er nachdrücklich hinzu.

Sie nickte dankbar, und er verließ sie wieder.

Sie ging an Deck auf und ab und versuchte ihre Fassung wiederzuerlangen. Allmählich gelang es ihr auch. Hollin saß oben auf der Treppe. Er hatte seinen Pistolengürtel umgeschnallt, und auf seinen Knien lag ein Gewehr. Zu seinem Erstaunen redete sie ihn an.

»Sie haben nichts zu befürchten, Miss«, sagte er, denn in gewisser Beziehung fühlte er sich selbst in nüchternen Augenblikken als Kavalier. »Ich werde dafür sorgen, daß Ihnen niemand zu nahetritt.«

»Wissen Sie, wohin wir fahren?«

»Habe nicht die geringste Ahnung. Der Chef sagt, daß wir einen spanischen Hafen anlaufen. Er wird alles für mich regeln. Immerhin werden mehrere tausend Pfund für mich dabei abfallen.«

Sie fragte ihn nicht weiter, welche Versprechungen Arthur Dorban ihm gemacht hatte, und ging wieder fort. Bei dem roten Ventilator blieb sie stehen und lehnte sich über die Reling. Sie konnte Bobbys Kabinenfenster sehen. Ihr Herz schlug schnell, und sie eilte wieder zu ihrer eigenen Kabine, um alle Schubladen nach den Gegenständen zu durchsuchen, die sie brauchte. Im Schreibtisch fand sie eine Rolle Bindfaden, schnitt mehrere Stücke davon ab und machte eine Schlinge an das Ende. Sie hatte sich nun einen Plan zurechtgelegt, wie sie vorgehen wollte.

Sie ging wieder zu Hollin zurück, zog einen Stuhl heran und setzte sich neben ihn. Er blieb auf dem Fußboden sitzen, schaute zu ihr auf und grinste.

»Ich bin hier auf Posten«, rühmte er sich. »Die ganze Mannschaft ist dort unten.« Er zeigte hinunter, wo mehrere Leute mit nicht gerade sehr vergnügten Gesichtern an der Reling standen, rauchten und leise miteinander sprachen. Einer wandte sich um und schaute düster zu ihm hinauf. »Wenn sie frech werden, weiß ich, was ich zu tun habe.«

»Das glaube ich auch«, sagte sie stockend. Aber er legte ihre Erregung anders aus.

»Sie brauchen wirklich keine Angst zu haben, ich schieße nur, wenn es absolut notwendig ist. Ich bin im Grunde ein sehr gutherziger Mensch, jeder kann alles von mir haben.« Er sah sie wieder an. »Besonders wenn mich Frauen um etwas bitten . . .«

Als er dann wieder schmunzelnd auf das Vorderdeck hinunterschaute, führte sie ihr Vorhaben aus und hatte vollen Erfolg. Ihr Herz stand fast sill, als sie die hintere Pistole aus seinem Gürtel zog. Er merkte es nicht, weil der Gürtel hinten auflag und er deshalb den Gewichtsunterschied nicht wahrnehmen konnte.

Plötzlich erhob sie sich mit einer Entschuldigung und ging wieder nach hinten. Ihre Knie zitterten. Mit bebenden Fingern befestigte sie die Schnur am Pistolengriff, und als sie an den roten Ventilator kam, ließ sie den Bindfaden nach unten hängen. Es dünkte ihr fast eine Ewigkeit, bis sich eine Hand aus dem Fenster streckte und die Waffe nach innen zog. Sie war einer Ohnmacht nahe und mußte sich am Geländer festhalten.

Nach einer Weile ging sie wieder zu Mr. Hollin. Er wandte sich nach ihr um, aber glücklicherweise hatte er nichts von alledem bemerkt, was sie eben getan hatte.

»Sie fühlen sich wohl ein wenig seekrank?« fragte er so stolz wie jemand, der nicht unter diesem Übel zu leiden hat. »Sie sehen so blaß wie der Tod aus, mein Fräulein. Setzen Sie sich doch wieder!«

»Ja, das will ich tun«, erwiderte Penelope.

»Nehmen Sie einen guten Rat von mir an. Lassen Sie sich nicht mit diesem John ein; das ist ein Verbrecher, ein ganz gemeiner Kerl, der seinen besten Freund verrät. Er war gerade im Begriff, das auch mit mir zu machen. Er wollte mich in einem offenen Boot auf dem Meer aussetzen, und vorher hat er mir doch versprochen, mich nach Südamerika mitzunehmen. Und ich sollte so viel Geld bekommen, daß ich mein ganzes Leben lang von den Zinsen leben könnte. Was halten Sie von einer solchen Gemeinheit?«

»Ich glaube nicht, daß er so etwas getan hätte.«

»Sie glauben es nicht?« fuhr Hollin böse auf. »Da sieht man mal, wie wenig Sie von ihm wissen. Ich kann Ihnen nur sagen – aber was ist denn das?« Er war mit der Hand an das leere Pistolenfutteral gekommen. »Nun machen Sie keine Tricks mit mir, mein Fräulein! Wo ist die Pistole?«

»Was für eine Pistole?« fragte Penelope, und es gelang ihr, Erstaunen zu heucheln.

»Ich möchte einen Eid darauf leisten, daß ich sie in meinen Gurt gesteckt habe!«

Er schaute sie argwöhnisch an, aber er sah ganz deutlich, daß sie keine Waffe von der Größe verstecken konnte. Er wandte sich wieder um.

»Ich habe sie doch bestimmt in meinen Gürtel gesteckt! Aber vielleicht täusche ich mich auch.«

»Haben Sie etwas verloren?« fragte sie unschuldig.

Aber in diesem Augenblick fielen mehrere Schüsse. Hollin eilte die Treppe hinunter.

Arthur und Cynthia unterhielten sich gerade darüber, welchen Weg sie von Cadiz aus nehmen wollten, als sie ein dröhnendes Geräusch hörten. Jemand trat heftig mit dem Fuß gegen die Tür, und sie konnten leicht feststellen, woher der Lärm kam.

»Wenn Sie beide nicht ruhig sind, dann werde ich Sie an Händen und Füßen fesseln«, drohte Arthur, aber er sprang hastig zur Seite, als eine der Türfüllungen splitterte und die Tür aufflog. Er zog sofort seinen Revolver und schoß, ohne zu zielen. Aber sein Schuß und der andere klangen wie einer, und er fiel zu Boden.

Cynthia gab den dritten Schuß ab, aber ihre Hand zitterte, und die Kugel verfehlte ihr Ziel. Im nächsten Augenblick ergriff John sie an der Schulter und übergab sie Bobby, der sie entwaffnete.

»Schnell in die Kabine mit ihr!« rief er.

Sie stießen sie in die Kabine, die sie eben verlassen hatten. John fand den Schlüssel zu den Handschellen auf Mr. Dorbans Kabinentisch, wo auch Schachteln mit Munition standen. Gleich darauf waren sie wieder frei. John kam gerade zur rechten Zeit, um dem wütenden Hollin in den Weg zu treten, der den Gang entlanglief. Mit philosophischer Ruhe ergab sich der Mann in die veränderte Situation, als ihm die Waffen abgenommen wurden.

»Wo ist Dorban?« fragte Bobby.

»Ich werde nach ihm suchen. Bewache du so lange die beiden, Bobby.«

John öffnete schnell die Kabinen, in denen der Captain und Mr. Orford eingeschlossen waren, und eilte dann nach oben. Arthur Dorban war nirgends zu sehen, auch auf dem Bootsdeck war er nicht zu entdecken. Nur die beiden Steuermannsmaate hielten sich auf der Kommandobrücke auf. Zwischen den beiden Schornsteinen auf dem rechten Achterdeck erhob sich eine kleine Kabine, in der die Funkstation untergebracht war. Instinktiv eilte John dorthin und fand dort auch Dorban, der eben hinaushinkte, als John zur Tür kam.

»Sie kommen zu spät, mein Freund. Ich habe Ihren Funker veranlaßt, eine Botschaft abzusenden, die sehr unangenehme Folgen für Sie haben wird.«

John stieß ihn beiseite und ging hinein.

»Sie ist schon abgegangen«, sagte der Mann. »Er hat gedroht, mich zu erschießen, wenn ich ihm nicht gehorchte.«

»Wie lautete der Spruch?«

»Ich habe dem Kriegsschiff mitgeteilt, daß Sie an Bord sind.«

»Welchem Kriegsschiff?«

Er eilte an Deck und beschattete die Augen mit der Hand, um besser sehen zu können. Der Funker zeigte auf eine schwere graue Wolke am Horizont; es war schwer, die Umrißlinien des ebenfalls grauen Kriegsschiffes davon zu unterscheiden.

Sie gingen wieder zurück.

»Wir bekommen jetzt Antwort«, sagte der Funker, als er wieder an seinem Gerät saß.

»Was funken sie?« fragte John.

»Drehen Sie hart nach Backbord bei und halten Sie eine Meile von uns entfernt. Wir kommen an Bord.«

Der Captain stand am Steuer, als John auf die Brücke trat. Er sah eben noch, wie Dorban von zwei Matrosen gefesselt und die Treppe hinuntergebracht wurde. John erklärte in einigen Worten die Lage.

»Wir werden ihm aus dem Wege fahren«, sagte der Captain. »Das Schiff gehört zur Mynthic-Klasse; die fahren so langsam, daß sie uns nicht überholen können.«

Er gab schnell seine Befehle, und die ›Polyantha‹ legte sich zur Seite, als sie eine vollständige Wendung machte und in entgegengesetzter Richtung weiterfuhr. Als sie kaum eine halbe Meile weit waren, kam eine neue drahtlose Nachricht. Der Captain brummte, als er sie las.

»Sie wollen das Feuer auf uns eröffnen, wenn wir nicht sofort stoppen.«

Er telefonierte zum Maschinenraum.

»Holen Sie aus den Maschinen heraus, was Sie können, Mackenzie! Wir müssen einen Rekord machen!«

Kaum hatte er das gesagt, als eine Rauchwolke von dem Kriegsschiff emporstieg. Sie hörten das Donnern des Geschützes, und gleich darauf erhob sich eine Wassersäule an der Stelle, wo das Geschoß eingeschlagen hatte. Die zweite Granate kam ihrem Ziel schon näher.

»Wir bieten ihnen ein zu großes Ziel. Wenden Sie nach links«, sagte er zu dem Steuermann.

Jetzt waren drüben zwei Geschütze in Tätigkeit. John sah die Mündungsfeuer und hörte das Heulen der großen Granaten. Aber sie richteten keinen Schaden an. Das Schiff fuhr mit größter Geschwindigkeit und war bald aus der Feuerzone entkommen. Das Kriegsschiff stellte das Feuer ein. Gleich darauf wurde ein eiliger Kriegsrat im Salon abgehalten. Penelope sah durch ein Deckenlicht hinunter, wie alle um den großen Tisch saßen und eifrig auf den Karten suchten.

»Das ist der Augenblick, in dem sich meine Organisation bewährt«, sagte Mr. Orford, der seit langer Zeit wieder einmal vergnügt dreinschaute. »Hier ist der Punkt, Captain.« Er bezeichnete mit dem Bleistift eine Stelle auf der Karte. »Dorthin habe ich einen Tanker beordert. Er wartet auf uns, um uns mit Brennstoff zu versorgen. Ich habe das Tankschiff gechartert, es fährt unter amerikanischer Flagge.«

»Ich bin nicht wegen des Brennstoffs beunruhigt«, erwiderte der Captain. »Wir haben noch genug für weitere zehn Tage. Ich habe viel schwerere Sorgen. In vierundzwanzig Stunden werden wir hier von Torpedobootszerstörern angehalten werden. Sie haben außerdem ein Flugzeug in Gibraltar, das sie ausschicken werden; ich sehe nicht, wie wir ihnen entkommen könnten.«

»Lassen Sie sie uns doch ruhig anhalten«, meinte Orford. »Das einzige Zeugnis gegen uns sind die beiden Leute, die wir an Bord haben.«

»Und Mr. John – und die junge Dame«, verbesserte ihn der Captain.

»Sie haben recht«, nickte Mr. Orford. »Aber wenn sie uns eingeholt haben, werden wir nicht mehr an Bord sein.«

»Aber wo wollen Sie denn bleiben?« fragte der Captain. »Wir können doch nicht zur spanischen Küste zurückfahren?«

»Wir werden einfach an Bord des Tankers gehen und mit ihm nach Boston, Massachusetts, fahren. Niemand wird etwas davon wissen. Den Kapitän kenne ich persönlich, und die Mannschaft werde ich schon irgendwie beruhigen könnnen.«

Der Captain biß sich nachdenklich auf die Lippen.

»Wenn der Tanker wirklich dort ist –«

»Der ist bestimmt dort«, entgegnete Mr. Orford etwas ungehalten. »Ich habe so disponiert.«

John ging nach oben, um Penelope die Lage zu erklären.

»Ich fürchte, wir können Ihnen an Bord des Tankschiffes nicht dieselben Annehmlichkeiten bieten wie hier, aber Sie haben dann wenigstens ein festes Reiseziel. Wir fahren nach Boston und werden in zehn Tagen dort ankommen. Dann sind alle Schwierigkeiten für Sie zu Ende, und Sie kommen nach allem doch wieder heil nach Kanada zurück!«

Sie lächelte ein wenig traurig.

»Ich hatte nicht erwartet, auf diese Weise wieder nach Kanada zurückzukommen. Aber solange wir überhaupt noch irgendwo hinkommen –«

Sie fühlte sich sehr unzufrieden und wußte eigentlich selbst nicht, warum, bis sie erkannte, daß seine Worte sie verletzt hatten. Er nahm einfach an, daß sie nur wünschte, nach Kanada zurückzukehren. Von dieser phantastischen Heirat, die Mr. Orford plante, erwähnte er überhaupt nichts. Es war so absurd, aber sie hatte doch ihre Einwilligung gegeben. Sie mußte ihre Gedanken erst wieder sammeln.

»Es ist eigentlich sehr schade«, gestand sie. Sie hätte sich die Zunge abbeißen können, daß sie das gesagt hatte.

Glücklicherweise schien er ihrem Gedankengang jedoch nicht gefolgt zu sein.

»Ich werde mich an Bord des Tankers ganz wohl fühlen. Bitte, machen Sie sich meinetwegen keine Sorgen. Ich habe die ›Polyantha‹ allerdings sehr liebgewonnen, und es tut mir leid, daß ich sie verlassen muß.«

»Trotz der vielen Aufregungen und geheimnisvollen Dinge, die Sie erlebt haben?« fragte er lächelnd.

Sie nickte.

Die Organisation Mr. Orfords klappte so genau, daß sie morgens um zwei Uhr schon das Tankschiff trafen. Die außerordentlich ruhige See machte es möglich, direkt neben ihm anzulegen.

20

Es regnete, als Penelope auf der etwas schmutzigen Strickleiter zu dem wenig einladenden Eisendeck des Tankers emporkletterte. Mr. Orford hatte merkwürdigerweise die etwas halsbrecherische Tour längst hinter sich. Er hatte vorher drahtlose Nachrichten an das Schiff geschickt, so daß sie alle möglichen Bequemlichkeiten in den Kabinen vorfanden, mit denen sie gar nicht gerechnet hatten. Die beiden Schiffe trennten sich im Morgengrauen wieder, und Penelope beobachtete zwischen großen Haufen aufgerollter Taue und rostiger Ankerketten, wie die schlanke ›Polyantha‹ sich immer weiter entfernte. Es regnete unaufhörlich.

Der Tanker war lange nicht so gemütlich. Er rollte und stampfte unheimlich, selbst bei geringem Wellengang. Mrs. Dorban, die leicht seekrank wurde und obendrein den Petroleumgeruch nicht vertragen konnte, legte sich bald in ihrer Kabine nieder und blieb den ganzen Tag dort.

Penelope verfügte nur über eine kleine Kabine und hatte große Mühe, all ihre Habseligkeiten unterzubringen. Die Schubladen der Kommode und der kleine Schrank waren mit Sachen des Schiffsoffiziers angefüllt, der die Kabine vor ihr innegehabt hatte. Sie richtete sich so gut wie möglich ein und sehnte sich noch lange nicht nach dem Ende ihres Abenteuers. Sie war sich selbst nicht recht über ihre Stimmung klar.

Am nächsten Morgen begegnete sie John an Deck. Er teilte ihr viele Neuigkeiten mit, die sie in Erstaunen setzten.

»Ich glaube nicht, daß wir für immer Abschied von der ›Polyantha‹ genommen haben«, meinte er. »Mr. Orford hat mir gerade gesagt, daß er einen anderen Treffpunkt mit ihr vereinbart habe. Wenn sie von dem ersten Kriegsschiff, dem sie begegnet, durchsucht worden ist, werden wir nördlich von Madeira wieder zu ihr stoßen. Und wir haben dann Aussicht, unsere Reise unter angenehmeren Bedingungen fortzusetzen.«

»Was soll denn aus den Dorbans werden? Und aus Hollin?« fragte Penelope.

»Hollin werde ich mitnehmen müssen, wie ich es ihm versprochen habe. Was aus den Dorbans werden soll, weiß ich selbst noch nicht. Das ist noch die größte Schwierigkeit, aber ich glaube, man kann sie mit Geld abfinden und mit einem Versprechen, das ich ihnen schon halbwegs gegeben habe.«

»Was haben Sie ihnen denn versprochen?«

Er schaute aufs Meer hinaus und schwieg eine Zeit.

»Ich habe ihnen versprochen, mich unter der Bedingung, daß sie mich nicht wieder betrügen, nicht zu verheiraten. Aber ich bin mir selbst noch nie so gram wie jetzt gewesen, nachdem ich dieses Versprechen gab.« Er sah sie wieder an.

»Warum denn?«

»Weil ich Sie liebe und mir dadurch das einzige Glück raube, das mir erstrebenswert erscheint. Sie müssen annehmen, daß ich ein recht ungebildeter Mensch bin, Penelope, und ich glaube es beinahe selbst. Ich wollte Sie aus diplomatischen Gründen heiraten, aber ich erkannte auch, daß Sie das Anerbieten Mr. Orfords nicht aus Liebe zu mir annahmen. Wie wäre das auch möglich gewesen? Sie kennen mich erst seit ein paar Tagen und wissen noch nicht einmal das Schlimmste über mich.«

»Ich glaube, ich weiß es doch.«

Er schüttelte den Kopf, aber Penelope fuhr unbeirrt fort.

»Sie fliehen vor jemandem. Haben Sie nicht –«, sie zögerte, aber dann sagte sie doch, »– ein Verbrechen begangen?«

»Nein, ich bin zwar angeklagt worden – aber es ist doch alles zwecklos...«

Sie schaute ihm nach, als er fortging, und fühlte eine sonderbare Leere im Herzen.

Am Nachmittag fuhren sie an zwei Torpedobootszerstörern vorbei, die anfragten, ob sie nicht die ›Polyantha‹ gesichtet hätten. Es wurde ihnen wahrheitswidrig mit »Nein« geantwortet. Gegen Abend erhielten sie einen Funkspruch, der mit Mr. Orford verabredet worden war.

»Die ›Polyantha‹ ist angehalten und durchsucht worden«, erklärte Mr. Orford beim Abendessen.

»Armer Bobby«, flüsterte Penelope. Bobby war an Bord geblieben, um die Rolle des reichen Besitzers zu spielen.

»Bobby fällt das Lügen nicht schwer«, sagte John ruhig. »Er

kann tausend Ausflüchte machen und ist nie um eine Ausrede verlegen. Wie geht es Ihrer Frau, Dorban?«

Arthur lächelte geheimnisvoll, aber er gab keine Antwort.

Am Abend saßen sie auf dem Achterdeck zusammen, als der Captain zu ihnen trat. John und Mr. Orford rauchten, Penelope kauerte in ihrem Deckstuhl, denn das Schlingern des Schiffes war etwas ungemütlich geworden. Dorban ging unruhig auf und ab.

»Soeben habe ich einen Hilferuf aufgefangen, Mr. Orford«, sagte der Captain. »Das Schiff ›Pealego‹ ist auf ein Riff gelaufen und im Sinken.«

»Was ist das denn für ein Schiff?«

»Ein Passagierschiff, das von Vigo nach Funchal fährt, ein sonderbares Schiff, ich bin ihm schon mindestens ein dutzendmal in diesen Gewässern begegnet. Natürlich haben wir jetzt den Kurs ändern müssen und fahren auf die ›Pealego‹ zu. Das Unglück passierte ungefähr zwanzig Meilen von uns entfernt. Wir werden sehr bald auf ihre Rettungsboote stoßen.«

Zwei Stunden waren vergangen, als sie Licht auf dem Wasser entdeckten. Durch Ferngläser erkannten sie zwei Boote, die nebeneinander ruderten.

»Das ist schrecklich für uns«, sagte Mr. Orford und schüttelte den Kopf, »denn wir müssen diese Leute irgendwo an Land bringen. Und ich wollte meinen Fuß erst wieder auf festen Boden setzen, wenn wir die Mole von Boston erreicht hätten.«

Die Mannschaft des Tankers hängte eine hellbrennende Lampe über das Fallreep, das heruntergelassen wurde, und sie lehnten sich über die Reling, um die Geretteten zu sehen, als sie an Bord gebracht wurden.

Zuerst kamen zwei weinende Frauen in Matrosenmänteln, dann ein alter Mann, der ganz durchnäßt war. Hinter ihm tauchte ein großer, schlanker Mann auf, der das Aussehen eines Militärs hatte. Der erste, der ihm an Deck begegnete, war John, in dessen Gesicht kein Muskel zuckte, als der Mann auf ihn zukam.

»Ich bin Inspektor Spinner – ich denke, wir kennen uns.«

»Das ist wohl möglich«, erwiderte John kühl.

»Sie sind der Earl von Rivertor, ein Sträfling, der wegen Herstellung falscher Banknoten zu zwanzig Jahren Zuchthaus verurteilt wurde. Und dieses ist James Hollin, auch ein entflohener Sträfling, der fünf Jahre wegen Einbruchs abzusitzen hat. Sie sind beide am Vierzehnten des vergangenen Monats aus Dartmoor entflohen.«

Mr. Dorban kam heran.

»Ich kann diese Angabe nur bestätigen. Mein Name ist Arthur Dorban. Und dieser Mann –«, er zeigte auf John, »ist mein Vetter.«

Zu Penelopes größtem Erstaunen wandte sich John mit einem strahlenden Lächeln an seinen schlimmsten Feind.

»Jetzt bin ich meines Versprechens ledig, Arthur«, sagte er.

Für Penelope Pitt war die nächste Nacht ein langer, schrecklicher Traum. Sie war so wenig imstande, Wirklichkeit und Traum voneinander zu unterscheiden, daß sie beinahe ernsthaft an ihrem Verstand zu zweifeln begann. John war der Earl von Rivertor, und er war ein entflohener Sträfling! Das klang alles so unglaublich, so phantastisch, daß sie sich wohl zwanzigmal in der Nacht erhob und das elektrische Licht andrehte, um sich zu überzeugen, daß sie wachte und nicht das Opfer schrecklicher Halluzinationen war.

Was war aus Mr. Orford geworden? Sie wußte es nicht. Sie konnte ihre Gedanken nicht einmal so weit sammeln, um über ihre eigene Zukunft nachzudenken.

Am nächsten Morgen stand sie früh auf und ging an Deck, wo die Matrosen mit Wasserschläuchen und Bürsten tätig waren. Sie fand Mr. Orford in dem bequemsten Stuhl, der an Bord des Schiffes aufzutreiben gewesen war. Er hatte sich in viele Decken eingehüllt, war ebenfalls wach und in tiefe Gedanken versunken. Sie nahm an, daß er nicht gut auf sie zu sprechen sei, da sie sich indirekt für das tragische Ende seiner kühnen Pläne verantwortlich fühlte, aber er begrüßte sie mit einem freundlichen, fast väterlichen Lächeln.

»Ich bin überhaupt nicht zu Bett gegangen – ich habe auch nicht geschlafen«, sagte er erklärend.

»Bitte stehen Sie nicht auf«, bat sie ihn schnell, als er Miene machte, sich aus all seinen Decken herauszuwinden. »Ich kann mich hierher setzen.« Sie zog einen Stuhl herbei und ließ sich an seiner Seite nieder. »Mr. Orford, was bedeutet das alles?«

»Was es bedeutet? Sechs Monate harter Arbeit und eine halbe Million Dollar für die bestorganisierte Flucht, die die Welt jemals gesehen hat, sind zum Teufel gegangen!«

»Wollen Sie mir denn nicht endlich alles sagen?«

»Es ist ja jetzt doch kein Grund mehr vorhanden, warum Sie nicht alles wissen könnten.« Er winkte einem Matrosen. »Mein Sohn, gehen Sie einmal in die Küche und bringen Sie etwas heißen Kaffee«, wies er ihn an. Dann wandte er sich wieder an Penelope. »John ist der Lord von Rivertor. Als er zu zwanzig Jahren Zuchthaus verurteilt wurde, war er es noch nicht und hatte überdies nicht die leiseste Ahnung, daß er die nächste Anwartschaft auf diesen Titel hatte. Er ist sehr reich und begütert, ebenso Mr. Stamford Mills, sein Freund. Sie haben zusammen in Paris auf der Kunstakademie studiert, und seit Lord Rivertors Verurteilung hat dieser junge Mann alles aufgeboten, um ihn zu befreien. Ich selbst habe schon viel organisiert, aber noch niemals eine Flucht aus dem Gefängnis.«

Er machte eine Pause und schüttelte den Kopf.

»Der erste Unglücksfall begegnete uns, als Hollins Mütze davonflog. Alle englischen Sträflinge haben eine Nummer, die in die Kappen eingestickt wird.«

»Sie müssen mir aber alles von Anfang an erzählen. Warum wurde Lord Rivertor eigentlich verurteilt – welches Verbrechen hat er denn begangen?«

»Ich bin fest davon überzeugt, daß er überhaupt kein Verbrechen begangen hat«, sagte Mr. Orford mit Nachdruck. »Ich habe die Erfahrung gemacht, daß viele Leute unschuldig im Zuchthaus sitzen, die das Opfer eines widrigen Schicksals oder gemeiner Verleumdung sind. Als ich hörte, daß Lord Rivertor durch ein gemeines Komplott zu Fall gebracht worden war, fühlte ich sofort, daß hier wieder ein Justizirrtum vorliegen mußte. Er ist wirklich unschuldig.«

Mr. Orford war im Eifer aufgestanden und gestikulierte heftig.

»John war ein Künstler und ein Vetter dritten oder vierten Grades des alten Earls von Rivertor. Der alte Herr hatte drei Söhne, die alle innerhalb einer Woche an Lungenentzündung starben. Das klingt fast wie ein Märchen, aber sie sind tatsächlich eines natürlichen Todes gestorben. Ich habe mich sehr genau danach erkundigt, denn ich verdächtigte Mr. Dorban, daß er die Natur bei ihrem Vernichtungswerk unterstützt hätte.

John Rivertor wußte nichts von alledem. Er lebte als Maler und Zeichner in Paris und hatte sein Auskommen. Er war ein besonderer Spezialist für Radierungen. Möglich, daß er ein großer Künstler ist, möglich, daß er es nicht ist. Ich verstehe zuwenig von Kunst, um das beurteilen zu können.

Bei der Gerichtsverhandlung wurde nun folgender Tatbestand festgestellt: John verkehrte in einem Restaurant im Westen Londons. Der Eigentümer dieses Lokals hatte bei den verschiedensten Gelegenheiten gefälschte Fünfpfundnoten in seiner Kasse gefunden, konnte aber nicht genau sagen, von wem er die Scheine bekommen hatte. Der Verdacht fiel jedenfalls auf John. Mir ist es ganz unerklärlich, wie das möglich war, aber ich habe eine Vermutung, wer dieses Gerücht aufgebracht hat. Wahrscheinlich hat der Betreffende die falschen Noten selbst in Umlauf gesetzt.

John war nicht gerade wohlhabend, aber es ging ihm auch nicht schlecht. Er verkaufte seine Radierungen ganz gut und lebte von der Arbeit seiner Hände. Eines Tages kam ein Mann in sein Atelier, der Radierungen für einen amerikanischen Millionär kaufen wollte. John hatte ihn noch niemals gesehen und traf ihn auch später nicht wieder. Der Mann wählte ein paar Blätter aus und bot eine so hohe Summe dafür, daß John sehr erstaunt war. John selbst forderte einen weit niedrigeren Preis, aber der merkwürdige Käufer bestand darauf, ihm den hohen Betrag zu zahlen. Er gab ihm nur Banknoten. Das erste halbe Dutzend war echt, die anderen Scheine waren nicht besonders gut gelungene Fälschungen. Der Fremde nahm die Radierungen an sich, und John begleitete ihn auf seine

Bitte zum Bahnhof. Der Besucher nannte sich Smith und erzählte, daß er nach Brüssel reise. Es dauerte noch ziemlich lange, bis der Zug abfuhr, und Mr. Smith hielt John bis zur Abfahrt auf. John ging dann in sein Stammlokal, um dort zu Abend zu speisen. Er fühlte sich in recht gehobener Stimmung, daß er soviel Geld verdient hatte.

Als er das Restaurant wieder verließ, wurde er von zwei Kriminalbeamten verhaftet, die ihn mit zur Polizeistation nahmen und dort durchsuchten. Die falschen Banknoten wurden bei ihm gefunden, und obgleich er erklärte, wie er in ihren Besitz gekommen war, glaubte man ihm nicht. Auch seine Wohnung wurde durchsucht. Sie bestand aus einem großen Atelier und zwei kleinen Zimmern; außerdem gehörten noch ein Abstellraum und eine kleine Küche dazu. In der verschlosssenen Rumpelkammer entdeckte die Polizei eine vollständige Falschmünzereinrichtung – Druckerpressen, Platten und Pakete gefälschter Banknoten, die anscheinend eben erst gedruckt waren. Außerdem fand man Säurebäder, Radierwerkzeuge und alles, was sonst noch zum Druck von Banknoten notwendig ist. Die Indizien waren erdrückend, und obwohl verschiedene Sachverständige ihr Urteil dahin abgaben, daß diese Noten in einem anderen Land gedruckt worden seien, wurde John doch schuldig gesprochen. Da man außerdem glaubte, einen sehr gefährlichen Verbrecher gefaßt zu haben, wurde er zu der schwersten Strafe verurteilt, die das englische Gesetz dafür vorsieht – zu zwanzig Jahren Zuchthaus.

Ich war sehr verwundert, daß Sie von dieser ganzen Sache nichts wußten, denn alle englischen und amerikanischen Zeitungen waren von dieser Geschichte voll. Nicht nur der Prozeß wurde überall besprochen, sondern auch die Tatsache, daß der Mann, der fast zu einer lebenslänglichen Strafe verurteilt worden war, später den Titel eines Earl von Rivertor erbte. Außer diesem Titel fiel ihm noch eine Erbschaft von etwa zehn Millionen Dollar zu.«

Penelope hatte schweigend und staunend zugehört.

»Die Nachrichten darüber dürften nicht nach Edmonton gekommen sein, ich habe jedenfalls nichts darüber gelesen. Wann hat sich denn diese Tragödie abgespielt?«

»Es ist jetzt ein Jahr und siebzehn Tage her.«

Nun wurde es ihr plötzlich klar.

»Ich war damals sechs Monate lang auf einer Farm und habe überhaupt keine Zeitungen in die Hand bekommen. Die Zeitungen in Edmonton haben die Sache doch sicher gebracht, denn Lord Rivertor besaß eine große Farm in der Nähe der Stadt.«

»John kam also ins Zuchthaus«, sagte Mr. Orford. »Mr. Stamford Mills, sein bester Freund, nahm sich vor, das Geheimnis, das über der Verurteilung Johns lag, aufzudecken. Er war vollkommen davon überzeugt, daß die Geschichte, die John vor Gericht vorbrachte, auf Wahrheit beruhte. Zunächst galt es nun, die Verwandten herauszufinden, die von seinem Verschwinden profitierten, und so kam er auf die Spur El Slicos. Arthur ist Johns nächster Vetter und deshalb auch der nächste Erbe des Titels.«

»Aber Lord Rivertor ist noch jung, und zwanzig Jahre sind doch keine unendliche Zeit. Wie konnten sie denn sicher sein, das Geld und den Titel zu erben?«

»Sie haben nichts dem Zufall überlassen«, entgegnete Mr. Orford grimmig. »Einen Monat nach seiner Einlieferung in Dartmoor wurde John schwer krank. Die Mahlzeiten werden dort von Sträflingen serviert, die sich gut geführt haben und deswegen mit diesen Posten betraut werden. Sie genießen gewisse Vorrechte. Zweifellos war das Essen, das John erhielt, irgendwie vergiftet. Zwei Monate später ging das Gewehr eines Wärters ›zufällig‹ los, und die Kugel ging nur um Haaresbreite an Lord Rivertors Kopf vorbei. Bobby, der ein geborener Detektiv ist, entdeckte, daß der Wärter ein Mann war, der schon mehrere Verweise erhalten hatte. Bobby brachte auch heraus, daß dieser Mann in Verbindung mit den Dorbans stand und schon mehrere Besuche in Stone House bei Borcombe gemacht hatte, wonach sich jedesmal der Betrag auf seinem Bankkonto merklich erhöhte. Warum lebt Mr. Dorban überhaupt so abgeschlossen von aller Welt in Borcombe?«

»Ich dachte, er hätte sich zurückgezogen –«

»Da irren Sie sich aber gewaltig«, sagte Mr. Orford lächelnd. »Dorban hielt sich in Borcombe auf, weil es in der Nähe des Zuchthauses von Dartmoor lag und weil er auf diese Weise mit seinen dortigen Agenten ständig in Verbindung treten konnte. Und warum hat man Sie wohl aus Kanada geholt? Weil Sie nichts von dem Fall wußten und keine Freunde in England hatten. Wenn ich nur gewußt hätte ...«

Er schlug sich ungeduldig aufs Knie.

»Nach dem dritten Anschlag auf Johns Leben zog mich Bobby ins Vertrauen und bat um meinen Rat. Ich gebe gern zu, daß die hohe Belohnung, die mir angeboten wurde, viel dazu beitrug, daß ich diesen Auftrag überhaupt annahm. Wir charterten die Jacht ›Polyantha‹ für sechs Monate von einem französischen Herzog und bemannten sie mit zuverlässigen Leuten. Der Schiffsarzt ist ein entfernter Verwandter Johns, der alte Captain ist sein Onkel mütterlicherseits.

Bobby Mills diente während des Krieges als Flieger – es gelang ihm, von der Verwertungskommission für früheres Kriegsmaterial ein Flugzeug und einen ausrangierten Panzerwagen zu erwerben.

John arbeitete mit mehreren anderen Sträflingen in den Steinbrüchen, die in einiger Entfernung von dem Gefängnis liegen. Jeden Morgen und Nachmittag marschierten sie auf der großen Landstraße dorthin. John befand sich in der sechsten Abteilung, die jedesmal zuerst das Gefängnis verließ. Am Morgen des Vierzehnten kam ein Panzerwagen in die kleine Stadt, der anscheinend von einem Soldaten gelenkt wurde. In Wirklichkeit war es unser zweiter Ingenieur. Er fuhr langsam die Straße entlang und hielt vor dem Zuchthaus an, wo er sich zum Schein an dem Motor zu schaffen machte. Als die Abteilung herausmarschierte, sprang er auf seinen Sitz und fuhr weiter, zuerst langsam, dann immer schneller, bis er sich in gleicher Höhe mit der Abteilung befand.

John war auf alles genau vorbereitet. Ich will Ihnen nicht im einzelnen erzählen, welche Bestechungsmethoden wir anwandten, um ihn von unseren Absichten und Plänen in Kenntnis zu setzen. Als der Wagen in seine Nähe kam, sprang John auf das

Trittbrett und wurde in das stahlgepanzerte Innere gezogen. Der Chauffeur beschleunigte sofort das Tempo. Unglücklicherweise war in dieser Abteilung auch der Sträfling Hollin, der diese günstige Gelegenheit wahrnahm. Bevor der Fahrer des Wagens wußte, was geschah, sprang auch er hinein und schlug den Gefangenenwärter nieder, der ihn zurückziehen wollte.

Der Wagen fuhr davon; die Panzerwände hielten die Geschosse ab, die ihm nachgesandt wurden. An einer verlassenen Stelle im Moor hielt Bobby sein Flugzeug bereit. Sie mußten Hollin wohl oder übel mitnehmen. Wenn seine Mütze nicht in der Nähe der Küste aus dem Flugzeug gefallen wäre, hätte niemand gewußt, welche Richtung wir nahmen oder wie die Flucht bewerkstelligt wurde.«

»Und auf dem Meer wartete sicher die ›Polyantha‹?«

»Ja, alles ging nach Wunsch. Das Flugzeug war mit besonderen Schwimmern versehen, so daß es sich auf der Wasserfläche halten konnte. Es kam in der Nähe des Fallreeps herunter. Wir nahmen John und diesen Kerl sofort an Bord, sprengten das Flugzeug und versenkten es. Nun glaubten wir, alles überstanden zu haben.«

»Und dann kam ich.«

»Ja, dann kamen Sie. Aber was haben Sie denn?«

Sie stand plötzlich auf, ihr Gesicht war bleich.

»Die Banknoten!« rief sie atemlos. »Und die Radierungen!«

»Was meinen Sie?«

Zusammenhanglos erzählte sie ihm, was sie damals gesehen hatte. Mr. Orford hörte gespannt zu, dann seufzte er schwer.

»Wenn ich das alles nur früher gewußt hätte! Natürlich ist es so! Die Banknoten schafften sie vom Ausland her, um Verdachtsmomente gegen ihn aufzubringen. Und die Radierungen! Zum Teufel!« Sie starrten einander an.

»Die Banknoten sind jetzt sicher ins Meer geworfen – wir haben also auch kein Beweismittel mehr gegen die Dorbans in den Händen!«

»Aber ich habe doch eine Quittung gesehen«, sagte Penelope langsam. »Ich vergaß den genauen Wortlaut. Aber die Unterschrift war von einem Mr. Feltham gegeben.«

»Das stimmt. Feltham war Johns früherer Familienname. Wo ist sie denn?«

»Ich versuche, mich zu besinnen.« Sie setzte sich nieder und stützte das Kinn in die Hände. Wo war doch nur die Quittung geblieben? Sie hatte sie auf das Fensterbrett gelegt, der Wind hatte sie in den Garten geweht, und sie hatte sie wieder aufgehoben in jener schrecklichen Nacht, in der Cynthia sie ermorden wollte.

»Ich habe sie irgendwo hingelegt – ich bin sicher, daß ich sie verwahrt habe. Ach, richtig – in der Tasche der Wolljacke!« rief sie plötzlich. »Erinnern Sie sich an die Jacke, in der ich an Bord der ›Polyantha‹ kam?«

»Wo ist diese Jacke?« fragte er heiser.

»Ich habe sie auf der ›Polyantha‹ zurückgelassen«, sagte Penelope atemlos. »Sie hängt dort in meinem Kleiderschrank.«

Mr. Orford sank in sich zusammen.

»Und ich habe dem Captain den strikten Auftrag gegeben, alles über Bord zu werfen, was an Ihre Anwesenheit erinnern könnte!«

21

Die See hatte sich beruhigt, und das Schiff schaukelte nicht mehr so stark, als Cynthia Dorban erwachte. Arthur schaute düster durch die offene Luke. Er war schon vollständig angekleidet.

»Was ist denn los?« fragte Cynthia schnell.

Er wandte sich nach ihr um.

»Es ist alles in Ordnung – nur weiß Penelope jetzt alles.«

»Sie weiß alles«, wiederholte sie wütend. »wer hat es ihr denn gesagt – etwa du?«

»Orford hat den ganzen Morgen mit ihr gesprochen. Ich glaube, sie hat ihm auch alles mitgeteilt.«

»Was denn?«

»Sie wird ihm von den Banknoten und den Radierungen in dem Koffer erzählt haben.«

Cynthia lächelte.

»Wenn er die finden will, dann muß er ein sehr tüchtiger Taucher sein. Ich habe sie selbst im Meer versenkt.«

»Sie hätten verbrannt werden müssen«, erwiderte er, während er noch immer durch das Fenster schaute. »Ich habe dir immer gesagt, daß es viel besser gewesen wäre, sie zu verbrennen. Aber jetzt ist es zu spät, um noch darüber zu streiten. Wenn sie nun einen Eid darauf leistet, was sie gesehen hat – dann wird die Sache für uns beide sehr unangenehm.«

Cynthia erhob sich und zog ihren Morgenrock an, bevor sie antwortete.

»Du bist ein Narr. Ich hätte niemals gedacht, daß du ein solcher Schwächling wärst. Wenn sie auch schwört! Ihr Wort steht dann gegen ein Urteil. Du glaubst doch nicht, daß man deshalb eine Strafe aufhebt?«

»Whiplow ist auch an Bord«, fuhr er fort, ohne auf ihre Frage zu achten.

Sie sah ihn erstaunt an.

»Whiplow ist hier?«

»Er gehört zu den Schiffbrüchigen, die letzte Nacht von dem Schiff gerettet wurden. Er war in dem zweiten Boot. Offensichtlich war er mit Spinner auf dem Weg nach Madeira, als die ›Pealego‹ auf eine Klippe auflief. Ich hörte es, als sich Whiplow mit dem Captain unterhielt.«

»Hast du ihn selbst gesprochen?«

Er schüttelte den Kopf.

»Es ist nicht vorteilhaft für uns, ihn überhaupt zu kennen. Ich glaube nicht, daß er sehr zurückhaltend sein wird, aber ich muß ihn eben zum Schweigen bringen. Deswegen bin ich auch so früh aufgestanden, aber der Kerl schläft ja unheimlich lange.«

Sie setzte sich auf ihr Bett, um die Lage zu überdenken.

»Ich sehe nicht, daß seine Anwesenheit hier viel an der Situation ändert«, meinte sie dann.

Er wandte sich nach ihr um.

»Sie ändert sehr viel«, sagte er langsam, »das wirst du noch entdecken.«

»Wieso denn?«

»Obgleich du eine so schlaue Frau bist, kannst du doch manchmal auch furchtbar beschränkt sein. Ich gehe jetzt an Deck. Soll ich dir das Frühstück in die Kabine schicken?«

Sie schüttelte sich.

»Ich sehe, daß es dir noch nicht gut geht. Ich werde dir Keks und Sodawasser bringen lassen.«

Der erste, den er an Deck traf, war Mr. Orford, der in ungewöhnlich froher Stimmung war.

»Wie geht es unserem Freund heute morgen?« fragte Dorban.

»Ich habe ihn noch nicht gesehen, aber ich vermute, daß ihm das Frühstück besser schmeckt als Ihnen. Es geht doch nichts über ein gutes Gewissen.«

Arthur lächelte.

»Wie können Sie darüber sprechen? Sie gehören doch auch zu dem Komplott, und ich vermute, daß Sie sich unter Arrest befinden.«

»Ich stehe nur unter Verdacht«, gab Xenocrates Orford vorsichtig zu. »Aber wer steht nicht unter Verdacht?«

Arthur lachte.

»Ich zum Beispiel nicht. Warum haben Sie sich denn überhaupt in die ganze Sache eingelassen? Das muß Sie doch eine unheimliche Menge Geld gekostet haben? Und Sie können doch nicht behaupten, daß Sie großen Erfolg gehabt hätten?«

»Mein Herr, wir sind noch nicht am Ende. Ich habe genügend Zutrauen zu meinem guten Stern, um in einer Krisis wie der jetzigen vollkommen ruhig zu bleiben.«

»Es gehören aber schon ganz besondere Glücksumstände dazu, aus diesen Schwierigkeiten herauszukommen.«

Mr. Orford entdeckte eine dünne Rauchfahne am Horizont.

»Das ist doch die ›Polyantha‹?« rief er erregt.

Mr. Dorban mußte laut lachen.

»Ich hoffe, daß es die ›Polyantha‹ ist, denn ich habe es satt, auf diesem verdammten Tanker zu fahren. Ich will Ihnen nichts vorenthalten, Mr. Orford. Als Mr. Spinner meinen Vetter gestern verhaftete, fand man in seiner Tasche auch ein kleines Codebuch, das uns in die Lage versetzte, eine Botschaft an die ›Polyantha‹ zu senden. Wir forderten sie auf, so schnell wie möglich zu uns zu kommen. Glücklicherweise fuhr sie mit uns parallel. Sie sehen, Mr. Orford«, sagte er beinahe entschuldigend, »wir haben uns entschlossen, die ganze Bande zu fangen, einschließlich Mr. Bobby Mills.«

»Ich sehe«, sagte Mr. Orford und nickte.

In diesem Augenblick erschien John in Begleitung Mr. Spinners. Er begrüßte Mr. Orford durch ein Kopfnicken und sah seinen Vetter ruhig an, der ihn unverschämt anlächelte.

»Mr. Spinner sagt mir eben, daß die ›Polyantha‹ mit größter Geschwindigkeit auf uns zukommt. Dann haben wir wenigstens eine angenehme Reise nach England«, wandte sich John an den Kriminalbeamten. »Vermutlich ist es ganz gegen die Vorschriften, daß ich einige Worte mit Mr. Orford wechsle?«

Spinner zögerte.

»Ich weiß nicht, ob es darüber besondere Vorschriften gibt. In meiner Gegenwart können Sie ruhig mit ihm sprechen.«

»Ich danke Ihnen.«

John sah Dorban an, der sich mit einem Achselzucken zurückzog.

»Ist Miss Pitt sehr aufgeregt?«

»Ein wenig«, sagte Mr. Orford vorsichtig. »John, wissen Sie noch, ob ich Captain Willit den Auftrag gab, Miss Pitts Kabine sorgfältig zu durchsuchen? Ich bin jetzt so verwirrt, daß ich es nicht mehr genau sagen kann.«

John nickte.

»Ja, ich weiß genau, daß Sie ihm den Auftrag gaben – aber warum fragen Sie mich?«

Mr. Orford konnte seine Aufregung kaum verbergen.

»Ich möchte es Ihnen jetzt noch nicht sagen – vielleicht werden Sie es auch nie erfahren.« Dann wandte er sich an den Kriminalbeamten. »Können Sie sich auch noch an die Gerichtsverhandlung erinnern, Mr. Spinner?«

»Ich habe Lord Rivertor seinerzeit verhaftet.«

»Können Sie sich noch auf die Verteidigung in dem Prozeß besinnen?«

Der Inspektor lächelte schwach.

»Da war nicht viel zu verteidigen, Mr. Orford. Man behauptete, die ganze Sache sei eine wissentlich falsche Beschuldigung und alles Beweismaterial sei künstlich gegen Feltham zusammengetragen. Die Maschinen, die Instrumente und die falschen Banknoten sollten während seiner Abwesenheit ins Haus geschafft worden sein.«

»Denken Sie auch noch daran, daß John Feltham erklärte, er habe zwei Radierungen an einen Fremden verkauft, den er später niemals wiedergesehen habe, und daß das falsche Geld, das man in seinem Besitz fand, der Kaufpreis für die zwei Radierungen war?«

Der Polizeiinspektor nickte.

»Nehmen wir nun einmal an«, Orfords Stimme sank zu einem Flüstern herab, »also nehmen wir einmal an, ich würde die Quittung über den Verkauf der Radierungen finden, Lord Rivertor könnte den Mann, der sie kaufte, identifizieren und wir könnten obendrein noch eine Zeugin beibringen, die die Radierungen im Besitz der Familie Dorban gesehen hat ...«

Spinner runzelte die Stirn und dachte nach. Mr. Orfords Gründe waren sehr überzeugend.

»Das würde allerdings einen großen Unterschied machen. Das Justizministerium würde das Verfahren wiedereröffnen, und wenn es bewiesen werden könnte –« Er schüttelte den Kopf. »Aber ich glaube nicht, daß Ihnen dieser Nachweis gelingen wird. Die Quittung, die Sie vorzeigen, könnte doch gefälscht sein!«

»Ich möchte Sie ins Vertrauen ziehen«, sagte Orford und schaute argwöhnisch auf Arthur, der an der Reling lehnte. »Ich bringe jetzt ganz neue Gesichtspunkte.« Mr. Orford sprach sehr schnell, und John hörte erstaunt zu, als er alles berichtete, was er am Morgen von Penelope erfahren hatte.

Während er noch bei seiner Erzählung war, kam ein Mann an Deck und klopfte Arthur Dorban vertraulich auf die Schulter. Sie konnten ihn zuerst nur von hinten sehen, aber plötzlich wandte er sich um.

»Wer ist das?« fragte Orford.

John drehte sich auch um, dann sprang er mit einem Aufschrei auf den Fremden zu und packte ihn an der Kehle.

»Kennen Sie mich wieder?«

Whiplow wand sich unter seinem festen Griff. Sein Gesicht war aschfahl.

»Ich kenne Sie nicht – ich habe Sie niemals gesehen. Lassen Sie mich doch in Ruhe!«

John ließ ihn los.

»Dies ist der Mann, der damals in mein Atelier kam, zwei Radierungen von mir kaufte und mir die falschen Banknoten dafür gab! Das ist der Mann, den meine Freunde so lange gesucht haben und der spurlos verschwunden zu sein schien!«

»Sie sind verrückt«, rief Whiplow atemlos und zog seinen Rock zurecht. »Sie sind mir vollständig fremd!«

Der Kriminalbeamte nahm John am Arm und führte ihn fort.

Eine halbe Stunde später ging Mr. Spinner allein an Bord der ›Polyantha‹ und kehrte erst nach zwei Stunden zurück. Penelope stand an der Reling und sah erregt auf das Boot. Die Pulse in ihren Schläfen hämmerten, als sie sah, daß Spinner eine gelbe Wolljacke über dem Arm trug. Ob die Quittung noch in der Tasche war? Sie schaute sich nach Mr. Orford um, konnte ihn aber nicht entdecken. Auch Whiplow war nicht oben an Deck. Arthur und Cynthia standen an der Reling und schauten auf das Fallreep hinunter. Sie schienen etwas bestürzt zu sein.

»Warum sind wir eigentlich nicht alle auf die ›Polyantha‹ gegangen?« fragte Cynthia nervös. »Warum ist er allein –«

»Frage ihn doch selbst«, erwiderte El Slico lakonisch, als Mr. Spinner jetzt die Treppe heraufkam.

»Wo ist denn Ihr Freund?« fragte er Arthur. Es lag ein unangenehmer Ton in seiner Stimme.

»Meinen Sie Whiplow? Der ist unten, soviel ich weiß. Aber er ist durchaus kein Freund von mir, Inspektor.«

Ohne ein weiteres Wort zu verlieren, ging Spinner nach unten, um den Mann zu suchen.

Hinter der verschlossenen Tür von Mr. Orfords Kabine fand eine Unterhaltung statt.

»Ich kenne zwar die Gesetze nicht so genau, Whiplow«, erklärte Mr. Orford, »aber ich vermute, daß die Leute auch auf Indizienbeweise hin verurteilt werden können. Und was machen Ihnen denn ein paar Jahre Gefängnis aus, wenn Sie nachher ein großes Vermögen haben?«

»Aber wer garantiert mir dafür, daß Sie Ihr Versprechen auch halten und mich nachher auszahlen?« fragte Whiplow etwas zaghaft.

»Sie müssen mir eben trauen«, meinte Mr. Orford. »Das ist keine große Forderung, die ich an Sie stelle. Ich habe so viel Beweismaterial in der Hand, daß ich Sie an den Galgen bringen könnte. Nun, mein Junge –«, er legte ihm die Hand auf die Schulter, »wollen Sie nicht vernünftig werden, bevor ich die Sache dem Gericht übergebe?«

Whiplow starrte düster auf den Fußboden.

Mr. Orford spielte nun seinen letzten Trumpf aus, aber das wußte der andere nicht.

»Spinner weiß über Sie Bescheid. Wir haben außerdem die Quittung über das Geld, das Sie für Ihren Verrat bekommen haben. Die Dorbans werden das Schiff gefesselt verlassen. Wollen Sie auch für Lebenszeit eingesperrt werden, oder wollen Sie nun endlich vernünftig werden?«

»Ich habe noch niemals jemanden verraten«, erwiderte Mr. Whiplow nervös. »Und es gibt doch keine direkten Beweise gegen mich. Wie weiß ich denn, daß Sie mir nachher die Summe zahlen werden?«

Mr. Orford hatte ihn fast überzeugt, als draußen an die Tür geklopft wurde. Mit erstaunlicher Ruhe öffnete er die Tür. Inspektor Spinner stand vor ihm und hielt ein Blatt Papier in der Hand. Es war die Quittung, die er in der Wolljacke gefunden hatte.

»Ich glaube, das fehlte Ihnen noch«, sagte er.

Aber bevor Orford etwas erwidern konnte, stieß ihn Whiplow beiseite und starrte auf das zerknitterte Papier.

»Das ist der Beweis«, sagte er niedergeschmettert.

Mr. Orford aber seufzte tief und ließ sich schwer aufs Sofa niederfallen.

22

Mr. James Xenocrates Orford saß an seinem Schreibtisch und schaute in den Hyde Park hinaus.

Der Nachmittag war angenehm kühl, und alle Fenster standen offen, denn an diesem Nachmittag spielte die Kapelle, und die tiefe Baßmelodie des Bombardons klang in großen Zwischenräumen zu ihm hinüber.

Er hatte einen etwas stürmischen Monat hinter sich. Besonders der zehnte Tag auf der ›Polyantha‹ war sehr aufregend gewesen, denn er hatte eine Hochzeitsfeier organisieren müssen, die Penelope Pitt zur Gräfin Penelope von Rivertor machte. Es war eine sehr einfache Feier gewesen. Eine alte Seifenkiste, die mit der englischen Flagge zugedeckt war, hatte als Altar gedient.

Captain Willit hatte siebenmal den richtigen Text verloren und hatte aus Versehen beerdigt, getauft und zwei junge Leute in den Priesterstand erhoben.

Später hatte Mr. Orford vor unzähligen Richtern, Beamten und sogar vor dem zuständigen Unterstaatssekretär unendlich viele Zeugenaussagen machen müssen. Und zum Schluß hatte er dann noch die Hochzeitsreise und die Flitterwochen organisiert.

Er saß und lauschte den Tönen der Kapelle, und er hörte nicht, daß seine Sekretärin hereintrat. Erst als sie dicht neben ihm stand und ihn ansprach, wurde er aufmerksam.

»Nun, was gibt es? Mr. Mills will mich sprechen? Führen Sie ihn bitte herein.«

Wenige Augenblicke später stand Robert Stamford Mills vor ihm.

»Hallo, Bobby!«

Bobby drückte Mr. Orford bewegt die Hand.

»Sie wollen wohl Ihre Rechnung bezahlen? Sie können Ihren Scheck dort mit dem Löscher trocknen. So, ich danke Ihnen auch vielmals.«

Er besah sich den Scheck nachdenklich.

»Das ist ja sehr großzügig. Aber schließlich haben wir ja Lord Rivertor gerettet, und er ist nun sehr glücklich. Was für eine prachtvolle Frau!«

Er seufzte schwer und sah verzweifelt auf das kleine Blatt Papier in seiner Hand.

»Es gibt Augenblicke, in denen ich mich ärgere, daß ich. . . so dick . . . und so alt bin . . .«

Aber trotzdem steckte er lächelnd den Scheck in seine Brieftasche.

ROMAN UND ERZÄHLUNGEN - LITERATUR UND UNTERHALTUNG

Liebe, Action, Träumerei, ferne Länder; Alltagswelt - Romane und Erzählungen, die mitreißen, große internationale Autoren und immer wieder neue Töne, Unterhaltsames, Literarisches und Spöttisches gegen Langeweile und Monotonie.

ADAMS, RICHARD

Maia – das Mädchen. Roman. Maia Teil I. 9170 DM 7.80
Maia – das Sklavenmädchen. - Roman. Maia Teil II. 9171 DM 9.80
Maia – die Serrelinda. Roman. Maia Teil III. 9172 DM 8.80
Maia – die Subanierin. Roman. Maia Teil IV. 9178 DM 7.80

AITMATOW, TSCHINGIS

Der Junge und das Meer Roman. 9375 DM 7.80
Frühe Kraniche. Roman. 9292 DM 9,80

ALEJCHEM, SCHOLEM

Das bessere Jenseits. Bibliothek Jiddischer Erzähler. 8910 DM 10,80

AMADO, JORGE

Herren des Landes. Roman. 8624 DM 12,80
Das Land der goldenen Früchte. Roman. 8842 DM 14,80
Das Nachthemd und die Akademie. Roman. 9104 DM 12.80
Tocaia Grande. Der große Hinterhalt. Roman. 9320 DM 14.80

ANDREWS, V.C.

Gärten der Nacht. Roman. 9163 DM 12,80
Blumen der Nacht. Roman. 6617 DM 9,80
Wie Blüten im Wind. Roman. 6618 DM 12,80
Dornen des Glücks. Roman. 6619 DM 9,80
Schatten der Vergangenheit. Roman. 8841 DM 12,80
Dunkle Wasser. Roman. 8655 DM 9,80
Schwarzer Engel. Roman. 8964 DM 9,80
Das Netz im Dunkel. Roman. 6764 DM 9,80

ARCHER, JEFFREY

Kain und Abel Roman. 9355 DM 12.80

ARROWSMITH, NANCY

Die Welt der Naturgeister. 8822 DM 14,80

ARROWSMITH W./KORTH M.

Meine Worte sind wie Sterne – sie gehen nicht unter. Reden der Indianerhäuptlinge. 8597 DM 7,80

ASCH, SCHALOM

Mottke der Dieb. Roman. Bibliothek Jiddischer Erzähler. 8908 DM 14,80

AVRIL, NICOLE

Den Teufel im Herzen Roman. 9377 DM 9.80
Eine fatale Beziehung. Roman. 9226 DM 9,80

BAGLEY, DESMOND

Atemlos Roman. 9393 DM 9.80
Die verhängnisvolle Botschaft. Roman. 6714 DM 9,80
Erdrutsch. Roman. 6701 DM 9,80
Sog des Grauens. Roman. 6748 DM 9,80

BALZAC, HONORÉ DE

Ausgewählte Werke.
César Birotteau. Roman. 8591 DM 16,80
Das Chagrinleder. Roman. 6891 DM 12,80
Der Landarzt. Roman. 8513 DM 14,80
Die Frau von dreißig Jahren. Roman. 8361 DM 10,80
Die Lilie im Tal. Roman. 8529 DM 16,80
Eugénie Grandet. Roman. 6900 DM 9,80
Glanz und Elend der Kurtisanen. Roman. 8374 DM 19,80
Oberst Chabert und andere Erzählungen. 8459 DM 12,80
Tante Bette. Roman. 8476 DM 19,80
Vater Goriot. Roman. 8396 DM 14,80
Verlorene Illusionen. Roman. 8385 DM 22,80
Vetter Pons. Roman. 8494 DM 14,80

BAYER, WILLIAM

Der Killerfalke. Roman. 8938 DM 9,80
Tödlicher Tausch. Roman. 9265 DM 9,80

BECKER, STEPHEN

Der letzte Mandarin. Roman. 8806 DM 12,80
Der Shan Roman. 9468 DM 9.80

BELL, MADISON SMARTT

Heute ist ein guter Tag. 9288 DM 9,80
Washington Square, N.Y. Roman. 9445 DM 9.80

BELLAMY, GUY

Manche mögens nackt. Roman. Der Yuppie-Bestseller aus England. 9259 DM 9,80

BEMMANN, HANS

Erwins Badezimmer oder die Gefährlichkeit der Sprache. 8998 DM 9.80

BENZONI, JULIETTE

Cathérine. Roman. 8537 DM 14,80
Cathérine de Montsalvy. Roman. 8604 DM 12,80
Cathérine und die Zeit der Liebe. Roman. 8638 DM 14,80

BERGELSON, DAVID

Das Ende vom Lied. Roman. Bibliothek Jiddischer Erzähler. 8912 DM 12.80

BERGIUS, C. C.

Das Medaillon. Roman. 6424 DM 12,80
Der Agent. Roman. 9093 DM 9.80
Der Feuergott. Roman. 6477 DM 12,80
Der Fälscher. Roman. 3751 DM 9,80
Der Rebell. Roman. 9133 DM 9.80
Der Tag des Zorns. Roman. 3519 DM 9,80
Dschingis Chan. Roman. 3664 DM 14,80
El Comandante. Roman. 9231 DM 17,80
Endstation Tibet. Roman. 8518 DM 9,80
Heißer Sand. Roman. 3963 DM 7,80
La Baronessa. Roman. 8499 DM 9,80
Nebel im Fjord der Lachse. Roman. 6445 DM 9,80
Oleander, Oleander. Roman. 6831 DM 16,80
Sand in Gottes Mühlen. Roman. 8618 DM 14,80
Schakale Gottes. Roman. 3863 DM 9,80
Söhne des Ikarus. Die abenteuerlichsten Fliegergeschichten der Welt. 3989 DM 8,80
Das weiße Krokodil. Roman. 3502 DM 7.80

BERNSTEIN, HILDA

Am Ende steht der Tod. Roman. 8924 DM 12,80

BERTHOLD, WILL

Brigade Dirlewanger. Roman. 3518 DM 7,80
Feldpostnummer unbekannt. Roman. 3539 DM 7,80
Die Frauen nannten ihn Charly. Roman. 8391 DM 9,80
Geld wie Heu. Roman. 6420 DM 7,80
Inferno II: Siege und Niederlagen. 6415 DM 9,80
Inferno III: Finale. 6416 DM 9,80
Die Nackten und die Schönen. Roman. 8528 DM 7.80
Der Sieg, der vor die Hunde ging. Der Luftkrieg 1939-1945. 6599 DM 9,80
Solang wir leben. Roman. 6837 DM 7,80
Vollstreckt. Johann Reichhart, der letzte deutsche Henker. 6765 DM 8,80

BILLSTEIN, HERMANN-JOSEF (HRSG.)

Ganz spontan im Nie & Nirgends. Texte schreibender Studenten. 21031 DM 9,80

BLAIR, LEONA

Skandale. Roman. 9097 DM 9.80

BLAKE, JENNIFER

Der Kreole Roman. Aktionsband 9463 DM 10.00
Träume des Südens Roman. Aktionsband 9467 DM 10.00

BLOBEL, BRIGITTE

Der geträumte Mann. Roman. 8622 DM 9,80
Das Haus des Portugiesen. Roman. 9130 DM 9.80
Die Hörigen. Roman. 6674 DM 7,80
Die Kolumbianerin Roman. 9302 DM 9.80
Unberührt. Roman. 8817 DM 7,80
Venusmuschel. Erotische Erzählungen. 6481 DM 7,80

BLOCK, THOMAS/DEMILLE, NESLON

Mayday. Roman. 6636 DM 9,80

BOOTH, PAT

Gefährliches Verlangen. Roman. 9117 DM 8.80
Lockruf der Leidenschaft. Roman. 8956 DM 7,80

BORNEMANN, WINFRIED

Bornemanns Briefmacken. 8853 DM 7,80
Bornemanns Briefmacken II. 8963 DM 7,80
Bornemanns internationales Adreßbuch. 9166 DM 9.80
Bornemanns Lachende Erben? Neues vom Briefmacker 9388 DM 7.80
Fehlanzeige. 9282 DM 8,80

BOWLES, PAUL

Das Haus der Spinne. Roman. 9120 DM 12,80
Die Stunden nach Mittag Marokkanische Erzählungen 9398 DM 12.80
So mag er fallen. Roman. 9081 DM 9.80

BOWLES, PAUL/ MRABET, MOHAMMED

M'hashish - Geschichten aus Marokko. 9293 DM 7,80

BRADFORD, BARBARA TAYLOR

Des Lebens bittere Süße. Roman. 9264 DM 12,80

BRAMLY, SERGE

Der Tanz des Wolfes. Roman. 9232 DM 9,80

BREDOW, ILSE GRÄFIN VON

Deine Keile kriegste doch. Mädchen-Erinnerungen an eine verlorene Heimat. 6656 DM 9,80
Kartoffeln mit Stippe. Eine Kindheit in der märkischen Heide. 6393 DM 9,80
Willst du glücklich sein im Leben. Geschichten von gestern – Geschichten von heute. 8786 DM 9,80

BRINK, ANDRÉ

Die Nilpferd-Peitsche. Roman. 8857 DM 16,80
Die Pestmauer. Roman. 8955 DM 16,80
Stein des Anstoßes Als Schriftsteller in Südafrika 9359 DM 12.80
Stimmen im Wind. Roman. 9153 DM 12.80
Weiße Zeit der Dürre. Roman. 8381 DM 9,80

BRISKIN, JACQUELINE

Alles und noch mehr. Roman. 8520 DM 14,80
California Generation. Roman. 6870 DM 12,80
Die reiche Erde von Paloverde. Roman. 6627 DM 9,80
Reiche Freunde. Roman. 6798 DM 9,80
Der Onyx Clan. Roman. 8641 DM 14,80

BÜRGER, GOTTFRIED AUGUST

Münchhausens Abenteuer. 9199 DM 7,80

BURDON, ERIC

Am Anfang war es tierisch. Sein Leben von ihm selbst erzählt. 21034 DM 12,80

BURROUGHS, WILLIAM S.

Dead Roads. Roman. 14013 DM 12,80

BUSBEE, SHIRLEE

Dem Feuer verfallen. Roman. 8974 DM 9,80
Stürmische See. Roman. 9132 DM 9.80

CANNON, JACK

Bis aufs Blut Roman. 9369 DM 7.80
Die Nacht des Phoenix Roman. 9370 DM 8.80

CAPOTE, TRUMAN

Wenn die Hunde bellen. Stories. 6811 DM 9,80

CAPUTO, PHILIP

Del Corsos Bilder. Roman. 8650 DM 9,80

CARROLL, LEWIS

Silvie und Bruno. 2 Bde. 8552 DM 24,80
Alice im Wunderland. 9131 DM 9.80
Alice im Spiegelland. 9239 DM 12,80

CARTLAND, BARBARA

Auf den Flügeln der Liebe. Roman. 6603 DM 7,80
Botin der Liebe Roman. 9420 DM 7.80
Das Herz einer Frau. Roman. 6708 DM 6,80
Das ferne Schloß. Roman. 8472 DM 7,80
Der blaue Saphir Roman. 9446 DM 7.80
Der griechische Prinz. Roman. 6755 DM 6,80
Die schöne Witwe Roman. 9396 DM 7.80
Drache und Diamant. Roman. 6668 DM 6,80
Ein Lord aus Schottland. Roman. 6828 DM 6,80
Ein spanischer Traum. Roman. 9233 DM 7,80
Fesseln der Liebe. Roman. 6641 DM 6,80
Glück am sicheren Faden. Roman. 8359 DM 7,80
Herrin der Liebe. Roman. 6723 DM 0,00
Inkognito in Monte Carlo. Roman. 6632 DM 6,80
Keine Zeit für Zärtlichkeit. Roman. 8827 DM 7,80
Dem König versprochen. Roman. 9103 DM 7.80
Königliche Liebe. Roman. 9272 DM 7,80
Liebe kennt keine Grenzen. Roman. 8925 DM 7,80
Liebestraum. Roman. 8628 DM 7,80
Melodie der Liebe. Roman. 8395 DM 7,80
Schiff der Versuchung. Roman. 6850 DM 7,80
Sonne im Herzen. Roman. 8861 DM 7,80

Spiel der Herzen. 6780 DM 5,80
Stern des Westens.
Roman. 8506 DM 7,80
Tanz weiter, mein Herz.
Roman. 8996 DM 7.80
Verlangen des Herzens.
Roman. 8958 DM 8,80
Wenn die Heide blüht.
Roman. 9134 DM 7.80
Wer die Leidenschaft flieht.
Roman. 9198 DM 7,80

CATO, NANCY

Delie und Brenton. Alle Flüsse fließen ins Meer. Roman zur TV-Serie. 8890 DM 14,80

CHALLIKAN, IBN

Die Söhne der Zeit. Bibliothek Arabischer Erzähler. 8779 DM 12,80

CHARRIÈRE, HENRI

Banco. Die weiteren Abenteuer des Papillon. 6526 DM 9,80

CHATWIN, BRUCE

Auf dem schwarzen Berg.
Roman. 8353 DM 12,80

CHESNEY, MARION

Die Affären des Marquis.
Roman. 9083 DM 7.80
Die ungleichen Schwestern.
Roman. 9258 DM 7,80
Herzenspoker
Roman. 9406 DM 7.80
Saison der Eifersucht.
Roman. 9291 DM 7,80
Tage der Sehnsucht.
Roman. 9218 DM 7,80
Spiel der Intrigen
Roman. 9434 DM 7.80
Süße Versuchung.
Roman. 9115 DM 7.80
Minerva – Duell der Herzen.
Roman. 6792 DM 7,80
Annabella – der Widerspenstigen Zähmung. Roman. 6846 DM 7,80
Carina – Verlangen des Herzens.
Roman. 8373 DM 7,80
Daphne – Spiel der Versuchung.
Roman. 8491 DM 7,80
Diana – Verwirrung des Herzens.
Roman. 8610 DM 7,80
Frederica – Erwachen des Frühlings. Roman. 8820 DM 7,80

CLANCY, TOM

Jagd auf »Roter Oktober«.
Roman. 9122 DM 9.80

CLAUS, UTA/KUTSCHERA, ROLF

Total tote Hose. 12 bockstarke Märchen. 8576 DM 7,80

COHEN, JOSEPH

Ein Freund, ein guter Freund. Was wären wir ohne ihn? Illustriert von Debra Solomon. 9127 DM 7.80

COLEMAN, TERRY

Kreuz des Südens.
Roman. 9099 DM 12.80

COLLINS, LARRY

Die Marionette.
Roman. 9287 DM 12,80

COLLINS, LARRY/ LAPIERRE, DOMINIQUE

Der fünfte Reiter.
Roman. 6524 DM 12,80
Gandhi. Um Mitternacht die Freiheit.
6759 DM 14,80
O Jerusalem. Roman.
6417 DM 14,80

COOKSON, CATHERINE

Der erste Sohn.
Roman. 8886 DM 9,80
Der falsche Vater.
Roman. 8918 DM 9,80
Die Straße der Hoffnung
Roman. 9427 DM 9.80
Nur eine Frau.
Roman. 9100 DM 9.80
Ein Freund fürs Leben.
Roman. 9157 DM 9.80
Der Spieler. Roman.8967 DM 9.80
Die einzige Tochter.
Roman. 8935 DM 9,80

COPPEL, ALFRED

34 Grad Ost. Roman.
6672 DM 10,80
Die spanische Heirat.
Roman. 9227 DM 12,80
Der Drache. Roman. 8824 DM 12,80
Finale in der Wüste. Roman.
6557 DM 7,80
Flug 17 entführt.
Roman. 9252 DM 9,80
Harakiri. Roman. 6852 DM 9,80
Nach der Stunde Null. Roman.
6686 DM 7,80
Ein langer Sommer.
Roman. 9077 DM 8.80
Tor zur Hölle. Roman.
8944 DM 8,80
Um jeden Preis.
Roman. 6741 DM 8,80
Zu spät. Roman. 9113 DM 7.80

CORDES, ALEXANDRA

Am Ende aller Flucht.
Roman. 6768 DM 7,80
Die schönsten Weihnachtsgeschichten der Welt. 3810 DM 12,80

COSBY, BILL

Familien-Bande
9403 DM 9.80

COUDRIS, MANUEL-DAVID

Ich kann sprechen. Botschaften eines Ungeborenen. 6890 DM 12,80

COURTNEY, CAROLINE

Arabella – ein Herz fängt Feuer.
Roman. 6485 DM 7,80
Carina – die Liebeswette. Roman.
6401 DM 6,80
Miranda – auf verbotenen Wegen.
Roman. 6406 DM 6,80

Vanessa – Doppelspiel des Glücks.
Roman. 6596 DM 7,80
Lucinda. Roman. 3965 DM 7,80

CRANE, CHERYL

Auf Abwegen. Eine Hollywoodstory. 9225 DM 9,80

CRUZ-SMITH, MARTIN

Totentanz um eine Königskrone
Roman. 9430DM 7.80

CUMMING, ANNE

Spätsommernächte.
Intime Bekenntnisse. 9079 DM 9,80

CUSSLER, CLIVE

Der Todesflieger.
Roman. 3657 DM 9,80
Der Todesflug der Cargo 03.
Roman. 3513 DM 9,80
Eisberg. Roman. 3513 DM 8,80
Hebt die Titanic.
Roman. 3976 DM 9,80
Im Todesnebel.
Roman. 8497 DM 9,80
Tiefsee. Roman. 8631 DM 9,80

DAILEY, JANET

Das hungrige Herz.
Roman. 8795 DM 8,80
Sturmritt. Roman. 8852 DM 9,80
Nachtglut. Roman. 8493 DM 7,80
Unbezähmbar. Roman.
8474 DM 9,80

DANELLA, UTTA

Tanz auf dem Regenbogen
Roman. 9437 DM 12.80
Vergiß, wenn du leben willst
Roman. 9424 DM 9.80

DAVID, PETER

Wie Mister Gott die Welt erschuf.
Aus himmlischer Perspektive betrachtet: Die Erschaffung der Erde.
8844 DM 7,80

DAVIDSON, LIONEL

Die Rose von Tibet
Roman. 9399 DM 12.80

DAVIES, ROBERTSON

Der Fünfte im Spiel.
Roman. 8519 DM 12,80
Das Fabelwesen.
Roman. 8867 DM 14,80
Welt der Wunder.
Roman. 9148 DM 16,80

DELBÉE, ANNE

Der Kuß. Kunst und Leben der Camille Claudel. 8983 DM 9,80

DEMILLE, NELSON

Das Ehrenwort
Roman. 9425 DM 14.80
Die Kathedrale.
Roman. 6795 DM 9,80
Wolfsbrut. Roman. 8574 DM 12,80

DEMILLE, NELSON/BLOCK, THOMAS

Mayday. Roman. 6636 DM 9,80

DENUZIÈRE, MAURICE

New Orleans. Roman. 6583 DM 12,80

DESAI, ANITA

Berg im Feuer. Roman. 9112 DM 9,80
Der Hüter der wahren Freundschaft. Roman. 9277 DM 9,80

DEXTER, PETE

Tollwütig Roman. 9410 DM 9.80

DIDION, JOAN

Demokratie. Ein Roman. 9150 DM 9,80
Salvador. 8969 DM 7,80
Das weisse Album. Eine kalifornische Geisterbeschwörung. 9078 DM 12,80

DIE KUNST, BANANEN ZU SCHÄLEN

Erotische Erzählungen von Susanna Kubelka, Cleo Kretschmer, Hinrich Matthiesen, Brigitte Blobel, Caspar von Poser, Gaby von Schönthan, Peter Heim u.a.m. 9102 DM 7,80

DIEHL, MARGARET

Die Männer Roman. 9435 DM 9.80

DOOLITTLE, HILDE

HERmione. 9295 DM 12,80

DREWITZ, INGEBORG

Bettine von Arnim Romantik, Revolution Utopie 9328 DM 12.80
1984 – am Ende der Utopien. Literatur und Politik. Essays. 6699 DM 7,80
Das Hochhaus. Roman. 3825 DM 8,80
Der eine, der andere. Erzählungen. 6386 DM 6,80
Eingeschlossen. Roman. 8947 DM 9,80
Eis auf der Elbe. Roman. 6740 DM 8,80
Gestern war heute. Roman. 3934 DM 12,80
Hinterm Fenster die Stadt. 9205 DM 7,80

DUCOUT, FRANÇOISE (HRSG.)

Hautnah. Erotischer Almanach. Erzählerinnen beschreiben Liebe. 6782 DM 8,80

DUFFY, MAUREEN

Die Lady ist fürs Feuer. Roman. 9119 DM 9,80

EISENKOLB, GERHARD

Blumen in der Wüste. Roman. 8792 DM 7,80

EPPENDORFER, HANS

Barmbeker Kuß. Szenen aus dem Knast. 21010 DM 7,80
Der Ledermann spricht mit Hubert Fichte. 21032 DM 9,80
Fast ein Augenblick von Glück. Geschichten vom Kiez. 21020 DM 8,80
Gesichtslandschaften Geschichten von Bekannten und Unbekannten. 9466 DM 8.80

FANTE, JOHN

Es war ein merkwürdiges Jahr. Roman. 9217 DM 7,80
Hau ab Bandini Roman. 9401 DM 9.80
Ich – Arturo Bandini. Roman. 8809 DM 9,80
Unter Brüdern. Roman. 8919 DM 8,80
Warten auf Wunder. Roman. 8845 DM 8,80

FEIRSTEIN, BRUCE

Starke Typen schlafen einsam. Das Buch über das Rendezvous. 21014 DM 7,80

FERBER, EDNA

Cimarron. Roman. 6374 DM 9,80
Giganten. Roman. 3648 DM 14,80
Saratoga. Roman. 6328 DM 9,80

FERNAU, JOACHIM

Deutschland, Deutschland über alles... Von Anfang bis Ende. 3681 DM 12,80
Disteln für Hagen. Eine Bestandsaufnahme der deutschen Seele. 3680 DM 9,80
Ernst & Schabernack. Besinnliches und Aggressives. 6722 DM 7,80
Guten Abend Herr Fernau. Fiktive Gespräche mit berühmten Personen aus der Vergangenheit. 8517 DM 9,80
Halleluja. Die Geschichte der USA. 3849 DM 12,80
Rosen für Apoll. Die Geschichte der Griechen. 3679 DM 12,80
Sappho. Ein griechischer Sommernachtstraum. 9088 DM 9,80
Sprechen wir über Preußen. Die Geschichte der armen Leute. 6498 DM 12,80
War es schön in Marienbad. Goethes letzte Liebe. 6703 DM 9,80
Wie es euch gefällt. Eine lächelnde Stilkunde. 6640 DM 9,80

FISCHER, MARIE LOUISE

Aus Liebe schuldig. Roman. 3990 DM 7,80
Bleibt uns die Hoffnung. Roman. 8800 DM 9,80
Da wir uns lieben. Roman. 8468 DM 9,80
Das Dragonerhaus. Roman. 3869 DM 9,80
Das eigene Glück. Roman. 6778 DM 9,80
Des Herzens unstillbare Sehnsucht. Roman. 3669 DM 7,80
Die Frauen vom Schloß. Roman. 3970 DM 12,80
Die Rivalin. Roman. 3706 DM 9,80
Diese heiß ersehnten Jahre. Roman. 3826 DM 9,80
Ehebruch. Roman. 6468 DM 9,80
Mehr als ein Traum. Roman. 8376 DM 9,80
Mit einer weißen Nelke. Roman. 3508 DM 8,80
Schwester Daniela. Roman. 3829 DM 7,80
Süßes Leben, bitteres Leben. Roman. 3642 DM 7,80
Tödliche Hände. Roman. 3856 DM 7,80
Zu viel Liebe. Roman. 6625 DM 9,80
Das Mädchen Senta. Roman. 8598 DM 9,80
Die Ehe der Senta R. Roman. 8619 DM 9,80
Für immer. Senta. Roman. 8656 DM 9,80

FISCHER-DIEHL, GERLIND

Lebemann und Mauerblümchen. 9193 DM 7,80

FORSTER, E. M.

Wiedersehen in Howards End. Roman. 9284 DM 12,80
Zimmer mit Aussicht. Roman. 8879 DM 12,80

FREELING, NICOLAS

Die weiße Waffe. Roman. 6899 DM 8,80
Kalt wie Eisen. Roman. 8813 DM 9,80
Lady Macbeth. Roman. 9267 DM 8,80

FRIEDMAN, JOSH ALAN

Infame Geschichten aus New York. Ein Portrait des berüchtigten New Yorker Vergnügungsviertels Times Square. 8939 DM 9,80

FRIESEL, UWE

Im Schatten des Löwen Roman. 9461 DM 12,80

FUSSENEGGER, GERTRUD

Maria Theresia. Biographie. 8389 DM 14,80

GÄRTNER, ROSE

Spanische Symphonie. Roman. Aktionsband. 9404 DM 10.00

GALLICO, PAUL

Kleine Mouche – Pepino – Die Schneegans. Erzählungen. 902 DM 7,80

GAST, LISE

Männer sind Gänseblümchen. Roman. 3387 DM 6,80

GHAZAL, ELIJAN

Stickstoff und Liebe.
...kein Sachbuch über In- und Umwelt. 21018 DM 8,80

GIBRAN, KHALIL

Eure Seelen sind Feuer
Gedanken und Meditationen
9409 DM 7.80
Gedanken des Meisters.
9135 DM 7,80

GILBRETH, FRANK B./ GILBRETH-CAREY, ERNESTINE

Im Dutzend billiger. Roman.
3929 DM 7,80

GLASER, PETER

Schönheit in Waffen. Stories.
8870 DM 9,80

GODDARD, KENNETH

Der Alchimist. Roman.
Paperback. 32502 DM 24,80
TB 9440 DM 12,80
Signalfeuer. Roman. 8356 DM 9,80

GOLDING, WILLIAM

Äquatortaufe. Roman.
6832 DM 9,80
Das Feuer der Finsternis. Roman.
9255 DM 12,80
Der Sonderbotschafter. Roman.
6694 DM 7,80
Oliver. Roman. 6695 DM 7,80
Papier-Männer. Roman.
6897 DM 12,80

GOLDMANNS MORDSSACHEN

Er ruhe in Frieden und andere Geschichten aus dem Giftschrank
von Celia Fremlin, Patricia Highsmith, Julian Symons u.a.
Hrsg. Hilary Hale
9384 DM 9.80
Wer tötet schon eine Katze? und andere Geschichten aus dem Giftschrank von Antonia Fraser, P.D. James, H.R.F.Keating u.a. hrsg. von George Hardinge.
9360DM 9.80
Der Gorilla und andere kriminelle Geschichten
aus dem Giftschrank von Simon Brett, David Fletscher, Julian Symons, John Wainwright u. a.
Hrsg. Hilary Watson. 9220 DM 8,80
Der kleine Schrecken und andere kriminelle Geschichten
aus dem Giftschrank von Simon Brett, Timothy Holme, John Wainwright, David Williams u. a.
Hrsg. Hilary Hale.
9256 DM 9,80

GOLON, ANNE

Angélique und die Verschwörung.
Roman. 3883 DM 9,80
Angélique die Siegerin. Roman.
6450 DM 9,80
Angélique und die Hoffnung.
Roman. 8592 DM 12,80
Angélique triumphiert. Roman.
9289 DM 12,80

GRAF, OSKAR MARIA

Das bayrische Dekameron.
6825 DM 8,80

GRANT, CHARLES L.

Spukpferd
Gruselthriller. 8068 DM 9.80

GRAY, MARTIN

Der Schrei nach Leben.
8575 DM 12,80
Licht am Ende der Nacht.
Die Fortsetzung von »Der Schrei nach Leben«. 9082 DM 12,80
Des Lebens Ruf an uns wird niemals enden. 8883 DM 9,80
Wie ein Baum gepflanzt an Wasserbächen. 8930 DM 9,80
Wörterbuch des Lebens.
9188 DM 12,80

GREEN, KATE

Mondsplitter. Roman.
8481 DM 12,80

GRIMM, BRÜDER

Märchen der Brüder Grimm.
Nach der Ausgabe von 1857.
412 DM 12,80

GRUHLE, UWE

Das neue Lexikon der Niederlagen.
8354 DM 8,80

HÄRTLING, PETER

Friedrich Hölderlin ausgewählt von Peter Härtling. 8990 DM 19,80

HALTER, MAREK

Abraham. Wege der Erinnerung.
8653 DM 17,80

HANNSMANN, MARGARETE

Pfauenschrei
Die Jahre mit HAP Grieshaber
9431 DM 14.80

HARRISON, JIM

Ein wirklicher Held. Roman.
9278 DM 12,80

HARTLAND, MICHAEL

Chinesisches Labyrinth. Roman.
8808 DM 9,80

Ohne Deckung. Roman.
8954 DM 9,80

Sieben Schritte zum Verrat.
Roman. 8838 DM 9,80

HAYES, JOSEPH

Die dunkle Spur. Roman.
6729 DM 9,80
Morgen ist es zu spät. Roman.
8648 DM 12,80

HAVEMANN, ERNST

Buschfeuer. Eine außergewöhnliche Stimme zum brisanten Thema Südafrika. 9165 DM 8,80

HEFFERNAN, WILLIAM

Der Opium-Pate. Roman.
8868 DM 14,80

Im Sog der Macht. Roman.
9118 DM 12,80

HEIMEL, CYNTHIA

Sex-Tips für Girls. 21012 DM 12,80

HEIMERAN, ERNST

Das große Ernst Heimeran Buch.
9105 DM 9,80

HEINEMANN, LARRY

Agent Orange. Roman.
9167 DM 9,80
Pacos Story.
Roman. 9269 DM 9,80

HEINRICH, WILLI

Alte Häuser sterben nicht.
Roman. 6537 DM 8,80
Die Zeit der Nymphen
Roman. 9418 DM 9.80
Ein Mann ist immer unterwegs.
Roman. 6403 DM 7,80
Eine Handvoll Himmel. Roman.
8355 DM 9,80
Ferien im Jenseits. Roman.
6529 DM 9,80
In stolzer Trauer. Roman.
6660 DM 8,80
Jahre wie Tau. Roman.
6558 DM 9,80
Maiglöckchen oder ähnlich.
Roman. 6552 DM 8,80
Mittlere Reife. Roman.
6523 DM 9,80
Schmetterlinge weinen nicht.
Roman. 3647 DM 9,80
So long, Archie. Roman.
6544 DM 9,80
Steiner I. Das geduldige Fleisch.
Roman. 3755 DM 12,80
Steiner II. Das Eiserne Kreuz.
Roman. Siehe Warden, Robert.
3884 DM 9,80
Traumvogel. Roman.
6840 DM 12,80
Die Verführung. Roman.
9071 DM 9,80

HELLER, JOSEPH

Was geschah mit Slocum?
Roman. 9448 DM 12,80
Weiß Gott. Roman. 8837 DM 14,80

HELLER, JOSEPH/SPEED VOGEL

Überhaupt nicht komisch.
9098 DM 12,80

HEY, WOLFGANG

Typisch Menschliches. Ironische Verse. 9158 DM 7,80

HEYERDAHL, THOR

Expedition Ra. Mit dem Sonnenboot in die Vergangenheit.
8926 DM 12,80
Fatu Hiva. Zurück zur Natur.
8943 DM 12,80

Tigris. Auf der Suche nach unserem Ursprung. 8960 DM 14,80
Wege übers Meer. Völkerwanderungen in der Frühzeit. 8977 DM 12,80

HEYGEN, HEINZ G./ KÜTTNER, PETER W.

English For Runaways. Englisch für Fortgeschrittene, wie's garantiert nicht im Lexikon steht. 8788 DM 7,80
More English For Runaways. Mehr Englisch für Fortgeschrittene. 8840 DM 7,80

HEYM, STEFAN

Werkausgabe. 14 Bände in einer Schmuckkasette. 90471 DM 282,20
5 Tage im Juni. Roman. 7107 DM 19,80
Ahasver. Roman. 7113 DM 19,80
Collin. Roman. 7110 DM 14,80
Der Fall Glasenapp. Roman. 7106 DM 14,80
Der König David Bericht. Roman. 7108 DM 19,80
Der bittere Lorbeer. Roman. 7101 DM 24,80
Die Augen der Vernunft. Roman. 7105 DM 24,80
Gesammelte Erzählungen. 7111 DM 16,80
Goldsborough. Roman. 7102 DM 24,80
Lassalle. Roman. 7104 DM 19,80
Lenz oder die Freiheit. Roman. 7103 DM 24,80
Märchen für kluge Kinder. 7109 DM 12,80
Schwarzenberg. Roman. 7114 DM 19,80
Wege und Umwege. Streitbare Schriften aus fünf Jahrzehnten. 7112 DM 24,80

HIGGINS, JACK

Das Dunkel der Lagune. Roman. 8378 DM 7,80
Der gehetzte Amerikaner. Roman. 8787 DM 7,80
Der Ire. Thriller. 6591 DM 7,80
Der Rebell. Roman. 8446 DM 7,80
Der Regenmörder. Roman. 8626 DM 7,80
Die Nacht von Sinos. Thriller. 6513 DM 7,80
Dunkler Fremder. Roman. 6704 DM 7,80
Eishölle. Thriller. 6543 DM 7,80
Gesichter der Nacht. Roman. 6893 DM 7,80
Kopfjagd. Roman. 8480 DM 8,80
Nacht der Flamingos. Roman. 8632 DM 7,80
Nacht ohne Erbarmen. Thriller. 6646 DM 7,80
Ohne Gnade. Roman. 8946 DM 7,80
Schrei in der Nacht. Roman. 8464 DM 7,80
Zorn des Löwen. Roman. 6819 DM 7,80

HILL, RUTH BEEBE

Hanta Yo. Eine Indianer-Saga. 8980 DM 17,80

HOFFMAN, ALICE

Wo bleiben Vögel im Regen Roman. 9379 DM 9.80

HOHLBEIN, WOLFGANG

Der letzte Aufschlag Roman. 9307 DM 9.80

HORSTER, HANS-ULRICH

Der Engel mit dem Flammenschwert. Roman. 8488 DM 12,80
Eheinstitut Aurora. Roman. 3738 DM 9,80
Ein Student ging vorbei. Roman. 3735 DM 7,80
Suchkind 312. Roman. 3737 DM 9,80
Verlorene Träume. Roman. 3967 DM 9,80
Verschattete Heimkehr. Roman. 6313 DM 7,80
Wie ein Sturmwind. Roman. 3881 DM 9,80

HORX, MATTHIAS

Die wilden Achtziger Eine Zeitgeist-Reise durch die Bundesrepublik. 9469 DM 9.80

HOUSTON, JAMES

Das Lied des Adlers. Roman. 8365 DM 14,80
Geisterjäger. Roman. 8504 DM 12,80
Wie Füchse aus den Wäldern. Roman. 6331 DM 9,80

HOWATCH, SUSAN

Die Sünden der Väter. Roman. 6606 DM 17,80
Der Zauber von Oxmoon. Roman. 9123 DM 19,80
Teuflische Liebe. Roman. 32505 DM 16,80 Paperback.

DAS IRRE BUCH DER IRRGÄRTEN

Sonderformat. Das größte Buch, das es je bei Goldmann gab! 10074 DM 16,80

IRWIN, ROBERT

Der arabische Nachtmahr. Roman. 9090 DM 12,80

JACKSON, MICHAEL

Moonwalk. Mein Leben. Michael Jackson erzählt sein Leben. 32510 DM 20,– Paperback. Großformat.

JAKES, JOHN

Der Bastard. Die Chronik der Kent-Familie 1. 9184 DM 8,80
Das Komplott. Die Chronik der Kent-Familie 2. 9228 DM 8,80
Der Rebell Die Chronik der Kent-Familie 3. 9389 DM 9.80
Die Armee Die Chronik der Kent-Familie 4. 9411 DM 9.80
Feuerfahrt. Roman. 9474 DM 9,80

JANOSCH

Sacharin im Salat Roman. 9385 DM 7.80
Sandstrand. Roman. 8882 DM 8,80

JANOWITZ, TAMA

Nervensägen Roman einer Familie 9423 DM 9.80

JERSILD, P.C.

Stielauge. Roman. 8972 DM 9,80

KAPLAN, ANDREW

Die Tarantel. Roman. 9257 DM 9,80
Feuerdrache. Roman. 9221 DM 9,80

KATZ, WILLIAM

Gondeln des Grauens. Roman. 8941 DM 9,80
Sirenen des Todes. Roman. 9191 DM 9,80
Stunde der Vergeltung. Roman. 8596 DM 9,80

KAYE, M.M.

Die Spur führt nach Berlin. Roman. 8352 DM 8,80
Es geschah auf Zypern. Roman. 6749 DM 9,80
Nacht über den Inseln. Roman. 9106 DM 12,80
Tod in Kenia. Roman. 6682 DM 9,80
Tod in Sansibar. Roman. 6648 DM 8,80
Vollmond über Kaschmir. Roman. 6842 DM 9,80

KAZANTZAKIS, NIKOS

Askese. 8607 DM 8,80
Buddha. Der blaue Fluß. 8887 DM 12,80

KEMPOWSKI, WALTER

Aus großer Zeit. Roman. 3933 DM 14,80
Schöne Aussicht. Roman. 6721 DM 14,80
Herzlich willkommen. Roman. 6833 DM 14,80
Tadellöser & Wolff. Roman. 3892 DM 14,80

KESEY, KEN

Der Tag, nachdem Supermann starb. 21022 DM 9,80
Die Dämonenkiste. Neue Geschichten aus Amerika 21037 DM 9,80

KINGSLEY, JOHANNA

Rivalinnen. Roman. 8522 DM 12,80
Traumlichter. Roman. 8975 DM 12,80

KIRSCH, SARAH

Annette von Droste-Hülshoff ausgewählt von Sarah Kirsch. 9129 DM 14,80

KIRST, HANS HELLMUT

08/15 in der Kaserne. Roman. Teil I der 08/15-Trilogie. 3497 DM 9,80
08/15 im Krieg. Roman. Teil II der 08/15-Trilogie. 3498 DM 9,80
08/15 bis zum Ende. Roman. Teil III der 08/15-Trilogie. 3499 DM 9,80
08/15 heute. Der Roman der Bundeswehr. 1345 DM 9,80
Alles hat seinen Preis. Roman. 9236 DM 9,80
Aufruhr in einer kleinen Stadt. Roman. 8487 DM 9,80
Aufstand der Soldaten. Roman. 6895 DM 9,80
Das Schaf im Wolfspelz. Ein deutsches Leben. 8658 DM 12,80
Deutschland deine Ostpreußen. Erinnerungen an eine unvergessene Heimat. 9096 DM 8,80
Der Nachkriegssieger. Roman. 6545 DM 9,80
Die letzte Karte spielt der Tod. Roman. 9276 DM 12,80
Die Nacht der Generale. Roman. 3538 DM 7,80
Generals-Affären Roman. 3906 DM 12.80
Fabrik der Offiziere. Roman. 6588 DM 16,80
Gott schläft in Masuren. Roman. 6444 DM 7,80
Held im Turm. Roman. 6615 DM 7,80
Kameraden. Roman. 6789 DM 14,80
Keiner kommt davon. Roman. 3763 DM 7,80
Kultura 5 und der Rote Morgen. Roman. 6844 DM 9,80
Mit diesen meinen Händen. Roman. 8367 DM 9,80
Verfolgt vom Schicksal. Roman. 8815 DM 9,80
Verurteilt zur Wahrheit. Roman. 8848 DM 9,80
Wir nannten ihn Galgenstrick. Roman. 8507 DM 9,80

KISHON, EPHRAIM

Das Kamel im Nadelöhr. Edition in 5 Bänden.
Die ganze Welt ist Zirkus. 6736 DM 4,80
Die heilige Bürokratie. 6735 DM 4,80
Ideologie für den Hausgebrauch. 6738 DM 4,80
Nur in Israel. 6734 DM 4,80
Was für eine Wirtschaft. 6737 DM 4,80

KLEIN, T.E.D.

MorgenGrauen. Roman. 9080 DM 12,80

KOERTGE, RONALD

Boogeyman. Roman. 21023 DM 9,80

KOHOUT, PAVEL

Die Henkerin Roman. 9405 DM 14.80

KONSALIK, HEINZ G.

Auch das Paradies wirft Schatten/Die Masken der Liebe. Zwei Romane. 3873 DM 7,80
Das Geheimnis der sieben Palmen. Roman. 3981 DM 8,80
Das Haus der verlorenen Herzen. Roman. 6315 DM 9,80
Das Herz aus Eis/Die grünen Augen von Finchley. Zwei Romane. 6664 DM 7,80
Das Lied der schwarzen Berge. Roman. 2889 DM 8,80
Das Schloß der blauen Vögel. Roman. 3511 DM 8,80
Duell im Eis. Roman. 8986 DM 9,80
Der Fluch der grünen Steine. Roman. 3721 DM 8,80
Der Gefangene der Wüste. Roman. 8823 DM 9,80
Der Heiratsspezialist. Roman. 6458 DM 9,80
Die Liebenden von Sotschi. Roman. 6766 DM 9,80
Die schweigenden Kanäle. Roman. 2579 DM 7,80
Die schöne Ärztin. Roman. 3503 DM 9,80
Die strahlenden Hände. Roman. Der 100. Konsalik! 8614 DM 10,00
Die tödliche Heirat. Roman. 3665 DM 8,80
Ein Kreuz in Sibirien. Roman. 6863 DM 9,80
Ein Mensch wie du. Roman. 2688 DM 8,80
Eine angesehene Familie. Roman. 6538 DM 9,80
Eine glückliche Ehe. Roman. 3935 DM 8,80
Engel der Vergessenen Roman. 9348 DM 9.80
Ich gestehe. Roman. 3536 DM 8,80
Im Tal der bittersüßen Träume Roman. 9347 DM 9.80
Im Zeichen des großen Bären. Roman. 6892 DM 7,80
Liebe auf dem Pulverfaß. Roman. 9185 DM 7,80
Manöver im Herbst. Roman. 3653 DM 9,80
Morgen ist ein neuer Tag. Roman. 3517 DM 8,80
Promenadendeck. Roman. 8927 DM 12,80
Schicksal aus zweiter Hand. Roman. 3714 DM 9,80
Schwarzer Nerz auf zarter Haut. Roman. 6847 DM 8,80
Sie waren Zehn. Roman. 6423 DM 12,80
Sommerliebe. Roman. 8888 DM 7,80
Stalingrad. Bilder vom Untergang der 6. Armee. 3698 DM 12,80
Unternehmen Delphin. Roman. 6616 DM 9,80
Verliebte Abenteuer. Roman. 3925 DM 7,80
Wer sich nicht wehrt... Roman. 8386 DM 9,80
Wie ein Hauch von Zauberblüten. Roman. 6696 DM 9,80
Wilder Wein. Roman. 8805 DM 7,80

KORSCHUNOW, IRINA

Der Eulenruf. Roman. 8961 DM 9,80

KRANTZ, JUDITH

Mistrals Tochter. Roman. 8496 DM 12,80
Princess Daisy. Roman. 6589 DM 12,80
Skrupel. Roman. 6713 DM 12,80

KRÜGER, HARDY

Junge Unrast. Roman. 8375 DM 9,80
Sibirienfahrt. 8843 DM 9,80

KRUEGER, FREDDY

Nightmare on Elm Street 8067 DM 7.80

KRUPPA, HANS

Der Witz dabei. Mini-Geschichten. 21028 DM 8,80
Ein Abend mit Dir. Roman. 9234 DM 8,80
Liebesgedichte. 9266 DM 8,80
Mitgefangen - Mitgehangen Irrwitzige Geschichten 9457 DM 14.80
Nur für dich. Gedichte. 8869 DM 7,80
Nur wer sich liebt. Gedichte. 8971 DM 7,80
Schau mal rein. Gedichte. 8920 DM 7,80
KAITO. Ein Märchen. 9422 DM 16,80 Paperback

KÜß MICH ... UND ICH SAGE DIR, WER DU BIST

9485 DM 9.80

LAPIERRE, DOMINIQUE

Stadt der Freude. Ein aufrüttelnder Bericht über die Slums von Kalkutta. 8929 DM 12,80
...oder du wirst Trauer tragen. Das phantastische Leben des El Cordobés. 9110 DM 9,80

LAUB, GABRIEL

Dabeisein ist nicht alles. 62 Satiren. 9279 DM 9,80
Entdeckungen in der Badewanne. Neue Satiren. 8858 DM 8,80
Gespräche mit dem Vogel. 8523 DM 9,80
Olympisches Laub. Zeitlose Sportgeschichten. Mit Cartoons von Walter Hanel. 9162 DM 7,80
Urmenschenskinder. Respektlose Geschichten. Mit Zeichungen von Marian Kamensky. 9149 DM 8,80

LEITNER/ANTON GERHARD/ ALP, OLAF (HRSG.)

Eiszeit – Heißzeit. 21036 DM 12,80

LIEB, LEID UND ZEIT UND EWIGKEIT.

Deutsche Gedichte aus tausend Jahren. Herausgegeben von Heinz Piontek. 8884 DM 16,80

LINDENBERG, UDO

Alle Songs. 1946 bis 1989 9473 DM 9,80

LINK, CHARLOTTE

Verbotene Wege. Roman. 9286 DM 12,80

LITTELL, ROBERT

Task Force 753. Roman. 8477 DM 9,80
Eine höllische Karriere. Roman. 8865 DM 9,80
In den Klauen des Bären. Roman. 8916 DM 9,80
Mütterchen Rußland. Roman. 9073 DM 9,80
Sein oder Nichtsein... Roman. 8812 DM 9,80
Der Springer. Roman. 8582 DM 9,80
Der Töpfer. Roman. 9143 DM 9,80

LOCKLIN, GERALD

Die Jagd nach dem verschwundenen blauen Volkswagen 9465 DM 8.80

LONG, WILLIAM STUART

Australien Saga.
Die Verbannten. 8581 DM 9,80
Die Siedler. 8605 DM 9,80
Der Verrat. 8828 DM 9,80
Auf den Spuren der Väter. 8859 DM 9,80
Die Abenteurer. 8978 DM 9,80
Das weite Land. 8999 DM 9,80
Die Goldschürfer. 9195 DM 9,80
Dornige Pfade. 9270 DM 9,80

LORRIMER, CLAIRE

Maureen. Roman. 6814 DM 9,80
Tamarisk. Zwischen Liebe und Revolution. Roman. 6834 DM 12,80
Chantal. Roman. 6857 DM 9,80

LOURIE, RICHARD

Verräter leben länger Roman. 9390 DM 9.80

LUJÁN, NÉSTOR

Die sieben Tode des Grafen Vipeamediana. Roman Ausgezeichnet mit dem großen spanischen Romanpreis »Premio Internacional de Novela« 9419 DM 9.80

MACLAINE, SHIRLEY

Schritt für Schritt. 8807 DM 9,80
Raupe mit Schmetterlingsflügeln. 8949 DM 9,80
Tanz im Licht. 9070 DM 9,80
Zwischenleben. 6769 DM 12,80

MACLEAN, ALISTAIR

Das Mörderschiff. Roman. 2880 DM 8,80
Rendezvous mit dem Tod. Roman. 2655 DM 9,80

MALLY, ANITA

Mehr als ein Leben. Roman. 8942 DM 9,80

MARGERIT, ROBERT

Die Insel der Papageien. Roman. 9203 DM 12,80

MARKHAM, BERYL

Westwärts mit der Nacht. 9283 DM 12,80

MASTERS, JOHN

Coromandel. Roman. 9273 DM 12,80
Die Täuscher. Roman. 9229 DM 9,80
Dies ist die Nacht. Roman. 8989 DM 12,80
Knotenpunkt Bhowani. Roman. 9116 DM 12,80

MAUPASSANT, GUY DE

Gesammelte Werke.
Bel Ami – Pierre und Jean. Romane. 8568 DM 17,80
Das Haus Tellier und andere Novellen. 8560 DM 16,80
Die Erbschaft und andere Novellen. 8563 DM 16,80
Die kleine Roque und andere Novellen. 8565 DM 16,80
Die nutzlose Schönheit und andere Novellen. 8566 DM 16,80
Ein Leben – Stark wie der Tod. Romane. 8567 DM 17,80
Madame Baptiste und andere Novellen. 8561 DM 16,80
Miss Harriet und andere Novellen. 8562 DM 16,80
Mont-Oriol – Unser Herz. Romane. 8569 DM 16,80
Yvette und andere Novellen. 8564 DM 16,80

MAURER, MANFRED

Land der Hämmer. 9274 DM 9,80
Sturm und Zwang. Roman. 9219 DM 8,80

MCALLISTER, BRIAN

Adlerjagd. Roman. 8652 DM 8,80
Hundert Millionen. Roman. 8530 DM 8,80
Legionär des Teufels. Roman. 9091 DM 9,80
Operation Salamander. Roman. 8913 DM 9,80
Unternehmen Delta Force Roman. 9395 DM 9.80

MCCLOY, KRISTIN

Zur Hölle mit gestern Roman. 9365 DM 9.80

MCCULLOUGH, COLLEEN

Ein anderes Wort für Liebe. Roman. 6776 DM 9,80
Tim. Roman. 32500 DM 19,80 Paperback. Großformat.

MCFERRIN, BOBBY

Don't Worry, Be Happy! Der Song des Jahres. 9558 DM 5,80

MERIAN, SVENDE

Von Frauen und anderen Menschen. 21009 DM 7,80

MERLE, ROBERT

Der Tod ist mein Beruf. 8388 DM 10,80
Der Tag der Delphine. Roman. 8863 DM 12,80
Die Insel. Roman. 6864 DM 12,80
Die geschützten Männer. Roman. 8350 DM 12,80
Hinter Glas. Roman. 8595 DM 12,80
Madrapour. Roman. 8790 DM 12,80
Malevil oder die Bombe ist gefallen. Ein phantastischer Roman. 6808 DM 9,80
Moncada. Fidel Castros erste Schlacht. 8957 DM 12,80
Nachtjäger. Roman. 9242 DM 9,80
Wochenend in Zuidcoote. Roman. 9094 DM 9,80

METTERNICH, TATIANA

Bericht eines ungewöhnlichen Lebens. 3922 DM 14,80
Die Stroganoffs. 8448 DM 16,80
Verschwundenes Rußland. Die Memoiren der Fürstin Lydia Wassiltschikow 1886-1919. 6784 DM 14,80

MICHENER, JAMES A.

Die Kinder von Torremolinos. Roman. 6881 DM 16,80
Hawaii. Roman. 6821 DM 17,80
Sayonara. Roman. 6843 DM 9,80

MIDDENDORF, INGEBORG

Etwas zwischen ihm und mir. Erotische Erzählungen. 9164 DM 7,80

MILLER, HENRY

Brenda, Liebste ... Henry Millers Liebesbriefe an Brenda Venus. 9417 DM 9.80

MISHIMA, YUKIO

Der Tempelbrand. Roman. 8933 DM 12,80
Schnee im Frühling. Roman. 8856 DM 14,80
Unter dem Sturmgott. Roman. 9145 DM 14,80

MOLSNER, MICHAEL

Der schwarze Faktor. Kriminalroman. 8600 DM 9,80

MONTEILHET, HUBERT

Neropolis. Roman. 9243 DM 19,80

MORAN, RICHARD

Eisflut. Roman. 9238 DM 9,80
Höllenglut. Roman. 9294 DM 9,80

MORGENSTERN, CHRISTIAN

Das kleine Christian Morgenstern Buch. 9138 DM 9,80

MORTMAN, DORIS

Beste Kreise. Roman. 8390 DM 9,80

MORTON, FREDERIC

Herbstwalzer. Wien zur Zeit des Erzherzogs Rudolf 9484 DM 12.80

MURPHY, WARREN/ COCHRAN, MOLLY

Der Großmeister. Roman. 8366 DM 9,80

MÜLLER-THURAU, CLAUS PETER

Deutsche Idole Jugendleitbilder von Hermann dem Cherusker bis Otto 9428 DM 8.80
Lexikon der Jugendsprache. 8860 DM 9,80
Laß uns mal 'ne Schnecke angraben. Sprache und Sprüche der Jugendszene. 6747 DM 8,80
Über die Köpfe hinweg. Sprache und Sprüche der Etablierten. 8521 DM 8,80

NAVE, YOLANDA

Herzschmerz-Fibel. Vom Schmerz zu zwein zum Glück allein. Mit 36 vierfarbigen Illustrationen. 8866 DM 7,80

NORST, JOEL

Colors – Farben der Gewalt. 9340 DM 8,80
Mississippi Burning. Die Wurzeln des Hasses. 9556 DM 9,80

O'DONNELL, PETER

Modesty Blaise – Die silberne Lady. 9189 DM 9,80
Modesty Blaise – Die Lady spannt den Bogen Roman. 9413 DM 9.80
Modesty Blaise – Heiße Nächte für die Lady. Roman. 9248 DM 9,80

ÖZAKIN, AYSEL

Soll ich hier alt werden? Türkin in Deutschland. Erzählungen. 21026 DM 7,80

OPATOSCHU, JOSEF

Bar Kochba. Der letzte Aufstand. Roman. Bibliothek Jiddischer Erzähler. 8907 DM 14,80

ORIENTALISCHE LIEBESLEHRE

Das Kamasutram. 6752 DM 9,80

ORLOWA-KOPELEW, RAISSA

Die Türen öffnen sich langsam. Vorwort von Carola Stern. 8387 DM 9,80
Eine Vergangenheit, die nicht vergeht. Rückblicke aus 5 Jahrzehnten. 8570 DM 14,80

PAASCHE, HANS

Die Forschungsreise des Afrikaners Lukanga Mukara ins innerste Deutschland. Nachwort von Iring Fetscher. 9580 DM 9,80

PAGNOL, MARCEL

Das Mädchen mit den dunklen Augen. Roman. 8987 DM 9,80
Die Wasser der Hügel. Roman. 3766 DM 14,80
Die Zeit der Liebe. Kindheitserinnerungen. 3878 DM 12,80
Die eiserne Maske. Der Sonnenkönig und das Geheimnis des großen Unbekannten. 3862 DM 9,80
Marcel. Eine Kindheit in der Provence.3750 DM 9,80
Marcel und Isabelle. Die Zeit der Geheimnisse. 3759 DM 7,80
Ganz Persönliches. 9085 DM 12,80

PARETTI, SANDRA

Der Winter, der ein Sommer war. Roman. 9201 DM 9,80
Die Pächter der Erde. Roman. 9249 DM 12,80
Südseefieber. Zur Fernsehserie »Traumschiff«. 8572 DM 8,80

PARKER, T. JEFFERSON

Feuerkiller. Thriller. 8791 DM 9,80

PEARSON, WILLIAM

Der Potemkin-Verdacht. Roman. 8936 DM 9,80

PEITZ, MARIETTA

Gotteszahl und Tageseinmaleins. Tagebuch. 9155 DM 8,80

PEREZ, ISAAC LEIB

Die Seelenwanderung einer Melodie. Erzählungen. Bibliothek Jiddischer Erzähler. 8911 DM 12,80

PERRY, THOMAS

Der Tag der Katze. Roman. 9192 DM 9,80

PEYINGHAUS, MARIANNE

Stille Jahre in Gertlauken. Erinnerungen an Ostpreußen. 8571 DM 9,80

PEYREFITTE, ROGER

Der junge Alexander. Roman in zwei Bänden. 6455 DM 14,80
Alexander der Eroberer. Roman. 6799 DM 19,80
Alexander der Große. 9159 DM 19,80

PFENNIG, JÖRN

Abschied von der Männlichkeit. 8950 DM 9,80
Das nicht gefundene Fressen Erzählung. 9376 DM 7.80
Keine Angst dich zu verlieren. Gedichte. 8880 DM 7,80
Grundlos zärtlich. Gedichte. 8836 DM 7,80
Hand aufs Hirn. Gedichte. 9084 DM 7,80

PIRINÇCI, AKIF

Felidae Roman. 9298 DM 9.80
Tränen sind immer das Ende. Roman. 21025 DM 9,80

POE, EDGAR ALLAN

Der Doppelmord in der Rue Morgue. Erzählungen. 523 DM 6,80

PÜTZ, CLAUDIA/ WILCKE, LISA (HRSG.)

Liebe, Tod und Teufelin. Eine Lesben-Anthologie. 21011 DM 9,80

PUZO, MARIO

Die dunkle Arena. Roman. 8593 DM 9,80
Las Vegas. Roman. 6862 DM 9,80

QUINNELL, A. J.

Blutzoll. Roman. 8577 DM 9,80
Der Söldner. Roman. 8500 DM 9,80
Der Treffer. Roman. 8616 DM 9,80
Der falsche Mahdi. Roman. 8445 DM 12,80
Im Namen des Vaters. Roman. 8988 DM 9,80
Operation Cobra. Roman. 8829 DM 9,80

RASPUTIN, VALENTIN

Der Brand Erzählung. 9346 DM 8.80
In den Wäldern die Zuflucht. 9253 DM 12,80

REZZORI, GREGOR VON

Werkausgabe.
1001 Jahr Maghrebinien
7124 DM 24.80 Paperback
Denkwürdigkeiten eines Antisemiten.
Roman. 7120 DM 24.80 Paperback
Ein Hermelin in Tschernopol.
7115 DM 24,80 Paperback
Maghrebinische Geschichten.
7117 DM 17,80 Paperback
Oedipus vor Stalingrad
Roman. 7118 DM 24.80 Paperback-
RIVERS, GAYLE
Der Spezialist. 8991 DM 9,80

RJNDT, PHILIPPE VAN

Letzter Aufruf. Roman.
9152 DM 9,80

ROBBINS, HAROLD

Adieu, Janette. Roman.
8400 DM 9,80
Der Pirat. Roman. 9247 DM 9,80
Der Seelenfänger. Roman.
6830 DM 9,80
Die Aufsteiger. Roman.
6407 DM 10,80
Die Manager
Roman. 9426 DM 8.80
Die Moralisten. Roman.
9200 DM 9,80
Die Playboys
Roman. 9400 DM 12.80
Die Unersättlichen. Roman.
9281 DM 9,80
Die Unsterblichen. Roman.
8516 DM 9,80
Hollywood. Roman. 9140 DM 9,80

RÖDER, KLAUS (HRSG.)

Geld - woher nehmen und nicht stehlen? 21015 DM 12,80

RÖSLER, JO HANNS

Wohin sind all die Jahre...
3398 DM 7,80
Wohin sind all die Stunden...
3121 DM 7,80

ROGERS, ROSEMARY

Der Stern von Mexico
Roman. Aktionsband
9470 DM 10.00

ROLDAN, ANGEL GARCIA

Das Herrenhaus von Coguaya. -
Roman. 9136 DM 9,80

RUARK, ROBERT

Die schwarze Haut. Roman.
6304 DM 14,80
Nie mehr arm. Roman.
8979 DM 17,80

RUNGE, ANNELIE/ PITZEN, MARIANNE (HRSG.)

Tag/Nacht. Frauen über vierzig erzählen. 9086 DM 9,80

RUSSO, JOHN

Blutschwestern.
8059 DM 8,80
Das Mitternachtsspiel.
Unheimlicher Roman.
8061 DM 8,80

SAGAN, FRANÇOISE

Brennender Sommer
Roman. 9303 DM 9.80
Das Lächeln der Vergangenheit.
8810 DM 9,80
Stehendes Gewitter. Roman.
9126 DM 9,80
Willkommen, Zärtlichkeit. Roman.
6772 DM 12,80

SANDERS, LAWRENCE

Die Verführung des Peter S.
Thriller. 8825 DM 12,80
Harry, Good-Bye. Roman.
8535 DM 9,80
Luzifers Tochter. Roman.
8649 DM 12,80

SCHEIBLER, SUSANNE

Der Herzchirurg. Roman.
9160 DM 7,80
Ewig fließen die Wasser des Nil.
Roman. 6754 DM 9,80
Im Zeichen der Sonne. Roman.
6663 DM 5,80
Tanja. Roman. 8937 DM 9,80
Tanja und die Zarin. Roman.
8970 DM 9,80
Tanja – Geliebte und Rebellin.
Roman. 8471 DM 9,80
Vier Pfoten hat das Glück. Memoiren eines Dackels. 6856 DM 8,80
Zauberhafte Isabelle. Roman.
9261 DM 7,80

SCHREIBER, FLORA RHETA

Der Mörder. Ein erschütternder Tatsachenbericht. 8922 DM 16,80

SCHULTE, MICHAEL

Führerscheinprüfung in New Mexico .
Erzählungen von unterwegs
9353 DM 8.80
Sabino Hubers Glück und Elend
Ein Südpolroman
9330 DM 7.80

SCHWAB, GUSTAV

Die schönsten Sagen des klassischen Altertums. 500 DM 8,80

SCHULTZE-KRAFT, PETER(HRSG.)

Erzählungen aus der Karibik. Von Alejo Carpentier, Gabriel Garcia Márquez, Sergio Ramirez, Luis Britto Gracia, V.S. Naipaul u.v.a.
8798 DM 8,80
Der Tag, an dem wir die Waffen vergruben. Guerilla-Erzählungen aus Kolumbien. Von Gabriel Garcia Márquez, Gustavo Alvarez, Dário Ruiz Gomez, Plinio Apuleyo Mendoza, Germán Santamaria, Robert Ruiz Rojas und vielen anderen. 8968 DM 9,80

SCOTT, MARY

Das Jahr auf dem Lande.
Roman. 3882 DM 7,80
Das Teehaus im Grünen. Roman.
3758 DM 7,80
Das waren schöne Zeiten. Roman.
2782 DM 7,80
Es ist ja so einfach. Roman.
1904 DM 6,80
Es tut sich was im Paradies.
Roman. 730 DM 6,80
Flitterwochen. Roman.
3482 DM 7,80
Fremde Gäste. Roman.
3866 DM 6,80
Frühstück um Sechs. Roman.
1310 DM 7,80
Fröhliche Ferien am Meer. Roman.
3361 DM 7,80
Geliebtes Landleben. Roman.
3705 DM 7,80
Hilfe, ich bin berühmt! Roman.
3455 DM 7,80
Ja, Liebling. Roman. 2740 DM 7,80
Kopf hoch, Freddie! Roman.
3390 DM 6,80
Mittagessen Nebensache. Roman.
1636 DM 6,80
Na endlich, Liebling. Roman.
3913 DM 7,80
Oh, diese Verwandtschaft! Roman.
3663 DM 7,80
Onkel ist der Beste. Roman.
3373 DM 6,80
Tee und Toast. Roman.
1718 DM 6,80
Truthahn um Zwölf. Roman.
2452 DM 7,80
Und abends etwas Liebe. Roman.
2377 DM 7,80
Verlieb dich nie in einen Tierarzt.
Roman. 3516 DM 7,80
Wann heiraten wir, Freddie?
Roman. 2421 DM 7,80
Zum Weißen Elefanten. Roman.
2381 DM 7,80
Zärtliche Wildnis. Roman.
3677 DM 7,80
Übernachtung – Frühstück ausgeschlossen. Roman. 6316 DM 7,80

SCOTT, MARY/WEST, JOYCE

Das Geheimnis der Mangrovenbucht. Roman. 3354 DM 6,80
Das Rätsel der Hibiskus-Brosche.
Roman. 3492 DM 6,80
Der Tote im Kofferraum. Roman.
3369 DM 7,80
Lauter reizende Menschen.
Roman. 1465 DM 7,80
Tod auf der Koppel. Roman.
3419 DM 6,80

SEIFERT, JAROSLAV

Ein Himmel voller Raben.
Geschichten und Erinnerungen.
9137 DM 12,80

SERNER, WALTER

Das Gesamtwerk.
10 Bände in Kassette.
90510 DM 124,–
Über Denkmäler, Weiber und Laternen.
Frühe Schriften
9207 DM 16,80
Das Hirngeschwür.
Dada. 9208 DM 16,80
Zum blauen Affen.
Dreiunddreißig Kriminalgeschichten
9209 DM 9,80
Der elfte Finger.
Fünfundzwanzig Kriminalgeschichten
9210 DM 9,80
Die Tigerin.
Eine absonderliche Liebesgeschichte
9211 DM 8,80
Der Pfiff um die Ecke.
Zweiundzwanzig Kriminalgeschichten
9212 DM 9,80
Posada oder der große Coup im Hotel Ritz.
9213 DM 12,80
Die tückische Straße.
Neunzehn Kriminalgeschichten
9214 DM 9,80
Letzte Lockerung.
Ein Handbrevier für Hochstapler und solche die es werden wollen
9215 DM 12,80
Der Abreiser.
Materialien zu Leben und Werk
9216 DM 16,80

SFORIM, MENDELE MOJCHER

Die Mähre. Bibliothek Jiddischer Erzähler. 8909 DM 12,80

SHAW, IRWIN

Abreise und Heimkehr.
Erzählungen. 8832 DM 12,80
Auf Leben und Tod. Roman.
8498 DM 12,80
Der Wohltäter. Roman.
6644 DM 12,80
Ende in Antibes. Roman.
8514 DM 14,80
Griff nach den Sternen
Roman. 6598 DM 12.80
Im Rückblick.
Gesammelte Erzählungen.
8453 DM 12,80
Zwei Wochen in einer anderen Stadt. Roman. 6767 DM 12,80
Die jungen Löwen. Roman.
8932 DM 16,80

SHEA, ROBERT

Das Kreuz und die Laute. Mont Ségur. Roman. 9176 DM 9,80
Das Kreuz und die Laute. Jenseits des Meeres. Roman. 9177 DM 9,80
Der letzte Zinja. Roman.
6836 DM 12,80
Zeit der Drachen. Roman.
6816 DM 9,80

SHELDON, SIDNEY

Diamanten-Dynastie.
Roman. 6785 DM 9,80
Blutspur. Roman. 6342 DM 9,80
Das nackte Gesicht. Roman.
6680 DM 9,80
Ein Fremder im Spiegel. Roman.
6314 DM 9,80
Im Schatten der Götter. Roman.
9263 DM 9,80
Jenseits von Mitternacht. Roman.
6325 DM 12,80
Kalte Glut. Roman. 8876 DM 12,80
Kirschblüten und Coca-Cola.
Roman. 9144 DM 7,80
Zorn der Engel. Roman.
6553 DM 12,80

SKIPP, JOHN/SPECTOR, CRAIG

Das große Saubermachen.
Unheimlicher Roman aus New York.
8058 DM 9,80
Das Licht im Abgrund
Unheimlicher Thriller
8065 DM 9.80
Fright Night. 8063 DM 8,80

SKIMIN, ROBERT

Chikara. Roman. 9151 DM 14,80

SLADE, MICHAEL

Kopflos. Unheimlicher Thriller.
8062 DM 12,80
Mordlust
Horror-Thriller. 8066 DM 9.80

SLYKE, HELEN VAN

Zwiespalt der Gefühle. Roman.
6797 DM 9,80

SMITH, WILBUR

Der Sturz des Sperlings
Roman. 9319 DM 12.80
Goldmine
Roman. 9312 DM 9.80
Schwarze Sonne
Roman. 9332 DM 9.80

SPIEL, HILDE

Flöte und Trommeln. Roman.
9241 DM 12,80
Kati auf der Brücke. Roman.
9074 DM 9,80
Verwirrung am Wolfgangsee.
Roman. 9109 DM 7,80

SPIELNAGEL, JOHANN CHR.

Zauberflöte und Honigtopf.
Erotische Märchen. 8588 DM 9,80

SPOHN, JÜRGEN

Ach so! Ganzkurzgeschichten und Wünschelbilder. 8831 DM 7,80
Drunter und Drüber. Verse zum Vorsagen, Nachsagen und Weitersagen. 8580 DM 7,80
Das Schnepfen-Köfferchen.
Sprachspiele und Wortphantasien.
8898 DM 8,80

STALLER, ILONA

Cicciolina. Bekenntnisse.
9196 DM 8,80

STEEL, DANIELLE

Alle Liebe dieser Erde.
Roman. 6671 DM 9,80
Das Haus von San Gregorio.
Roman. 6802 DM 9,80
Der Ring aus Stein. Roman.
6402 DM 9,80
Die Liebe eines Sommers. Roman.
6700 DM 9,80
Doch die Liebe bleibt. Roman.
6412 DM 9,80
Es zählt nur die Liebe. Roman.
8826 DM 9,80
Familienbilder. Roman.
9230 DM 9,80
Glück kennt keine Jahreszeit.
Roman. 6732 DM 9,80
Liebe zählt keine Stunden. Roman.
6692 DM 9,80
Nie mehr allein. Roman.
6716 DM 9,80
Nur einmal im Leben. Roman.
6781 DM 9,80
Sag niemals adieu. Roman.
8917 DM 9,80
Palomino. Roman. 6882 DM 9,80
Schiff über dunklem Grund.
Roman. 8449 DM 12,80
Träume des Lebens. Roman.
6860 DM 9,80
Unter dem Regenbogen. Roman.
8634 DM 9,80
Vertrauter Fremder. Roman.
6763 DM 9,80

STEPHENS, JAMES

Deirdre. Eine irische Saga von Liebe und Tod. 9072 DM 9,80
Unter Irlands Himmeln
Roman. 9444 DM 9.80

STOKES, H. S.

Yukio Mishima – Leben und Tod.
8585 DM 16,80

SUYIN, HAN

Alle Herrlichkeit auf Erden.
Roman. 8889 DM 12,80
Bis der Tag erwacht. Roman.
6853 DM 14,80
Die Zauberstadt. Roman.
8915 DM 12,80
Wo die Berge jung sind. Roman.
9095 DM 14,80

1001 NACHT.

Vollständige Ausgabe in 19 Bänden in Schmuckkassette
90425 DM 114,-.

THOM, JAMES A.

Folge dem Lauf des Flusses.
Roman. 6495 DM 9,80

THOMAS, ADRIENNE

Die Katrin wird Soldat. Roman zur Fernsehverfilmung. 8992 DM 9,80

THOMPSON, WILLIAM

Atlantis. Roman. 9197 DM 9,80

JUBELBÄNDE ZUM VORZUGSPREIS

BAGLEY, DESMOND
Erdrutsch/Sog des Grauens
Zwei mitreißende Thriller in einem Band. 11942 DM 10.–

BERGIUS, C. C.
Schakale Gottes – Der Fälscher.
Zwei packende Romane in einem Band. 10146 DM 10,–

BLOCH, ARTHUR
Gesammelte Gründe.
Murphy's Gesetze in einem Band. 10046 DM 10,–

BREDOW, ILSE GRÄFIN VON
Kartoffeln mit Stippe/Deine Keile kriegste doch.
Die großen Romanerfolge in einem Band. 8982 DM 14,80

BROOKS, TERRY
Die Elfensteine von Shannara. Elfensteine/Druide/Dämonen.
Drei Romane. 23902 DM 12,–

DAS BUCH DER MEDITATION
Herausgegeben von Hans Christian Meiser – Ausgewählte Gedanken für jeden Tag 10164 DM 8,–

CARTLAND, BARBARA
Der griechische Prinz/Fesseln der Liebe/Spiel der Herzen
Drei Romane in einem Band 11959 DM 10.–

DALEY, BRIAN
Han Solos Abenteuer.
Drei Romane in einem Band zum Supersparpreis! 10147 DM 10,–

DAS SUPER-BLUFF-BUCH
Drei Bände in einem zum Jubelpreis. 10152 DM 10,–

DAILEY, JANET
Nachtglut/Unbezähmbar
Zwei Romane in einem Band 11944 DM 10.–

EYSENCK, HANS J.
Das große Hans J. Eysenck Testbuch. Ihre Intelligenz auf dem Prüfstand. 10058 DM 10,–

FERIENBIBLIOTHEK
Erotische Ferien. Das Lächeln der Aphrodite. 10148 DM 10,–
Heitere Ferien.
Lise Gast/Gilbreth/Jo Hanns Rösler 10157 DM 10,–
Mörderische Ferien.
E. Stanley Garolner/Bill Knox/Arthur W. Upfield 10155 DM 10,–
Romantische Ferien. Alexandra Cordes/Marie Louise Fischer/ Danielle Steel 10153 DM 10,–
Schwarze Ferien.
GänsehautGeschichten/Frankenstein 10154 DM 10,–
Spannende Ferien.
Sidney Sheldon/Jack Higgins/Alfred Coppel 10156 DM 10,–

GAST, LISE
Randi. Junge Mutter Randi/Randi und das halbe Dutzend/In Liebe Deine Randi.
Drei Romane. 10142 DM 10,–

HAMMERSCHMID-GOLLWITZER, JOSEF
Wörterbuch der medizinischen Fachausdrücke.
Mit 300 informativen Zeichnungen und Fotos. 10057 DM 12,–

HEINRICH, WILLI
Maiglöckchen oder ähnlich/ Schmetterlinge weinen nicht.
Zwei Romane. 10166 DM15.–

KAYE, M.M.
Es geschah auf Zypern/ Tod in Kenia
Zwei Romane in einem Band 11941 DM 10.–

KISHON, EPHRAIM
Das Kamel im Nadelöhr. Neue Satiren.
Sammelband mit Illustrationen von Rudi Angerer. 10062 DM 10,–

KONSALIK, HEINZ G.
Auch das Paradies wirft seine Schatten. Masken der Liebe. Verliebte Abenteuer. Drei Romane in einem Band. 10175 DM 10,–

QUINNELL, A.J.
Der falsche Mahdi/Operation Cobra
Zwei Romane in einem Band 11962 DM 10.–

SCOTT MARY
Liebling/Paradies/Tee.
Drei Romane. 10132 DM 10,–
Gäste/Tierarzt/Verwandtschaft.
Drei Romane. 10133 DM 10,–
Darling/Wildnis/Onkel.
Drei Romane.10134 DM 10,–
Frühstück/Mittagessen/Abends.
Drei Romane. 10135 DM 10,–
Mangrovenbucht/Tote/ Hibiskusbrosche.
Drei Romane. 10136 DM 10,–
Menschen/Koppel/Freddy.
Drei Romane. 10137 DM 10,–
Landleben/Ferien/Truthahn.
Drei Romane. 10138 DM 10,–
Übernachtung/ Kopf hoch/Weißen Elefanten.
Drei Romane. 10139 DM 10,–
Teehaus/So einfach/Liebling.
Drei Romane. 10140 DM 10,–
Hilfe/Flitterwochen/Lande.
Drei Romane. 10141 DM 10,–

SHEA, ROBERT
Zeit der Drachen/Der letzte Zinja.
Zwei Romane in einem Band. 8981 DM 17,80

SHELDON, SIDNEY
Zorn der Engel/Diamanten-Dynastie
Zwei Bestseller in einem Band 11946 DM 10,-

STALLMANN, ROBERT
Werwelt. Der Findling/ Der Gefangene/Der Nachkomme.
Drei Romane. 23900 DM 12,–

STEEL, DANIELLE
Das Haus von San Gregorio/Unter dem Regenbogen
Zwei Romane in einem Band 11961 DM 10.–

TOWNSEND, SUE
Das Intimleben des Adrian Mole, 13 3/4 Jahre.
Die geheimen Tagebücher erstmals komplett und unzensiert vollständig in einem Band. Das Buch zur TV-Serie. 10163 DM 10,–

WATTS, ALAN
Meditation/Natur des Menschen/Philosophische Fantasien.
10082 DM 10,–

WILKES, MALTE M.
Die Kunst, kreativ zu denken.
10150 DM 10,-

GOLDMANN